벗으니 웃는다

청색시대 제27집
벗으니 웃는다

●

인쇄일 · 2021. 7. 25.
발행일 · 2021. 7. 30.
지은이 · 현대수필문인회
편집위원 · 조재은 오차숙 노정숙 권현옥 김상미
　　　　　유정림 김산옥 장영숙 김호은

펴낸이 | 이형식
펴낸곳 | 도서출판 문학관
등록일자 | 1988. 1. 11
등록번호 | 제10-184호
주소 | 04089 서울시 마포구 독막로 28길 34
전화 | (02)718-6810, (02)717-0840
팩스 | (02)706-2225
E-mail | mhkbook@hanmail.net

copyright ⓒ 현대수필문인회 2021
copyright ⓒ munhakkwan. Inc, 2021 Printed in Korea

값 · 18,000원

ISBN 978-89-7077-631-6　　03810

벗으니 웃는다

청색시대 제27집 · 현대수필문인회

문학관books

가장 버리고 싶은 것

유정림(현대수필문인회 회장)

오늘도 택배상자가 왔습니다.

어수선한 시절 때문에 온라인 쇼핑이 늘어나기도 했지만 그보다 전부터 일상의 소소한 기쁨에 택배상자를 추가한 것은 "나막신에 우산 한 자루로 바람결에 머리를 씻고 빗물로 머리를 감는다"는 옛사람들의 유원幽遠한 경지에 비하면 초라하기 그지없는 즐거움입니다. 채우면 채울수록 헛헛하니 여유와 깊이를 갖고 살고자 했던 마음은 염원에만 불과한가 봅니다.

매주 산더미처럼 나오는 쓰레기들을 보며 버려야 할 것들에 대해 생각이 머물렀습니다. 버리고 싶은 것에서 시작해 버리려야 버려지지 않는 것, 당장 내다 버리리라 하는 것 등 꼬리에 꼬리를 물고 나오는 생각은 물건에만 그치질 않고 인생 전체를 뒤집어보게 합니다. 헉하고 숨이 차올라 무엇부터 꺼내야 할지, 후회와 반성으로 시작하자니 찌질한 제 모습만 확인하는 것 같았습니다. 너무 어려운(?) 주제를 정한 건 아닌지 당황했습니다. 자유로운 주제로 써도 된다고 물꼬를 터놓았으니 조금 안심을 합니다.

연식이위기 당기무 유기지용

挺埴以爲器 當其無 有器之用

　흙을 이겨서 그릇을 만드는 경우, 그릇의 쓰임새는 그릇 가운데를 비움으로써 생긴다.

　'당무유용當無有用', 『노자老子』의 일절로 신영복 선생께서 옥중 아버님께 보낸 편지글 전문입니다. '없음으로 쓰임을 삼는다'니 앞뒤가 따로 없는 광활한 세계관에 홀딱 빠지게 하는 글이었습니다. 사실 글을 쓴다는 건 비움과도 다르지 않습니다. 비워내고 비워내야 그곳에 생각이 고이고, 고인 생각을 거르고 걸러 정수를 뽑아내는 어려운 과정이기 때문입니다.

　여기 소중한 문우님들의 글 95편을 모았습니다. 값을 제대로 치르지 않고 얻은 회장직 같아 늘 큰 부담이었습니다. 글을 모으며 문우님들의 목소리를 듣고 바람 부는 불모의 땅에서 마음과 마음이 가닿는 황홀경도 맛보았습니다. 새삼스레 가진 것이 많다는 생각에 이릅니다. 2021년 27번째 청색시대는 세월과 경험의 부피로 묵직합니다. 현대수필 문인회 27년의 역사에 경의를 표하며 글을 내주신 회원뿐 아니라 내년을 기약해 주신 문우님께도 감사를 드립니다. 큰 스승이신 윤재천 교수님과 공들여 책을 만들어 주신 〈문학관〉에도 고마움을 전합니다.

2021년 여름으로 들어서며

문인회의 새로운 발상전환

윤재천(현대수필 발행인)

시대는 하루가 다르게 변해가고 있다.

예술을 비롯한 문학 – 수필에 이르기까지 변화의 바람은 격세지감을 실감하게 한다.

수필 장르는 그동안 전통적 인식 속에 잠재된 채 정체된 면이 있었으나, 지금 이 시대는 그 틀을 깨고 나와 21세기에 부합하는 수필을 쓰는 작가들이 많아졌다.

수필의 역사는 논자에 따라 의견이 분분하지만, 그 뿌리에 대해서는 동양에서는 중국 남송 때 홍매가 쓴 『용재수필容齋隨筆』을 그 남상濫觴으로 삼고 있다. 홍매는 생각이 나는 대로 글을 쓰며 문학작품이 아닌 수록隨錄 – 그 두서없음을 '수필'이라 하였다. 그로 인해 '수필은 붓 가는 대로 쓰는 글'이라고 오해하게 된 요인이라고도 할 수 있다.

서양에서는 몽테뉴의 에세이Les Essais를 그 기원으로 삼고 있지만, 당시 에세이는 시험·시도·경험의 뜻으로 쓰였을 뿐, 우리가 알고 있는 전통수필의 개념과는 비교적 달라 수필장르의 명칭으로 통용되진 않았다.

우리나라 수필은 1930년대 이양하, 김진섭과 같은 문인들이 쓰게 되고, 후배들은 이양하 류의 글을 경수필, 김진섭 류의 글을 중수필의 성향으로 구분하였다. 그 후 피천득 수필이 독자에게 많이 읽히면서 개인의 고백과 정서적 체험을 다룬 글이 한국 현대수필의 중심으로 정착하게 된다.

하지만 세상이 많이 변해가고 있다. 날마다 변해가는 하이브리드 시대에 수필가들은 한국 현대수필의 영역을 넓혀가기 위해 열린 사고로 글쓰기에 전념한다. 하이브리드 시대에는 글을 쓰기 위한 발상전환이 중요할 수밖에 없어, 평범한 소재라 해도 '낯설게 하기'를 통해 대응해 나갈 수밖에 없다. 그때 한국 현대수필은 시대에 맞는 수필의 정체성을 찾게 되고, 그 자체가 미래수필의 자리를 굳혀가게 된다.

그런 면에서 그동안 시도적인 기법으로 글의 세계를 선보이며 시대를 따라가는 수필을 쓰려고 노력해 왔다.

이번 발행되는 「청색시대」도 특집 '가장 버리고 싶은 것'과 여러 형태의 소재를 주제로 삼아 글의 세계를 보여주고 있다. 해마다 발간되는 「청색시대」는 회원들의 개성으로 점철된 광장이라 글을 읽는 독자에게 많은 기대감을 심어주고 있다.

'코로나19' 시대로 여건들이 녹록지 않음에도, 이처럼 스물일곱 번째 「청색시대」를 발간할 수 있는 것은 문인회 회장을 중심으로 한 회원들의 노력이라 할 수 있어, 그 어느 때보다 노고가 크다고 생각한다.

앞으로도 문인회 발전을 위해 회장을 비롯한 회원 모두가 숨고르기를 하며, 「현대수필문인회」를 튼실하게 가꿔나가길 기원한다.

스물일곱 번째 「청색시대」 발간을 진심으로 축하한다.

| 차 례 |

3 버디그리

4 모브

제2부 시간 속으로 지다

1 켈리 그린

2 초크

3 옵시디언

4 셀루리안

버리고
비우고

1 헤머타이트

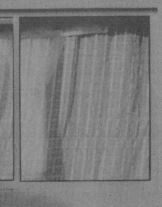

헤
머
타
이
트

그 후, 15년

노정숙

elisa8099@hanmail.net

　노인의 '어서 죽어야지' 하는 말이 3대 거짓말 중에 하나라고 한다. 하지만 나는 그 말이 거짓이 아니라는 쪽으로 더 기운다. 몸의 쇠락은 누구도 피할 수 없는 일인데 노인이라고 마냥 살고 싶겠는가.

　아직은 몸보다 마음이 부대낄 때가 많다. 조심성 많아진 몸의 신호를 무지르며 여전히 꿈꾸는 가슴이 난감하다. 가끔 먹통이 되어버리는 관계에 기운이 빠진다. 그러면 나는 매일 먹어야 한다는 혈압약을 띄엄띄엄 먹다가 한참 먹지 않는다. 고혈압은 가족력이다. 아버지와 큰오빠가 뇌졸중으로 쓰러지셨다. 그래도 난 강단 있는 엄마 체질을 닮아서 괜찮을 줄 알았는데 수년 전부터 처방을 받고 있다. 며칠 안 먹으면 얼굴이 붓는데, 더 오래 버티면 그런대로 몸이 적응을 하는지 아무 증상이 없다. 홀로 떠나는 연습을 소심하게 해본다.

미셸 투르니에는 『짧은 글 긴 침묵』의 끝부분에 자신의 추도사를 썼다. '1924년 출생 2000년 사망, 파리 한복판에서 태어나는 즉시 그는 그게 세상에서 가장 불친절한 도시라는 것을, 특히 젊은이들에게 그렇다는 것을 깨달았다. 그래서 일생 동안 슈브레즈 골짜기의 한 작은 마을의 사제관에서 줄곧 살았다. … 그는 오랫동안 철학공부를 하고 나서 뒤늦게 소설에 입문했다. 그가 구상한 소설은 언제나 가능한 한 관습적인 외관을 갖춘, 지어낸 이야기들로 눈에 보이지는 않지만 적극적인 빛을 발하는 형이상학적 하부구조를 감추고 있다.'

그는 그의 할아버지와 아버지가 죽은 76세가 자신이 죽기에 아주 좋은 때이며, 행운과 이성을 잃지 않은 채 늘그막의 고통과 욕됨을 피할 수 있는 나이라고 생각했다. 그러나 세기가 바뀌는 2000년, 그는 죽음을 놓치고 말았다. 다시 15년을 더 살다 91세에 세상을 떠났다.

'아침의 기도: 주여, 저의 가는 길 위에 광휘에 찬 사랑을, 저의 삶을 휩쓸어버릴 사랑을 놓아주소서! 마음도 섹스도 진정된 가운데 이런 기도를 드리는 내게 어찌 두려움과 떨림이 없겠는가. 불타는 마음으로 기도를 하면 그것이 결국은 성취되고 만다는 것을 경험으로 알고 있는 터이니 말이다. 그래서 덧붙이는 기도: 주여, 제가 소원을 빌거든 부디 무조건 들어주지는 마시옵소서!' 독신주의자였던 그의 기도를 들으며 나는 연신 키득거렸다.

2004년, 그의 책을 번역한 김화영 선생이 슈브레즈의 집에 방문했을 때 몇 년 전부터 구상하고 있는 '흡혈귀'에 대해 물으니, 흡혈귀가 다닐 만한 길인 파리의 파르 라 셰즈 묘지에서 몽마르트르 쪽을 걸어봐야 하는데 그 길을 걸을 수가 없어서 못 쓰고 있다고 한다. 하기는 1997년에 한국 문학 포럼에 초청했으나 먼 여행이 힘들다고 거절한 바 있다.

젊은 날 그는 소설 『메테오르』를 쓰기 전에 세계를 한 바퀴 돌았고, 『황금 물방울』을 쓸 때는 사하라 사막까지 찾아갔었다. 자료를 잔뜩 쌓아 놓고도 현장에 가서 보고 느껴야 쓸 수 있다니, 거동이 불편해진 그의 마지막 15년을 헤아리면 애도가 깊어진다.

이참에 나는 죽음을 마땅히 받아들일 만한 희망 나이를 생각해 본다. 희망 나이의 기준은 사람마다 정신과 육체의 건강 상태에 따라 다르다. 늙거나 병이 들수록 생의 애착이 깊어진다고도 하지만, 그동안 많은 죽음을 바라보며 나름 마음을 다지기는 했다.

늦둥이로 태어난 나는 엄마한테서 늘 미안하다는 말을 듣고 자랐다. 학교를 마치는 것만 봐도 좋겠네. 결혼하는 것만 봐도 한이 없겠네. 이렇게 소원하셨는데 엄마는 외손녀가 대학생이 되고, 외손자가 군대에 가는 것까지 보셨으니 미안함을 상쇄하고도 남았다. 엄마의 희망 나이는 70세도 안 되었지만 84세에 돌아가셨다.

자리보전을 하지 않고, 평소 기도처럼 '잠자듯이' 편안히 가셨다. 그 무렵 셋째 오빠가 심각하게 아팠는데 엄마한테 알리지도 못하고 조마조마했었다. 엄마가 그리도 속전속결로 돌아가신 것이 다행이라며 가슴을 쓸어내렸다. 이제 와 생각하니 엄마한테 미안하다. 그때 나는 엄마의 생이 그만하면 괜찮다고 생각했다. 그러니 미안해서 그 나이를 넘고 싶지 않다.

희망 나이를 넘어선 나머지는 잉여시간이다. 의무나 책임에서 벗어난 그 시간에 몸이 자유롭다면 홍복이다. 정신을 벼려 다그칠 일이 아니라 몸의 소리에 귀 기울여야 한다. 굼뜬 몸과 헐렁해진 생각은 잘 맞는 짝이다. 재촉하지 않아도 죽음은 다가온다. 죽음은 삶의 완결이다. 이 불변의 사실이 인간을 그나마 겸손하게 한다.

아무도 모르게 들끓던 마음을 다잡는다. 이제 차선이 최선인 시간이다. 극적인 삶이나 명문이 아니어도 괜찮다. 별일 없이 오늘을 살아낸 게 어딘가. 책을 주문하고 쇼핑을 하고 다시 혈압약을 먹는다. 절로 무장무장 늙어간다.

念 念 念

최진옥

choijo1769@gmail.com

하루에도 수없이 떠오르는 생각들.

구름 피어나듯이 일어났다 사라지는 수많은 생각과 함께 인생이 지나간다. 좋은 생각, 나쁜 생각, 즐거운 생각, 괴로운 생각 등 갖가지 생각에 따라 희로애락이 교차하고 얽히고설키면서 삶은 다양한 감정과 색깔로 이어진다.

사람은 생각한다, 고로 존재한다는 데카르트의 말을 빌리지 않더라도 사람은 생각하지 않고는 살 수 없는 존재이다. 생각의 연속 속에 살고 있으면서 평소에는 생각한다는 사실조차 감지하지 못하고 있다. 생각하면 어리석기도 하다. 머릿속에 가득 찬 생각 속에서 허우적거릴 때가 오죽 많았나. 그런 순간순간마다 생각에 얽매이지 않고 조절할 수 있었다면 인생은 좀 더 아름답고 만족스러운 때가 많았을 것이다. 감정에 휘둘리지 않고 스스로 주인이 되어 여백이 있는 삶을 그려낼 수 있었을 텐데.

　많고 많은 생각 중에 쓸 만한 생각이 얼마나 되었을까. 가만히 들여다보면 대부분 잡념雜念이다. 쓸데없는 생각, 안 해도 될 생각에 빠진 적이 얼마나 많았는가. 잡념은 한 번 일어나면 꼬리에 꼬리를 물고 번져나가면서 머리를 복잡하게 한다. 심각하게 고민하고 그 고민이 쌓이면서 해결하지 못해 안간힘을 쓴 적이 어디 한두 번인가. 걱정을 한가득 안고 감당하지 못하는 인생의 무게를 버거워하면서 힘들어했다. 자신을 돌아보기 전에 남 탓을 했다. 그렇게 스트레스를 받으면서 인생의 많은 시간을 흘려보냈다.

　도저히 풀리지 않을 것 같은 일에 맞닥쳤을 때, 시야가 좁아져 앞뒤가 보이지 않고 남의 이야기가 귀에 들어오지 않을 때, 그래서 삶이 불행하다고 느껴질 때 돌파구가 필요하다. 이럴 때는 단념斷念하고 새로운 길을 찾는 것도 한 방법이다. 단념한다 해서 포기하는 것은 아니다. 뒤돌아보지 않고 더 이상 생각하지 않는 것이다. 아쉬움이 남기도 하고 후회되기도 하지만 시간이 지나면 잊어버리게 되어 있다.

　이러지도 못하고 저러지도 못하고, 단념도 하기 어려울 때, 때로는 체념諦念도 할 줄 알아야 한다. 상대방의 생각과 처지를 생각하지 않고 그럴 여유도 없어 자기 생각대로 밀고 나가려 하면 부딪치게 마련이다. 주변의 환경과 여건이 뒷받침되지 않아 아무리 애써도 안 되는 일인데 꼭 이루고 말겠다고 고집을 부린다. 되지도 않을 일에 몰두하면서 시간과 에너지를 소모하기도 한다. 이럴 때는 나도 힘들고 상대방도 힘들고 주위 사람 모두 힘이 든다. 체념하는 것이 자존심 상할 일은 아니다. 문제 해결의 하나라는 것을 인정하면 마음은 훨씬 가벼워진다. 서로를 위하는 일이기도 하다.

그렇다고 단념이나 체념은 쉽게 할 일이 아니다. 자기 주도적인 삶과 멀어지면 곤란하다. 어려운 일을 피하는 것만이 방법은 아니지 않은가. 자신의 능력으로 해결 가능한 길이 있는지 자기성찰이 필요하다. 성찰에는 반성도 필요하다. 좋은 방법을 찾아 새로운 길을 갈 수 있다면 그 일에 전념專念해야 한다. 그러다 보면 그 일이 무엇이든 성취감을 느낄 수 있다. 전념의 대상이 무엇이냐에 따라 삶은 다른 모습으로 전개된다. 몰두할 수 있는 대상이 있다는 것은 삶을 여유롭게 한다.

생각이 지나쳐 관념觀念에 사로잡힐 때 이성이 제대로 작동하기 어려워진다. 개념槪念 없이 본질에서 멀어져 사회적 통념通念에서 벗어나 예측하기 어려운 길을 갈 수도 있다. 그 어떤 생각이든 사회적 통념을 벗어나고 시대적 문화적 통념에 매이지 않고 행동하려면 용기가 필요하다. 웬만한 신념信念이 없으면 어려운 일이다.

신념은 삶의 중심을 잡아준다. 신념이 없이 살다 보면 삶이 흔들려 방향을 잃게 된다. 신념은 적당해야지 너무 강하면 집념執念과 쉽게 연결된다. 집념에는 부정적인 이미지가 있다. 집념이 강해지면 여러 가지 문제를 낳는다. 사물이나 인간에게 지나치게 집념하다 보면 자기 자신에게 매몰되거나 타인에게 피해를 주기 쉽다.

신념의 대상이 이념理念과 관계가 되면 또 다른 문제를 가져온다. 이념화되어 어느 한쪽으로 치우치게 되면 사람들 사이에 갈등과 대립이 생기기 쉽다. 이념이 개인에 멈추지 않고 집단화되어 균형을 잃고 대립과 갈등이 깊어지면 사회와 역사에 부정적인 영향을 줄 수 있다.

하루하루 살아가면서 한 생각에서 파생되는 수없이 많은 생각이 우리의 삶을 윤택하게도 하고 고통스럽게 하기도 한다는 생각조차 할 여념餘念이 없다면 어떻게 해야 하나. 살아가면서 유념留念해야 할 일이 무엇인가. 힘들게 하는 자잘한 생각에 괘념掛念치 않고 나 자신의 삶에 충실하려면 어떻게 해야 하나.

기념紀念해야 할 일을 많이 남기는 것도 좋은 일이라 생각한다. 나쁜 일보다는 좋은 일로 기념하고 싶은 날들이 많다는 것은 유쾌한 일이지 않은가. 사람들과 함께 살면서 오래 기억하고 싶은 일을 많이 만들어 보자. 좋은 기억과 추억이 많을수록 인생의 책자에 아름다운 그림들이 쌓여갈 것이다. 그 책갈피 속에는 아픈 통념痛念과 침묵 속에 내려앉는 어두운 묵념默念의 장면도 몇 장면 있을 터이지만.

온갖 상념想念들이 머릿속을 떠나지 않고 빙빙 돌 때 머릿속을 비우고 싶어진다. 일념一念으로, 단념丹念으로 오직 한 생각 간절해지면 무엇인들 이루지 못할 게 없을 것 같다.

일상의 생각이 한결같은 상념常念으로도 마음이 편안해지고, 아무런 걸림이 없이 무념無念의 순간을 경험할 때 느끼는 편안함을 오래도록 유지할 수 있다면 얼마나 좋을까. 무념은 생각이 없는 것이 아니다. 사람은 생각하는 동물이라는데 어찌 생각 없이 살 수 있겠는가. 모든 잡다한 생각에 얽매이지 않고 자유로워지는 것이다. 그런 경지에 자주 오를 수 있기를 바란다. 욕심일까. 무념무상의 경지를 범부가 넘보다니. 그렇다고 넘볼 수 없는 경지도 아니지 않는가.

마음의 짐

김수금
skkim8661@daum.net

무엇인가 버리고 싶다.

겹겹이 세월에 묻혀 있었던 짐들을 벗겨내고 싶다.

묵은 살림, 몸에 맞지 않은 옷일까. 애틋해 손길이 자주 가는 가구일까. 나와 함께 세월의 인고를 버텨온 애장품들도 있다. 저마다 역할의 필요성이 있어 제 위치에서 편리하게 사용되어 왔다. 가구 나뭇결에 흠집도 생기고 손때가 묻은 것이, 마치 나의 생애의 흔적인 양, 더덕더덕 붙은 아집과 고집을 대변해 준다.

영원한 소유물이 없듯이, 물건에 대한 애착과 집착에서 자유로워지고 싶다.

살아갈수록 단조로운 공간에서 편리하게 사용되는 심플한 것이 유용하게 쓰인다. 언제 보아도 식상하지 않고 누구에게 주어도 후회가 되지 않은 물건이 좋다. 부모가 자녀에 대한 사랑도 과하면

자칫 헤어 나올 수 없는 집착과 소유욕이 된다. 자녀로부터 내가 먼저 해방의 깃발을 선포하고 싶다.

온갖 욕심을 내려놓지 못한 어리석음이 인생길에 좌초를 만나기도 한다. 거친 세상 더 풍요로운 단비로 촉촉하게 적셔줄 삶으로 살고 싶었는데 뜻대로 되지 않았다. 예단할 수 없는 미래에 대해 미리 염려하며 부정적인 사고로 선택을 잘못했던 순간들이 슬픔으로 뒤엉키기도 한다. 육신의 노화 현상을 겪으면서 정신과 의지도 점차 약해져 감을 확연히 깨닫는다. 추구하고 싶은 꿈들도 내면에서만 꿈틀거리고 이루지 못한 아쉬움에 자책감을 느낀다.

진정 버리고 싶은 것은 싫증이 나거나 노후가 된 물건만은 아니다. 자신의 삶에 걸림돌이 되어버린 지나친 나의 중심적인 자존심, 나를 지배하는 잘못된 아집과 가식, 오해의 흔적, 응고된 상처의 잔해, 혼란했던 기억들을 버겁게 끌어안고 속병을 치른다. 걸림돌이 추억으로 간직하기에는 정신적인 지배의 그늘에서 온통 그 기억 속에 갇혀있는 기분이다. 무엇인가 새로운 방향으로 추진하고 싶을 때도, 발목을 잡고 있다는 착각을 떨칠 수가 없다.

인간은 나약한 존재임에도 불구하고, 감정을 절제하지 못해 큰 실수를 초래할 때가 있다. 나 역시 절제하지 못한 다양한 감정으로 인해 상대의 마음에 상처를 남기기도 했음을 고백한다. 감정을 조절하는 것은 자신의 편견을 버렸을 때 신뢰를 지키는 바탕이 된다. 인간관계도 성심을 다해 섬기듯이 대하고, 진정성을 추구하고 싶었지만, 사교적 자세가 미흡하여 속 좁은 옹졸함이 먼저 앞섰다. 돌이켜 보면, 적극적인 행동으로 다가서지 못한 잘못된 선택들이 한계에 부딪히곤 했다. 사람을 분별할 수 있는 지혜와 능력이 부족한 탓이기도 하다.

나를 나 되게 하는 힘은, 과욕過慾에서 한 발짝 물러나 일상을 소박하게 유지해야 한다. 스스로 자신을 사랑하고, 내면에서 진실이 우러나오고, 순박한 가치를 발견할 때 육신은 쇠할지라도 영혼은 아름답게 성장하리라 믿는다.

인식하지 못한 관념적인 사고에서 벗어날 때에서 벗어나 마음에 무겁게 껴안은 짐들을 이제는 초연하게 버리고, 여백의 길을 찾아 나선다.

삶의 속도를 늦출 때

왕옥현

oh-wang@hanmail.net

지금껏 내 삶은 직진 일색이었다.

춘래불사춘 같았던 지난해, 봄꽃을 바라보는 것조차 사치스러웠다. 생전 처음 겪는 세계적 팬데믹 상황 때문이다. 메르스나 사스 같은 전염병 기사가 뉴스를 장식할 때도 사실 피부에 와 닿지 않았다. 누군가는 병에 걸려 생사를 달리했지만 곧 발 빠른 정부의 대처에 사태는 진정되고 다시 일상을 회복하곤 했다. 어차피 살고 죽는 일은 하늘의 일이려니, 운명론적 사고에 갇힌 것처럼 무덤덤했다. 하지만 지난해 역병의 창궐은 나를 비롯한 소시민들의 삶을 온통 흔들어댔고 일상은 어그러졌다. 회복력이 뛰어나던 지난날과 전혀 다른 일상이 여전히 진행 중이다.

사회적 거리두기가 이어지며 홀로 있는 시간이 많아졌다. 약속과 만남은 숨을 쉬는 것처럼 당연한 것이었는데 모든 일정이 사라진 시간들이 어색했다. 묘한 해방감과 자유로움도 잠시, 현실은 보이지 않는 창살에 갇힌 듯 갑갑하다. 홀홀 털고 여행을 떠날 수도 전시장이나 음악회도 갈 수 없다. 동네 모퉁이 카페에서 소소한 수다를 떨던 것도 눈치가 보이니 일상이 위축되고 활기가 사라졌다. 그동안 직진하던 내 삶에 제동이 걸리자 밖으로 나있던 시선이 방향을 틀었다. 흘려보낸 내 시간을 복기해보는 일이 잦다. 멈춰야만 보이는 것들은 길가의 야생초만이 아니었다.

지인들과 SNS를 통해 신변잡기는 이어갔지만 수박 겉핥기 같다는 느낌에 자주 사로잡혔다. 쉴 새 없이 자신의 일상을 털어놓고 사진을 올리는 이도 있지만 답글을 다는 것에 흥미를 잃었다. 상대 이야기는 일방적일 때가 많고 글을 읽는 대상이 여럿인 공간에 내 의견을 문장화하는 게 불편했다. 무엇보다 나를 콕 집어 한 말도 아닌데, 오지랖인 것 같기도 해 적었던 글귀를 지웠다. 이모티콘 하나를 골라 내 생각을 대신하는 것으로 등록하고 톡방을 나왔다. 처음엔 소외된 것 같아 우울했던 감정도 점차 무덤덤해졌다. 지금껏 내가 맺어온 인간관계망이 코로나19로 인해 촘촘해지는 중이다.

그런데 내 자신을 오롯이 들여다보게 되자 오히려 천 가닥 만 가닥으로 흩어지는 생각들로 인해 더 혼란스럽다. 주어진 상황에 따라 열심히 살았다고 생각했으나 노력한 만큼 유형무형의 충분한 대가를 얻은 것 같지 않다는 생각이 들고, 어떤 것들은 노력할

수록 더 엉켜 안 하니만 못한 일도 있음을 알아챘다. 나답게 사는 법을 잃어버린 채 앞만 보고 내달렸다는 자괴감은 자주 들었고 무엇 하나 후련한 게 없다. 어릴 때는 부모님과 선생님 말씀 잘 듣는 순종적인 아이로 자랐다. 성인이 된 후에는 사회가 요구하는 조건에 나를 맞추기 위해 종종걸음의 연속이었다. 남 보기에 그럴듯한 학력과 경력이 전부인 줄 알고 직진만 할 줄 알았다. 하루를 갈래갈래 쪼개 빈틈없이 살았는데 충만함은 점점 멀어지고 허탈하고 뭔지 모를 억울함에 사로잡히기 일쑤였다.

나는 나를 위한 삶이 어떤 것인지 기본조차 모른 채 내달리기만 한 것 같다. 열심히 부단히 쉬지 않고 달리다 보면 무언가 얻어지겠지, 뭔가를 이룬 사람이 되겠지, 누구나 부러워하는 자리에 있겠지, 막연한 희망에 사로잡혀 삶의 빈 칸을 열심히 채워왔다. 생각의 가지를 하나씩 잘라낸 자리마다 무엇을 위해 직진뿐인 삶을 살았나, 물음표만 남았다.

여행지에 가서도 전투하듯 다녔다. 하나라도 더 많이 보고 체험해야 한다는 강박에서 놓여나질 못했다. 천천히 둘러보며 즐기라지만 나는 그러지 못했다. 왠지 시간을 낭비하는 것 같아 더 부지런하게 걷고 또 걸었다. 충전을 위해 떠난 여행인데 오히려 방전된 채로 현실로 복귀하곤 했다.

허점투성이였던 지나간 시간을 인지했다고 반전의 현실이 펼쳐지는 것은 아니다. 머릿속에서 늘 생각했지만 좀체 자라지 않던

끈을 이제라도 이어야겠다는 각성으로 가슴이 벅차긴 하다. 관성의 법칙처럼 난 또 직진할 가능성이 농후하지만 자주 멈춰서는 법을 익히겠다고 다짐한다. 직진본능 스위치를 올렸다 내렸다 하며 적정한 수위가 될 때까지, 지금껏 그랬듯 시행착오를 또 겪겠지만 알고 난 이상 분명 달라질 거라 생각한다.

코로나19는 분명 재앙이다. 하지만 수많은 실패를 통해 진화를 거듭한 지난날처럼 길을 찾아낼 거다. 나 역시 앞만 보고 달려온 어제와 조금은 다른 방식으로 살아볼 기회를 얻었다. 직진만이 삶의 방식인 줄 알았던 과거와 판이하게 다를 순 없어도 후회가 덜한 길을 찾아 재출발할 시점이다.

되고 싶고, 닮고 싶다

한경화

rahan927@hanmail.net

가랑가랑 비가 온다.

내리자마자 비는 어디론가 사라져 버린다.

지반의 불균형으로 고여 있는 물이 군데군데 보인다.

그곳은 내리는 비의 존재를 동그란 파장으로 확연히 보여준다.

다른 이의 존재를 알려주는 고인 물과 같은 사람.

그런 사람, 되고 싶다.

야생화가 가풀막진 곳에 함초롬히 피어 있다.

철근과 목재, 덤프트럭 여기는 공사장.

혼탁하고 거친 그곳이 시나브로 정화된다.

누굴까.

미리 씨를 뿌려 공사 중의 번잡함을 완화한 이가.

누군가의 그늘이 아닌 개성으로 도담스러운 꽃을 피게 한 이가.
남을 위해 꽃씨를 뿌리는 사람.
그 사람의 여유, 닮고 싶다.

고여 있어 썩는 것만 알았다.
밝은 빛을 보지 못한다고 어둡다고.
왜 나만 '여기에'라고.
내가 움직여 환해질 것에는 관심조차 없었다.
노력도 하지 않고 남의 능력만 부러워했다.
밝음은 어둠에 의해 의미 있는 존재로 재탄생된다는 것.
자리보다는 주어진 환경에 최선을 다하는 아름다움.
비로소 보인다.

*가풀막지다: 땅이 가파르고 비탈져 있다.

헌 새옷이 주는 기쁨

최이안

graeso@hanmail.net

싹둑싹둑
소매를 자르고
바지단도 자른다.
디자이너가 되어
필요 없는 길이와
거추장스런 무게를
삭둑 거둬낸다.

자르고 입어보고
자르고 입어보고
새 옷 사온 기분으로
헌 옷을 반겨준다.

옷장 앞에서
계속 서성이다
멀쩡한 옷을 망칠까
은근히 겁이 나는데
가위는 더 걷자고
자꾸 손을 당긴다.

봄맞이 옷 정리를 하려고 옷장을 열었다. 구석에서 존재조차 잊혔던 옷들이 나온다.

얼마 전, 올해의 패션 트렌드로 '헌 옷'이 꼽혔다는 기사를 읽었다. UN의 조사에 의하면 전 세계 폐수의 20%, 탄소의 10%가 패션업계에서 나온다. 소비자들이 친환경 패션을 추구하자 명품 업체들은 재활용품을 사용한 업사이클링을 한다. 중고품을 개조하거나 덧대면 하나밖에 없는 제품이 탄생하지만, 중고품을 세척하거나 해체 후 수작업하면 새 재료를 사용하는 것보다 비용이 더 든다. 그래도 소비자가 이런 비싼 제품을 사는 이유는 환경보호에 동참한다는 위안을 얻기 때문이란다.

버릴까, 망설이던 옷들을 모았다. 기장이 긴 바지들의 단을 잘랐다. 너덜너덜한 밑단이 유행이니 다행이다. 바지통이 애매한 것은 아예 반바지로, 긴 소매는 반팔로 바꿨다. 스카프도 너무 큰 것은 반으로 잘랐다. 싹둑싹둑 가위질 소리에 욕심마저 잘려나가는 것 같다.

샤넬은 항상 목에 가위를 걸고 있었다. 가위질의 재미를 알고 나니 군더더기를 수시로 잘라냈던 그녀의 마음을 알 것 같다. 명품 창조와는 거리가 있지만, 내 가위질도 재창조를 한 것은 분명하다.

고친 옷은 분명 헌 옷이지만 다른 디자인으로 거듭났으니 새로운 기분으로 입을 수 있는 헌 새 옷이다. 가위질하며 스트레스 해소하고, 돈도 절약했는데 환경에도 유익하리라 생각하니 더욱 기쁘다. 고칠 것이 더 없나 옷장을 뒤지니 갖고 있는 옷들이 파악된다. 개조한 옷들과 다른 옷들을 맞춰 입어보며 거울 앞에서 패션쇼를 했다. 당분간 새 옷을 사지 않아도 충분하겠다.

온인설성 溫人雪性

윤영자

yjyoon3303@naver.com

'온인설성'이란, 자는 원춘元春이요, 호는 완당玩堂이며 추사秋史 인 이조 헌철종憲哲宗 때의 명필가, 실학파實學派의 학자인 김정희金 正喜가 붓글씨로 쓴 고사성어다.

힘 있는 필체가 좋고, 말이 주는 의미가 좋아, 목각으로 취미 생 활을 할 때, 괴목판에 필체를 옮겨 쓰고 벽에 걸 수 있는 현판 액 자로 제작한 것이다. 가로가 104센티, 세로가 28센티인 액자는 사방을 동질의 각목角木으로 두르고 예리한 각角은, 둥글게 다듬 어서 경계를 1센티 높이의 둥근 선으로 포인트를 주었다. 진한 나 무 색깔로 옷을 입히고, '尹 英 子 刻'이라고 새겨져 있으니, 어엿 한 나의 목각 작품으로 등장했다. 예술적인 세련미는 없지만 손수 만들었다는 점에서 자부심이 생긴다. 여느 때는 구석진 자리에 보 이지 않게 보관하던 것을 이번에 이사 온 새 집에는 거실 측벽에 걸었다. 날마다 추억이 있는 그림을 그리며 바라보니 때마다 행복한 마음으로 뿌듯하다.

溫 人 雪 性_ 인간은 따뜻하고, 성품은 눈같이 깨끗한 인성에 맞추어, 일상의 말 한마디와 날마다의 작은 행위가 1등급을 차지하는 언행일치의 삶을 실체로 보인다면, 작은 데서 얻어지는 넉넉함으로 푸근함을 느낄 것이다.

눈을 감고 1등급의 인생을 생각해 보니 테레사 수녀의 일생이 그려진다.

테레사 수녀는 당신의 눈에, 당신의 미소에, 당신의 말 한 마디에 온몸으로 사랑을 말하고, 선한 아름다운 희생으로 남을 섬기는 봉사의 책임을 완성했기에 많은 사람에게 존경을 받는다. 그가 이 땅에서 멀리 자취를 감춘 지금도 거의 성녀聖女로 추대되니, 인정받는 그의 참된 희생 봉사가 돋보인다.

거기까지 도달하지는 못해도, 내면적인 1등급 인간으로 자리매김 하기 위한 자신으로 갈고 닦아, 타인에게 피해를 주지 않는 인성으로 키우는데 노력하면 그것은 바람직한 일이 된다. "3살 버릇이 80까지 간다"는 속담은 죽을 때까지 배워야 한다는 의미에서 다시 받아들인다. 누구나 참을 위하여 노력하는 과정이 아름다운 것이다.

말과 행실에는 등급이 있다.

듣기에 좋은 말, 진실한 말, 위로의 말, 기쁨을 주는 말, 맑은 말, 지혜의 말, 사랑의 말은 짧은 언어로 쉽고 정확하게, 대면자의 심금을 포괄하는 일상에 필요한 1등급 말이다. 짧은 말속에 의미 있고 생각 있는 말은 본인의 인격을 차원 높게 승화시킨다. 우리가 하지 말아야 할 말은 조롱의 말, 실망의 말, 오만한 말, 상처의 말, 복수의 말, 마지막 말, 자랑의 말, 흉보는 말, 말총이 되는 말은 해서는 안 된다. 남에게 눈총을 주는 태도나, 분노를 폭발하는 거북한 말을 하는 사람 앞에서 나는 할 말을 잃을 때가 많다. 결코 해서는 안 될 말과 행동을 실제로 하는 것은 자기 얼굴에 스스로 침을 뱉는 행위다.

선의의 말과 행동이 일치되는 삶은 존경을 받는다.

예의를 갖추는 사람이 되고, 서로 상대방을 이해하고 아끼며, 함께 울어주는 사람이 되어, 너와 나 사이에 평안을 빌고 축복을 빌어주는 마음을 가짐으로 나의 일상의 언어와 행실에 1등급으로 남이 공감해 줄 때, 보람과 행복을 느낀다.

1등급보다는 개성을 중시하는 시대에, 세상은 급속도로 변하여 인간성도 악의 소굴에서 젖어 헤맬 수밖에 없는 시대라 해도, 이율배반의 삶이 되어서는 안 된다. 감정적인 언어로 폭발시키는 혼란을, 다시 한 번 생각해서 이성理性으로 여과시키는 노력은, 깨어서 열매를 맺을 수 있는 지혜로 문화인 속에 서게 한다. 신앙인으로 믿음의 실천을 지키는 의미에서도 온인설성의 성품 안에서 1등급 언어와 최선의 행동으로, 스스로 타인을 위해서 기쁨을 줄 수 있도록 변하여 가는 모습은 이 시대에 필요한 아름다운 사고思考이며 인간다운 실천이다.

너무 아쉬워 마

박현경

phksam20@naver.com

나는 하고 싶은 것을 애써 참는 버릇이 있어. 몸치에 가까운 내가 배우고 싶은 것이 있다면 춤이야. 흥겹게 춤추는 영상을 보면 나의 가라앉은 기분에 날개를 다는 느낌이거든. 흥이 소진되어 갈 나이에 생활의 리듬을 탄다는 것은 새로운 인연을 만나는 것과 같은 기쁨이야. 그럴 때면 마음껏 멋을 부린 아름다운 문장으로 누군가에게 편지를 쓰고 싶어져. 가끔 설레는 마음으로 동네 카페에 앉아 책을 읽다가 느닷없이 바다가 보고 싶어지면 기동력이 없는 나는 난감하지. 종잡을 수 없는 마음은 고삐 풀린 망아지 같아. 나를 어디에 데려다 놓을지 몰라 불안해. 그 불안함이 부담스러워 이제는 버리고 싶어. 무엇이건 쉽게 버리지 못하는 나는 결정장애를 앓고 있기도 해. 무슨 일을 하려면 걱정부터 하는 성격이거든. 신중한 태도는 타인에게 신뢰감을 줄지 모르지만 버려야 할 습관이라고 생각해.

　언제나 변화무쌍한 나의 성격은 과녁을 떠난 화살을 닮았지. 사람이 사람에게 줄 수 있는 최고의 감동은 한결같은 마음이야. 나는 매사에 진득함이 없어 손해 보는 일이 많아. 어디 그뿐인가. 소극적인 나는 어린 시절부터 외로움을 많이 탔지. 가을이면 파란 하늘을 동경하여 구름을 타고 날아가는 신밧드 모험의 주인공이 되는 것을 상상하곤 했어.

　매번 틀리면서도 같은 답을 적는 나는 아무에게나 마음을 쉽게 드러내지 못하지. 남편을 처음 만난 날도 나의 본심을 감추면서 그의 진심을 엿보았어. 나 아닌 다른 존재에게 평범 이상의 각별한 마음을 갖는다는 것은 비로소 사랑의 의미를 소유하는 순간이었지. 그의 관심을 얻기 위해 눈치만 살피던 나는 상대보다 내가 더 좋아해야 하는 별난 습관을 갖고 있었어. 내게 기울어진 그의 마음을 읽으며 허전한 것은 그의 애정을 담을 내 그릇이 너무나 작은 것이었지. 나는 그의 진심 어린 정성을 헛소리로 여기기 일쑤였어.

　부부로 성숙되어갈 무렵, 남편은 적은 봉급을 모아서 깜짝 선물로 시계를 사다 준 일이 있었지. 그의 표정은 진지하다 못해 첫사랑을 대하는 멋쩍은 소년 같았어. 선물을 건네면서 좋아하는 내 모습을 기대했을 거야. 나는 배고플 그를 위해 무심코 시계 상자를 받아서 식탁 옆에 놓고 저녁 상차림에 열중했지. 그는 늘그막에 그때 일을 회상하며 나의 무심한 표정을 보고 허탈했다는 말을 했어. 내 마음을 얻으려는 남편의 진심뿐 아니라 사람들과의 관계 속에서 좋아도 싫어도 내색을 못하는 편이지.

인간관계는 고무줄과 같아서 당겨서 멀어지면 끊어지기 마련이고 놓으면 가까이 다가오기 마련이야. 살다가 내가 죽으면 나를 기억할 사람, 한 명쯤은 남겨야 하지 않을까. 조바심이 들기도 해. 타인의 관심과 애정을 받기 위해 나는 어떤 노력을 했을까. 내가 그들에게 해 줄 수 있는 것은 작지만 진심 어린 관심일 거야.

학창시절, 낯선 남학생의 방문으로 수줍은 인연이 시작되었지. 그의 첫인상이 깨끗하고 훤칠해서 내 가슴 한편에 자리를 잡았어. 그가 놀러오는 날을 기다리면서도 막상 만나면 무덤덤하게 대하곤 했지. 좋아하는 마음을 숨기는 어리석은 자존심으로 그의 뒷모습을 보아야 했어. 나에게 가장 버리고 싶은 것은 1그램도 안 되는 자존심이야. 버린 줄 알았던 자존심을 버리지 못하고 사는 것은 마음의 상처라고 생각해. 하고 싶은 것을 쉽게 실행하지 못하는 것과 버려야 할 것을 버리지 못하고 사는 것 사이에는 어떤 상관관계가 있는 것일까.

사람과 사람이 만나는 일은 세계와 세계가 만나는 일이야. 내 주변에는 내가 들여다 볼 것이 많은 사람들이 있었으면 좋겠어. 그리고 상대의 입장에서 내가 품은 세계가 얼마나 되는지도 한 번쯤 생각을 해야 되겠지. 서로 나눌 수 있는 것들이 많은 관계속에서는 버려야 할 것들은 중요하지 않아. 항상 상황에 쉽게 뛰어들지 못하는 나, 이제는 갈 때까지 가보려고 해. 온몸을 던져 사랑할 만한 가치가 있는 사람으로 기억되고 싶어.

소이부답笑而不答

박융달
godinpark@naver.com

나는 직업상 많은 나라를 방문하였다.

미얀마를 방문하였을 때 나는 문득 이곳에서 살고 싶다는 생각을 하게 되었다. 표현할 수 없는 그 무엇이 마음의 심연을 요동치게 했다. 타국에서 새로운 삶을 시작한다는 것은 누구에게나 쉽지 않은데 미얀마는 나를 흔들어 놓았다.

미얀마 방문에서 만났던 Mr. TUN은 아주 성공한 현지 사업가였으나 매우 겸손하고 매사에 신중하고 진지했다. 그의 세련되지 않은 투박한 말투와 깊은 배려심은 묘한 매력과 정감을 갖게 되었다. 내가 체류하는 동안 그는 모든 일정을 나와 함께 하였을 뿐만 아니라 많은 문화를 체험할 수 있도록 배려해 주었다. 어느 날 나의 요청으로 소박한 현지 식당을 가게 되었다. 기대와 호기심으로 나는 식당에서 가장 유명하고 맛있다는 음식을 몇 가지 시켰는데 수많은 음식이 나왔다. 내가 영문을 몰라 어리둥절하고 있으니 나에게 이곳의 음식을 전부 맛보게 하려고 그가 주문하였다고 했다. 나는 음식을 먹기도 전에 이미 그의 후덕한 배려심에 뱃속은 포만감으로 한껏 채워졌다. 그가 나에게 베풀었던 배려심과 깊은 정은 사업을 계산한 얄팍한 장삿속에서 기인된 것이 아님을 나는 쉽사리 느낄 수가 있었다. 나는 감정과 추억에 의존함 없이 미얀마에 살고 싶다는 마음은 지금도 변함이 없다.

금수禽獸보다 더 잔인한 참담한 현실을 바라보며 '모든 민족을 아우른다'는 뜻을 가진 미얀마(버마)는 누구의 미얀마인가 하는 생각으로 나를 절규하게 한다. 무엇이 그리도 선량한 그들을 이토록 사악하고 추악하게 변하게 하였는지 알 수가 없다. 인간의 본성本性이 아닌 또 다른 타성他性에 의해 그들의 마음이 변질되어 또 다른 미얀마의 혼이 되어가고 있다는 것인가!

끝 모를 삶의 경주는 속도전이 아니다. 우리가 감독이자 선수이기에 경기규칙을 지킬 수 있고, 어길 수 있는 것도 우리가 결정할 수가 있다. 나는 지금까지 어떻게 경주하였으며 지금은 어떻게 경주하고 있는지 이제는 냉철하게 달려온 흔적을 되돌아보아야 할 때가 되었다.

공자님은 논어論語에서 "군자, 화이부동子曰, 君子和而不同 하고, 소인小人, 동이불화同而不和"라고 일갈一喝하셨다. 나는 공자님의 이 심오한 말씀을 곱씹고 음미해 보곤 한다. 성숙하고 현명한 사람은 화이부동 하여 사람들과 화합하며 공영을 위해 함께 노력할 수 있으면서도 그 본질은 변하지 않는다. 그러나 미성숙하고 우둔한 사람은 자신의 출세와 명예를 위해 자신의 정체성마저 버리며 행동을 하지만 정작 동이불화 하여 사람들과 화합하지 못한다.

지금까지 나의 인생의 흔적들이 화이부동 한 삶으로 점철되었는지 동이불화의 삶으로 점철되었는지 다시 한 번 살아온 삶을 깊이 반추反芻하게 한다.

어느덧 마음이 하고자 하는 대로 행동을 하여도 법도를 넘어서거나 어긋나지 않는다는 종심從心의 나이에 들어섰다.

나는 온전하게 종심을 견지하며 삶을 제대로 살아갈 수 있을지 솔직히 장담할 수가 없다.

비움은 새로운 채움이다. 온전히 비우고 내려놓는 나의 초심의 삶으로 돌아가고 싶다.

여느 종교에서도 경구警句의 가르침으로 '아만我慢을 버려라, 교만驕慢은 패망의 선봉'이라 하지 않았던가!

수많은 내 삶의 흔적들 가운데 지우고 싶은데 지워지지 않는 아픈 흔적들이 있다.

감당하기에는 너무도 어려웠던 오래된 미래의 상황을 되돌아보니 참 귀인을 바라고 기다리곤 했었던 때가 있었다, 이제는 내가 그 누군가의 귀인이 되어야 할 때라는 것을 알기까지 참으로 지난한 삶을 달려왔다. 늘 문제를 풀기에 급급해 하며 내려놓지 못하고 비우지 못한 삶을 살아왔지만 이제는 문제를 출제하는 마음으로 삶을 살아야겠다. 많은 사람들은 여전히 동전의 양면을 논하지만 정작 동전의 옆면을 얘기하지는 않는다. 이제는 내가 동전의 옆면이 될 수 있는 삶을 살아야 한다.

한 해의 끝과 한 해의 시작은 다짐과 각오로 달라질 수 있는 것이 아니다. 나를 위한 삶을 살 것인지 아니면 함께 하는 우리를 위한 삶을 살 것인지를 알게 되는 것에서 전혀 다른 삶의 의미가 된다. 하나의 원은 처음과 끝이 같아진다. 우리가 아만과 교만을 버리고 함께 하면 하나의 더 큰 의미 있는 원이 될 수 있을 것이다.

대답하지 않고 웃기만 할 수 있는 '소이부답笑而不答'의 삶을 노래할 수만 있다면 미얀마의 봄은 다시 웃음꽃을 피울 것을 믿는다. 한곳을 향하는 날카로운 직선들은 부드러운 곡선으로 변화되어 의미 있는 원으로 만들어질 수 있을 것을 나는 믿고 바란다.

"너희는 먼저 그 나라와 그의 의를 구하라. 그리하면 이 모든 것을 너희에게 더하시리라."

삶의 가장자리에서

김상미

seabird59@hanmail.net

우울증과 씨름하다 심리치료사를 찾아갔다. 문진표를 작성하며 몇 가지를 묻더니 그는 이렇게 말했다. "자신에게 일어나는 일을 때리려는 원수의 손 같이 여기는 것 같아요. 그것을 힘들 때 손 잡아줄 친구로 여길 수 없을까요."

처음 듣는 치료사의 처방에 조금은 수긍이 가기도 하고 내 심리를 깊이 들여다보고 하는 말인가 반신반의했다. 나를 힘들게 하는 것들을 친구라고 생각하라는 말이 조금 불편하게 느껴지기도 했다. 그러나 전문가의 진단과 처방에 나의 심리가 달라지는 것을 느꼈다. 시간이 지날수록 심리치료사의 말이 정신건강 회복을 돕는 것 같았다. "내려가는 것이 행복해지는 방법"이라는 치료사의 말이 가슴에 와 닿기 시작했다.

50년 동안 나는 '더 위로 더 멀리' 가는 것이 삶의 옳은 방향이라는 생각에 사로잡혀 살았다. 더 높은 곳에 올라가기 위해서라면 잠자고 먹는 시간까지도 아껴야 했다. 높은 곳은 낮은 곳보다 더 나은 삶이라는 생각이 지배적이었다. 그 생각이 잘못되었다는 것을 알기까지 많은 시간을 돌아왔다.

높은 곳을 지향하는 삶은 늘 불안을 동반한다. 언제든지 바닥으로 추락할 수도 있다는 생각을 버릴 수가 없었다. 사소한 문제를 구실로 감정이 널을 뛰었다. 지상의 삶이라면 발을 헛디디거나 넘어져도 큰 상처 없이 툴툴 털고 일어나면 그만 아닌가. 되돌아보니 나를 추락하게 한 삶의 고지는 어쭙잖은 자만심이었다.

지성: 나는 늘 머릿속에서 살도록 훈련받았고 가슴으로 전해지는 정신으로 사고하는 방법은 훈련이 부족했다.

자아: 나는 늘 부푼 자아를 타고 하늘 높이 떠 있었다. 사람은 이러저러 해야 한다는 생각보다 부족함을 위장하기 위한 생각으로 가득했다. 삶의 자질구레한 것들과 관련을 맺기보다 그것을 넘어 비상하는 꿈으로 살았다.

윤리: 도달할 수 없는 윤리를 따라 살려고 노력했다. 내가 필요로 했던 것은 진실되며 있는 그대로 나에게 생명을 주는 정직한 통찰이었다.

지금까지 이런 생각들은 내 삶에서 영향력을 행사했다. 행동으로 옮기지 못할 때는 스스로를 나약하고 미덥지 못한 사람이라고 여기기 시작했다. 포부는 높고 결과가 그에 미치지 못했을 때 느끼는 좌절감은 삶의 의미를 잃게 했다. 어쩌면 목표를 높게 잡고 달성이 낮아 스스로 형편없다고 느끼는 것이 행복한 삶일지도 모른다.

주변 사람들의 삶과 늘 비교하며 나에게 질문을 하곤 했다. 나는 누구이고 나의 감각과 맞아 떨어지는 글쓰는 재능을 갖고 있는가. 그것은 나에게 주어진 소명인가. 어둠과 빛이 뒤죽박죽 섞여 있는 곳이 나를 잡아끄는 친구 같은 손길이었다.

어떻게 우울증과 친구를 삼을 수 있을까. 우울증이라는 친구는 내 이름을 부르며 내 관심을 끌려고 애쓰며 나와 함께 걷고 있다. 치유의 힘을 주는 진실을 말해주려고 하지만 나는 들을 수 있는 귀가 없는지도 모른다. 나는 친구의 부름을 무시한 채 계속 앞만 보고 걸어가고 있는 것인가.

친구는 더 가까이 다가와 내 이름을 큰 목소리로 부르고 있고 나는 뒤를 돌아보지도 않은 채 걸어가고 있다. 여전히 나의 관심을 얻는 것 외에는 어떤 것도 원하지 않는다. 나는 고통스러워하면서도 계속 뿌리치면서 걷고 있다. 내 관심을 얻지 못하자 친구는 우울증이라는 바위를 내 앞에 떨어뜨려 가는 길을 막았다. 나를 죽이려는 의도가 아니라 나를 그에게로 돌려세우려는 필사적인 노력으로 이해를 했다.

나는 순수한 모습 그대로의 내가 되길 원한다. 삶의 궤도에서 어디에 놓여있는지 어떤 행동이 올바른 것인지 알고 싶다. 누군가의 삶의 형상이 아니라 나의 삶의 형상으로 살고 싶어서 우울증과 이별하고 싶다.

버리고
비우고

2 오피먼트

아기는 손가락을 빨았습니다
내 낡은 전자렌지
우아한 거짓말
과거에 매여있는 자신을 발견
난 속 좁은 여자다
별을 다 버리고 싶소
가장 버리고 싶은 것
벗으니 웃는다
지미 엄마
다시, 살아보자
아무도 보지 않는다면

오
피
먼
트

아기는 손가락을 빨았습니다

한기정

thoth52@naver.com

아기는
엄지손가락을 입에 넣고
나머지 네 손가락은 살그머니 주먹 쥔 채
맹렬히 빤다.
망태할아버지가 잡아간다는 위협에도
빨간 약을 발라 '애비!'라 겁을 줘도
살이 통통 불어 손가락빵이 되어도
참다 못한 엄마의 벼락같은 고함 속에
철썩!
등짝이 후끈해져도
그 순간뿐
유혹을 멈출 수 없다.

아기는 아이가 되어서도 습관을 버리지 못했습니다.

입속에 든 엄지손가락과 은은히 풍기는 꼬랑내는 뇌 속의 딸랑이를 잠재우고 영원으로 들어선 듯 진공 속을 헤엄치도록 끌어당겼으니까요.

숱한 낮과 밤이 오고갔어도
걷다가 뛰다가
유치원을 다니다가 학교엘 들어갔어도
여전히 그 감미로움은 매혹적이다.
혼자 동굴에 들어앉은 듯
속이 잠들곤 한다.

허전함이었을까요.

왜 그토록 허전했을까요.

다리 밑에서 주워온 아이라는 말을 믿을 만큼 엄마와 닮지 않았기 때문일까요. 아빠를 꼭 닮아 밉다던 엄마에게 다가설 엄두가 나지 않은 탓일까요. 사는 게 만만치 않아 신경이 날카로운 엄마의 머릿속이 항상 소란했듯 아이의 머릿속도 덩달아 헝클어졌기 때문일까요. 백점을 맞지 못했다는 이유로 종아리가 시퍼렇도록 나무 빗자루로 맞곤 해서일까요. 행여 한 문제라도 틀리면 매가 무서워 어두워진 교실에 앉아 울곤 한 탓일까요.

부끄러운 일이라고 스스로 생각하면서도 그 일을 멈출 수가 없었습니다.

마약이었다.
행위 자체보다 집착한 기간이 그토록 길었다는 것이 독특하긴 하다. 어떤 이유도 없이 그냥 내 생겨먹은 것이 그랬을 수도 있다.

지금 생각하면 우습기도 하고 창피하기도 하고 한심하기도 합니다. 슬프기도 하고요.
그런 일들이 있었기에 오늘의 내가 있는지는 알 수 없습니다. 설혹 그런 측면의 가능성이 실오라기만큼 있다 하더라도 이제는 전혀 소용없는 일입니다. 너무나 오래전 본능에 충실했던 일이 지금의 내게 무슨 의미가 있겠습니까. 이미 피와 살이 되어 혈관을 돌고 돌아 공중으로 사라진 지 오랠 텐데요.
나를 외롭고 두렵게 하던 엄마가 지금은 무기력하게 병원 침대에 누워 하루를 천일처럼, 이천일을 하루처럼 보내는데 그토록 집요하게 손가락을 빤 이유를 곱씹고 생각하는 것이 무슨 의미가 있겠습니까.

자, 원인이 무엇이었던지 이제는 가여운 아기의 자기 달래기 에피소드를 얇은 명주에 적어 하늘로 나비처럼 날려버리려 합니다.

까맣게 태워 재를 강변에서 날려도 좋습니다. 기억의 DNA에서 삭제하려 합니다.

쓸데없는 물건들을 못 버리듯 부질없는 생각을 하곤 하는 바보스러운 습성을 버릴 때가 되었습니다. 한참 전에 그랬어야 했지요.

남아있는 한정된 시간과 간간이 고갈되곤 하는 에너지는 이제 앞으로 나아가는 데에만 쏟아도 넉넉지 않습니다. 내 사랑하는 사람들과 아름다운 추억 만들기에 전념해야 할 때입니다.

시간은 사건을 하찮게 만드는 요술을 부린다.
모든 것이 고의적 악의에서 비롯된 것이 아니면
설혹 그랬다 하더라도
시간의 말이 항상 맞는다.

내 낡은 전자레인지

조후미

hoomijo@hanmail.net

제작자의 의도야 어찌 되었든, 사물의 효용 가치는 사용자에 따라 새롭게 결정된다.

고려청자에 먹이를 담아 개에게 주면 개밥그릇에 지나지 않고, 하찮은 개똥에 가치를 부여하면 명약으로 탈바꿈하지 않던가. 우리 집 부엌에서 터줏대감 노릇을 하는 전자레인지의 쓸모를 논하는 것이 무가치한 일이 되어버린 것처럼….

동생은 죽기 전날 나에게 전화를 걸었다. 마침 마당에서 빨래를 널고 있던 터라 네 살짜리 아들이 대신 받아서 제 이모에게 이것저것 사달라는 것 같았다. 빨래를 다 널고 전화를 받으려 했을 땐 이미 통화가 끝난 후였다. 어쩌면 내게 마지막 인사를 전하려던 것인지도 모를 그 전화를 받지 못한 채, 생각날 때 다시 걸면 되지라는 안일한 생각을 했다.

다음 날, 추석을 쇠기 위해 고향으로 가던 중에 동생의 부고를 들었다. 실은 누구의 죽음인지 알지 못했다. 애들 아빠는 차를 돌려 장례식장에 도착할 때까지 동생이 죽었다는 사실을 알려주지 않았다.

어찌어찌 장례를 치렀지만, 온전한 정신은 아니었다. 동생 집에서 물건을 정리하고 돌아오던 길에 유품을 지하철에 두고 내릴 정도로 일상이 휘청거렸다. 동생의 마지막 흔적들을 되찾기 위해 유실물 센터에 수소문해 보았으나 찾지 못했다. 귀중품을 기대하고 습득물을 가져갔을 누군가는 가방 속 물건들을 보고 얼마나 당황스러웠을까. 일기장과 편지, 사진들이 그에게는 쓰레기에 불과했을 것이다. 그 물건들이 지금까지 나에게 남아 있었더라면 동생의 행적을 더듬어 볼 필체와 사연들로, 예쁘게 웃는 장면으로 남아 동생을 추억할 위안거리가 되어 주었을 텐데 말이다.

부모님은 지옥으로 던져졌다. 집 안 구석구석, 마을 곳곳에 남아 있는 자식의 흔적과 추억들이 끈적거리며 엉켜서 부모님의 발목을 잡고 늘어졌다. 내색하지 않으려 애를 썼지만 눈가가 짓물렀고 서로에게 우는 모습을 보이지 않으려 부부 사이에 대화가 사라졌을 즈음, 택배가 왔다. 신형 전자레인지. 동생이 생전에 추석 선물로 드리려고 회사에 신청했던 물건이 뒤늦게 부모님 댁에 도착한 것이었다. 자식의 삶과 죽음의 경계선에 놓인 그 물건을 부모님은 도저히 곁에 둘 수 없다고 나에게 맡기셨다.

전자레인지 뒷면에 쓰인 제조연월 1999년 9월. 그리고 동생의 사망연월 1999년 9월. 지금도 나는 이 숫자에 나의 모든 슬픔이 얼어붙어 있다고 믿는다. 세상은 세기말 감성으로 술렁이고 다가올 미래에 대한 기대감으로 들떠 있었지만, 사랑을 잃고 절망 속에서 세상을 떠나버린 동생을 보냈던 그날에 내 모든 희망도 갇혀버렸다.

슬픈 9월이었다. 전자레인지 상자를 들고 집으로 오는 길은 너무 멀고 아팠다. 어쩔 수 없이 가져왔지만 나 또한 한참 동안 그것을 상자에서 꺼내지 못하다 해가 바뀌어서야 사용하게 되었다. 하지만 전자레인지를 볼 때마다 마음이 아려서 눈물과 콧물이 줄줄 흘렀다.

부모님이 우리 집에 오셨을 때 동생을 대신하는 마음으로 식사를 차려드렸다. 동생의 분신 같은 레인지에 음식물을 넣고 다이얼을 돌려 음식을 데웠다. 동생의 손길이 스친 듯 음식은 금세 따스해졌다. 전자레인지가 윙 소리를 내며 내용물이 빙글빙글 돌아가는 동안은 동생이 살아서 우리와 함께하는 느낌이었다. 그러나 아이러니하게도 그럴 때마다 동생의 빈자리는 더 크게 느껴졌다. 부모님은 전자레인지의 존재를 눈치 채지 못하셨다.

이십여 년이 지난 지금, 이런 사연으로 나의 주방에 자리 잡은 전자레인지를 오롯이 아는 이는 나뿐이다. 일 년에 서너 번 우리 집에 오시는 부모님은 택배가 왔었다는 것만 기억하시고, 전자레인지를 함께 들고 왔던 아이들 아빠와는 남남이 되었기 때문이다.

그런데 며칠 전, 펵! 소리를 내며 두꺼비집 차단기가 내려갔다.

아파트 관리사무소 기사님들이 원인을 찾더니 내 낡은 전자레인지를 지목했다. 오래된 가전제품은 전력을 많이 소비하기 때문에 다른 가정에서도 이런 일이 종종 일어난다고 했다. 가능하면 새 전자레인지로 바꾸라는 말도 덧붙였다.

기사님들이 가시고 난 후, 난장판이 된 부엌을 정리하다 전자레인지로 눈길이 간다.

1999년산 와인색 LG 전자레인지 MR-205, 다이얼이 2개인 단출한 디자인. 그래서 선택할 수 있는 메뉴도 해동과 조리 두 가지. 한 번에 해동할 수 있는 무게는 최대 700g, 35분 동안 조리 가능.

세월이 흐르는 동안 냉장고, 전기밥솥, 정수기를 최신형으로 교체했지만, 이 전자레인지는 처음 내게 왔던 그대로 고장 한 번 없이 주방을 지켜주었다. 몇 년 전에 새로운 터전으로 이사할 때, '기능이 편리한 제품이 얼마나 많은데 이런 구닥다리를 아직도 쓰냐'며 친구가 전자레인지를 선물하겠다고 했지만, 이것만은 버릴 수 없다며 손사래를 쳤던 기억도 새록새록 떠오른다.

동생이 나에게 보낸 그날부터 이 가전제품은 세상에 하나뿐인 나만의 전자레인지가 되었다. 공장에서 같은 날 같은 모양으로 출시되었을 엄청난 수량의 제품들이 있겠지만 나의 낡은 전자레인지는 어떤 재화로도 대신할 수 없는 유일무이함이다.

하지만 이젠 보내줘야 할 때가 온 것 같다. 나에겐 여전히 최신형 전자레인지이고 동생의 선물이고 동생 그 자체지만 정말로 보낼 때가 온 것이다. 버리고 싶지만 버릴 수 없는 과거의 조각들을 모아 전자레인지와 바꿀 수 있다면 얼마나 좋을까. 정작 버려야 할 것은 동생의 전화를 받지 못했다는 죄책감과 동생을 잃은 고통스러운 기억임을 이젠 알 것 같다.

전자레인지를 버리고 아픈 기억들도 씻어내야겠다. 말간 마음으로 현재를 살아가야겠다. 그러나 내 인생의 어느 지점에 동생이 보낸 선물이 있었음을 기억하면 마음이 벅차오를 것 같다.

긴 시간 동안 함께해 줘서 고마웠다. 그동안 따뜻한 음식을 먹게 해주고 동생 대신 자리를 지켜주어서 감사하다.

안녕, 나의 낡은 전자레인지.

우아한 거짓말

임미리

emr1124@hanmail.net

　밤늦은 시간 '우아한 거짓말'을 본다. 오래된 영화다. 가슴이 무너지고 숨을 쉴 수 없는 내용이다. "이제 다시는 그러지 말기를. 이제는 너도 힘들어하지 말기를" 유언장에 나온 내용이다. '우아한 거짓말'은 학교폭력 관련 영화다. 이 밤이 새도 이 영화는 끝이 나지 않을 것처럼 가슴이 미어진다. 화면을 거꾸로 돌려 과거로 돌아간다면 시간을 되돌릴 수 있다면 모든 것을 제자리로 돌릴 수 있다면, 그 순간을 버릴 수만 있다면, 수많은 생각들이 스친다.

　영화는 주인공 천지가 죽은 후 그 진실을 찾아가는 과정을 그렸다. 소녀의 흔적을 찾아 나서면서 사건의 진실을 파헤쳐가는 과정을 보고 있으려니 마음이 아프다. 도서관에서 발견된 마지막 유언장의 "지나고 나니 아무것도 아니지. 고마워 잘 견뎌줘서"라는 마지막 말에 목이 멘다. 영화를 보면서 내 감정이 많이 이입되어 우아한 거짓말에 온몸이 격해진 탓이리라. 가족과 단절된 채 떠나버린 천지의 아픔이 뼈아프게 오래도록 스며들어 이 밤을 온전히 지새울 것 같다.

천지가 조곤조곤 하는 말을 무심결에 흘려보내고 귀 기울지 않는 결과는 가족들에게 영원히 지울 수 없는 상처로 남는다. 되돌려 생각해보면, 천지는 학교생활의 힘듦에 대해 이야기를 했었는데 가족들은 일상에 지친 나머지 무심코 흘려보낸 것이다. 무심코 흘려보낸 그 순간들이 그 가족에게는 가장 버리고 싶은 시간이었을 것이다.

천지의 유언장에서 "가끔은 네 입에서 나온 소리가 내 가슴에 너무 깊이 꽂혔어. 그래도 용서하고 갈게. 처음 본 네 웃음을 기억하니까"라는 내용에 몸서리쳐진다. 그만한 나이 때는 친구만큼 소중한 것은 없었을 테니까. 가슴에 깊이 꽂힌 말이 비수 같아도 처음 본 웃음 때문에 용서한다고 하다니, 천지에게 홀로인 세상이 얼마나 무서웠을지 짐작이 간다. 외로움에 지치는 홀로인 것이 싫어서 은따 당하는 줄 뻔히 알면서도 어찌해보지 못한 시간들. 죽음을 되돌릴 수는 없지만, 가끔은 그때 그 시간 속으로 타임머신을 타고 갈 수 있다면 그런 선택을 하지는 않았을까.

영화가 끝나갈 무렵 "네가 아무리 근사한 떡을 쥐고 있어도, 그

떡에 관심 없는 사람한테는 너 별거 아냐. 별거 아닌 떡 쥐고 우쭐하지 마. 웃기니까"라고 만지가 화연에게 한 말이다. 관심 없는 일, 아무것도 아닌 일이면 좋았을 텐데 천지가 보는 세상은 가장 힘들고 무서운 곳이었으리라. 단절이란 절망 때문에 세상과 작별을 한 천지. 비록 영화지만 심심한 위로를 보낸다. 흐릿하게 천지의 웃는 모습이 그려진다.

이 영화의 가족에게 가장 버리고 싶은 순간이 있었다면 천지와 소통해주지 못한 그 순간들이었으리라. 뼈저린 아픔 때문에 굳어지지 않는 슬픔을 간직한 채로 절망스럽게 살아가는 장면들이 스친다. 영화가 후반부로 넘어가면서 버스에서 만지가 잠깐 조는 사이에 꿈속으로 찾아온 천지와 조후를 한다. 영화는 또 다른 아픔을 만들지 않기 위해 화연을 감싸 안으며 웃음과 슬픔이 공존하는 가운데 마무리된다.

이 영화는 학교폭력이 주 내용이다. 하지만 살면서 우아한 거짓말로 누군가의 가슴에 비수를 꽂은 적이 없는가 되돌아보게 한다. 사람의 말 한마디가 우리를 살리기도 하고 죽이기도 한다. 우아한 거짓말이 아닌 진실한 말 한마디가 필요해진 세상이다.

정호승 시인은 수선화란 시에서 "살아간다는 것은 외로움을 견디는 일"이라고 말한다. 세상을 살아가면서 홀로인 외로움을 견디는 일이 괜찮을 수는 없다. 인간은 세계와 단절되는 아픔을 이겨내기 위해 맹목적 가치를 버리지 못하는 집착을 하게 되는지도 모른다. "강을 건너면 뗏목을 버려라"라고 한 금강경의 가르침을 진정으로 이해할 수 있다면 집착에서 벗어날 수 있으련만 세월이 흘러도 제자리걸음이다.

살아오면서 가장 버리고 싶은 순간이 언제였을까. 되돌릴 수 있다면 무엇을 되돌렸을까. 생각해보는 시간이기도 했다. 속세에 살기에 순간순간 많은 것들에 집착하면서 살아왔다. 버리지 못한 것들을 가슴에 품고 살았다. 나를 놓고 싶은 순간들이 있었다. 내가 누군지도 잘 모르면서 남에게 보이기 위한 나를 위해 아등바등 살았는지도 모르겠다.

오늘은 다 괜찮다고 말해주고 싶다. "지나고 나니 아무것도 아니지. 고마워 잘 견뎌줘서"라고 영화에서 나온 유언을 인용해서 나에게 말을 걸어본다. 버리고 싶은 순간들도 부정할 수 없는 다 나였음을 알기에. 내일 또다시 우아한 거짓말에 속아 넘어가도 오늘은 괜찮다.

과거에 매여있는 자신을 발견

서용선

suyoungsun4949@hanmail.net

　사람은 지난 과거에 얽매이지 말고, 항상 현재에 살고 미래를 지
향해야 한다는 것을 귀 따갑게 들어왔다. 나 또한 한 점 의심할
여지없이 그렇게 해왔다고 생각했다.

　어느 바람 부는 몹시도 추운 겨울 날이었다.
　따끈한 온도로 기분 좋게 몸을 녹여주는 포근한 이불속에서,
게으름을 피우며 늦잠을 즐기고 있을 때, 문득 지난 일들이 필름
처럼 아련한 기억 너머로 선명히 떠올랐다.
　나에게 상처를 준 사람들.
　나를 무시했던 사람들.
　내 흉을 보았던 사람들.
　심지어 나보다 더 행복한 생활을 자랑이라도 하는 듯, 카톡 사

진들로 도배를 하며 자랑을 일삼는 옛 연인의 이해할 수 없는 사진들은 나를 더욱 씁쓸하게 했다. 이제부턴 절대로 카톡 사진들을 열어보지 않으리라 다짐을 했지만 나를 떠나 더욱 행복하다는 자랑이나 하는 그 사람이 밉고 바보 같았고 수준 이하라는 억지의 생각마저 들었다. 동시에 그 사진들에 신경을 쓰는 나는 과연 누구인지 생각하게 되었다.

세월이 많이 흐른 이야기들을 난 아직도 가슴에 묻어두고, 여전히 헤어 나오지 못하고 있었다. 순간 마지막 자존심마저 심히 무너져 내렸다. 자기자랑이나 일삼는 사람이 뭐가 괜찮은 사람이라고 버리지도 못하고 아름답게 채색된 이미지로 가지고 있었단 말인가. 밉지 않았던 조금의 감정마저 한순간에 다 날아가 버렸다. 그리고 내가 얼마나 과거에 매여 현실을 똑바로 보지 못하고 있었던가를 정확하게 인식할 수가 있었다.

그래, 난 합리적이고 이성적으로 결론을 내렸다고 생각했지만 아직 과거의 뿌연 안개 속에서 부유하고 있었던 거야.

나 자신을 좀먹고 있는 감정을 제대로 인식하지 못하고 인생의 소중한 시간을 어리석게 소멸시키고 있었는지도 모른다. 과거는 과거의 지나간 열차일 뿐. 현재와 미래엔 도움이 되지 못하고 걸림돌만 되는 것이다. (모든 일이 다 그런 것은 아니지만) 과거의 열차를 여기서 정지시키며 미래의 열차를 갈아타는 자신을 발견하는 시간까지 꽤 오랜 시간을 보낸 것 같다.

그러면서도 가장 예쁘고 젊어 보이는 사진으로 나도 올려놓으려고 갤러리 사진을 뒤지는 것은 또 무슨 해괴한 심리란 말인가.

난 속 좁은 여자다

김정수

bluebara2@hanmail.net

"어젯밤에 둘째한테 전화가 왔더라. 땅 사서 기분이 좋다면서…. 니들 부부한테는 미안하다더라. 우리더러 오래오래 살란다, 지가 데려간다고. 그래서 난 살던 곳에서 산다고 그랬다."

오랜만에 걸려온 아들 전화에 어머니는 아침 식사 내내 싱글벙글이고, 남편은 잘 됐다며 속없이 웃었고, 과묵한 아버님까지 입꼬리를 올렸다.

고픈 늦잠을 힘겹게 떨쳐내고 기껏 미소를 그려놓은 내 얼굴이 순식간에 도자기처럼 부서져 내렸다. 속에서 뜨거운 것이 부글부글 끓어올라 우물거리던 밥도 넘어가지 않았다. 급격히 차가워진 내 표정에 남편은 위로랍시고 "너 속 넓잖아!"라고 속삭였다. 그 말이 기름이 되어 토해내지도 못할 불만들이 머릿속에서 왕왕거리기 시작했다.

모셔간다고? 아직도 뻔한 부도수표에 위안을 삼고 싶나.

나한테 며칠 맘 놓고 늦잠 잘 기회 좀 주면 안 되는 거냐고! 집이 편하다는 어머님의 예의상 거절을 재고 한번 없이 어떻게 단번에 수용할 수가 있냐고! 누구는 부모님 뒤치다꺼리하느라 적금 하나 들기도 힘들어 죽겠는데, 땅 자랑은 좀 심한 거 아닌가⋯.

자식으로서 부모님께 당연한 안부 인사일 뿐이라는 것을 안다. 배구공처럼 이 자식네, 저 자식네 기웃대느라 상처받을 부모님을 걱정하던 남편 때문에 스스로 합가를 택한 것도 안다. 남들처럼 부모님 모시기를 대단히 잘 하는 것이 아니기에 생색내서는 안 된다는 것도 안다. 그저 속 좁은 나로 인한 속앓이라는 것을 충분히 알고 있다. 그럼에도 형님들의 한가롭고 여유로운 모습을 접할 때면 상대적 박탈감이 인다. 지치고 힘들 때마다 게으름에 대한 합리화의 창이 되고, 도피처로의 출구가 된다.

내게 안 좋은 일들이 생기면 너무도 자연스레 부모님과의 트러블부터 떠올리고 있는 나 자신이 싫다. 부모님을 모신다는 것에 대해 점점 깊게 뿌리내리고 있는 피해의식이 정말 두렵다. 평화로운 나의 일상을 야금야금 갉아먹고 있다는 걸 아는데도, 그 피해의식이란 녀석은 쉽게 버려지지 않는다.

별을 다 버리고 싶소

김선인

sikimnz@hanmail.net

그때가 1월 2일 오전 11시 경이었다. 가까운 지인 몇에게 "새해 초부터 안 좋은 소식을 전하게 되어 안타까워요"라는 문자를 담담히 보냈다. 보내고 나서 다시 읽으니 남 말하듯 보낸 것 같다. 장기간 소화 문제로 고생을 해서 검사를 했을 뿐인데 검사 중에 간암이 발견된 것이다. 2020년에 새 별을 또 달았으니 이제 네 개째가 된 셈이다. 첫 별을 2012년에 달고 초고속으로 연방 두 개를 더 달았고 8년 만에 대장으로 진급했다. 우리나라 군인 중 별 다섯 개가 아직 없으니 나도 더 이상 올라가지는 않겠지만 주변에 알리는 것이나 나 스스로에게도 고통스러운 일임에 틀림없다. 산전수전 공중전을 다 겪은 암 종합세트라고 의연했지만 별들을 다 쏟아버리고 싶었다.

희망찬 새해벽두에 간암 판정이라니, 그것도 암 크기가 20cm나

된다고 했다. 의사의 말을 듣고 나서도 스스로 믿기지 않을 만큼 마음에 동요가 일지 않았다. 모든 것을 금세 체념했다. 지금까지 잘 살아온 것에 감사하며 앞으로 얼마나 더 살 수 있을까라는 생각에 빠졌다. 돌아가는 분위기로 보아 길게 잡아 1년쯤은 아닐까 추측했다.

통보를 받은 이후, 남은 일 년을 어떻게 살다가 갈까라는 생각으로 꽉 찼다. 어떻게 무엇을 해야 좋을지 전혀 떠오르지 않아 여러 친구들에게 물어봤지만 어느 누구도 답을 보내오는 사람이 없었다. "암 크기가 너무 커서 마땅한 치료방법을 찾기 어렵고 수술도 어렵다"라는 말을 의사에게 들었을 때 단번에 두 가지를 요청했다. '연명 치료와 생명 연장을 위한 항암치료는 안 받겠습니다'라고 했다. 나중에 안 사실이지만 일 년이 아니라 3개월 시한부였다.

의사가 제시한 치료방법은 처음에 방사선 색전술이었으나 간암에서 나온 혈관이 폐까지 뻗어 있어 불가능했고, 그다음 양성자치료법을 시도했으나 암 덩어리가 십이지장까지 내려와 있어 그 방법도 안 된다는 것이었다. 실 가닥 같은 희망이 사라져 가는 중에 외과에서 토의와 고심 끝에 수술을 해보기로 결정했다는 통보를 받았다. 1월 2일 판정을 받고 26일에 수술을 받았다. 암 크기는 정확하게 17cm였고 간의 70%를 잘라내는 그런 수술이었다.

수술 후 며칠 동안 먹지도 못하고 주사로 연명하며, 살아 있어도 죽은 거나 다름없이 지냈다. 잠자는 자세를 바꾼다든지, 물 한 잔 마신다든지, 일어나 앉는 일, 화장실을 가는 일, 기침이나 재채기를 한다든지, 가려운 곳을 긁을 수 있다든지, 양치질이나 내 발로 걷는 일, 가벼운 스트레칭을 했던 사소한 행동들이 참으로 소중한 것들이었다. 그동안 아침에 눈을 뜨고 곧바로 하루를 시작할 수 있었던 것이 얼마나 큰 축복이었는지 눈 뜰 때마다 감사했다.

수술 후 제일 두려웠던 것은 죽음에 대한 공포도 먹지 못하는 것도 아니었다. 재채기였다. 재채기를 하면 몸 전체가 울리고 병실이 무너지는 통증이 뒤따랐기 때문이다. 작은 기침에도 봐주는 법이 없었다. 재채기를 한 번 시작하면 스무 번 이상을 해야 멎는 체질이어서 재채기가 터지지 않기를 간절히 바랐다. 다행히 이 문제는 순조로이 지나갔다.

다른 하나는 오른쪽 옆구리와 배를 'ㄴ' 자 모양으로 가르고 수술했는데 철 스테이플러로 수술부위를 따라 빼곡하게 찍어 놓았다. 내 몸이 마치 종잇장처럼 박혀있었다. 나중에 하나씩 다 뽑아낼 텐데 그 상상으로 걱정이 앞선 것이었다.

의사와 간호사는 진통제를 준 후 보행기에 의지해서 복도를 계속 걸으라고 재촉했다. 회복 속도를 줄이려면 이 길밖에 없다고 했다. 몇 바퀴 돌았냐고 수시로 물어왔다. 한 발자국 처음 내디딜 때는 영화에서 특수 효과를 내기 위해 슬로 모션을 보여주는 것과 같은 동작이었다.

퇴원 후, 한 달은 어떻게 눕든지 통증이 심해 거의 앉아서 자는 둥 마는 둥 괴로운 시간을 보냈다. 밤이 오는 게 무섭고 두려웠지만 가장 좋은 약은 시간이었다. 조금씩 움직임이 편해지면서 통증도 줄어들었다.

수술한 지 한 달 보름이 지나 설악산 오색으로 내려갔다. 2020년 한 해는 오색에서 혼자 식사를 해 먹고, 산을 걷고 온천을 하며 회복을 위해 온 힘을 다해 살았다. 7년 전 림프종 암이 재발했을 때 오색에서 자연치유를 통해 재발된 암을 고친 경험이 있었기 때문이다. 가을로 접어들면서 거의 회복이 되어간다는 생각이 들었는데 11월에 재발이 되어 표적항암제로 현재 치료 중이다. 다행히 암 크기가 약간 줄어들었으나 아직 활화산이다. 일 년 만에 비워 둔 집으로 돌아와 다 정리를 하고 산 밑으로 거처를 옮겨서 조용히 지내는 중이다.

현재 폐암과 부갑상선암은 휴화산이나 림프종과 간암은 활화산이다. 8년 동안 림프종이 두 번 재발해서 아직도 암이 활동 중이지만 난 암보다 더 활발하게 살아왔고 체력이 되는 한 수없이 여행을 다녔다. 암에 관한 한 뱃심이 생겨서 웬만해서 별로 놀라지도 걱정도 안 한다.

하버드 의대 교수이며 『먹어서 병을 이기는 법』의 저자인 윌리엄 리 교수는 "건강은 그저 병이 없는 상태가 아니라 기능이 왕성한 상태다"라고 말한다. 이 말에 비추어 보면 나는 건강하다. 나에게 부속된 모든 신체가 활발하게 작동하고 있기 때문이다.

암 극복은 나의 지나온 세월에 대한 성적표라 생각한다. 웅크리지 않았고 여행도 열심히 다녔으며 먹고 싶은 것을 먹고 하고 싶은 것들을 평상심으로 했던 결과라 생각한다. 암은 하늘에서 보내는 강력한 옐로카드라고 절망하는 분들이 많지만, 새로운 삶을 살라는 하늘의 메시지이기도 하다. 나는 다만 가볍게 여행을 떠날 수 있는 날을 기다리고 있으며 조금 더 바란다면 어깨에서 별들을 하나씩 떼어버리게 되는 날이 오기를 바랄 뿐이다.

가장 버리고 싶은 것

문만재

jesimoon@hanmail.net

이 나이 되어보니 버리고 싶은 것이 어디 하나둘뿐이겠는가.

세상살이에 대한 모든 탐욕을 버리고 싶다. 아직까지 움켜쥐고 놓지 못하는 모든 것. 이것은 허영이 아니야, 사치가 아니야, 최소한의 나를 즐겁게 하여주는 라이프 스타일이야 하며 당위성을 내세우고 자기 합리화를 하였다.

허무하고 어리석었다. 신앙 앞에 부끄러웠다. 우선 장롱에 켜켜이 쌓여있고 걸려있는 맞지 않는 의류들, 핸드백, 신발, 각종 장신구. 이제 내 몸의 체형이 변하여 입지 못하는 무용지물이 되어있다. 모두 버리고 싶다.

눈 뜨면 마주치는 각종 기계류들, TV, 컴퓨터, 핸드폰, 문명의 가속화 현상으로 점점 인간은 기계의 노예가 되어 소외되고 그 소외와 공허가 짜증을 유발한다. 종이 위의 언어가 전부이던 시절이 너무 그립다. 약간의 불편함은 있어도 휴대전화만 없어도 삶이 훨씬 평화로울 텐데 기계음 속에서 들을 수 없는 영혼의 모음을 들으며 우리가 놓쳐 버린 자연의 신비하고 아름다운 소리를 듣고 싶다. 휴대전화가 울리지 않는 곳에서 소슬한 바람소리 들으며 잠들고 싶다. TV와 컴퓨터 불빛이 없는 곳에서 휘영청 떠오르는 달빛을 보고, 새벽 미명 속에 깨어나는 나무와 풀을 보며 자연의 그 무욕한 말들을 듣고 싶다. 휴대전화 없이 사는 삶이 정신적 여유를 주고 삶이 평화로울 텐데. 아침이슬 영롱함에서 작은 풀잎이 흔들리는 우주의 움직임을 감격하는 경이감으로 삶이 풍성할 텐데. 기계류 모두 버리고 싶다.

쓰레기 분리수거장에서 타인이 버린 물건을 보며 큰 충격을 받았다. 큼지막한 봉투에 '어머니 앨범'이라는 물체를 발견했을 때, 가위로 잘라서 봉투에 넣어서라도 버리지 앨범을 통째로 버리다니 분노와 호기심이 작동하여 내용을 열어볼까 하다 범인이 밝혀지면 더 실망할 것 같아 그대로 돌아서며 가슴이 뛰고 다리가 후들거리는 경험을 했다. 그러나 나에게도 머지 않아 찾아올 당면과제이다.

시대가 변했다. 필름을 감고 인화지로 사진을 빼서 사진첩에 저장하고 보던 시대는 지나간 고전이 됐다. 낡은 사고에서 내가 변해야 한다. 인간은 추억으로 살고 추억을 잃어버리면 모든 것이 끝난다고 한다. 아직 정리 못하고 있는 나의 흔적들, 삶의 언저리들, 미련 없이 내 손으로 정리해야겠다. 지나간 시간에는 아무런 의미도 두지 말고 아쉬움 없이 정리하자. 우선순위 일번으로 내가 가장 버리고 싶은 물건이다.

벗으니 웃는다

남홍숙

hsn613@hanmail.net

　니체 관련 책을 깊이 읽고 강의를 꽤 오래 들어온 지인은, 우연한 기회에 우리 집에 들러 책장을 둘러보며 물었다. 철학과 심리 관련 서적을 읽고 깨달은 게 뭔지, 삶에 어떻게 적용을 했는지, 즉 그 독서 후 내 심경의 변화를 말해보라고. 자기는 니체에서 '어린아이'를 배우고 '자유'를 실천 중이라고.

　난 요즘 하도 오래 책을 내려놓고 글쓰기까지 손을 놓고 있던 차여서, 옛 벗을 조우한 듯 절반은 반가운 주제였으나, 말주변머리도 썩 좋지 않은지라, 한 마디로 설명하기 어려운 질문이라며 얼버무려 슬그머니 넘겼다. 그리고 이 말은 했다. 그저 가감 없이 정치하게 살아왔던, 그걸 쓰기로 결단했던 적이 있다고. 아무래도 글을 쓰면서부터는 데면데면 살아갈 때보다 삶을 좀 더 진중하며 객관적으로 들여다보지 않겠느냐고도 대답했다.

그 후 며칠 동안 주방에서나, 화장실에서나, 잠자리에서 곰곰이 머리를 굴려 봐도 철학서나 심리서에 얻은 내 명백한 삶의 변화가 떠올려지지는 않았다. '삶'에 적용했기보다는 '글'을 공부하면서 '지식'을 읽은 적이 더 많았다. 좋은 글귀를 밑줄 그어 외우려 했고, 명문을 베껴 써 본 적도 있으며, 더러는 읽은 글을 행하려 한 적도 있다.

곱아보니 작가로서 산 지 27년이라는 세월이 흘렀다. 그간 책을 읽고 쓰면서, 내 인생이 어떻게 얼마나 변화되었을까. 하지만 누군가 나에게 이런 질문을 다시 해온다 해도, 난 아직 해답을 찾아내긴 글렀다. 왜 그럴까. 독서 후 삶의 변화란, 수학공식처럼 정답이 있는 게 아닌 광범한 질문이기에 누구라도 한 마디로 단정하긴 쉽지 않을 테다. 지나온 여정을 가만히 되짚어보면, 사람의 마음이 책만 가지고 변화되진 않을 터.

요즘은 영어교실에서 옆자리에 앉게 된 스리랑카 여인 패티의 모습이 나를 각성케 한다. 열일곱에 자국인 남자에게 시집가 첫아들을 낳았고, 스물넷에 이혼했고, 스물여섯에 지금 특수학교 초등교사인 호주남자를, 몇 년 전 자국에서 만나 남매를 더 낳았고, 6년 전에 호주에 건너와서 산다는, 자기의 인생스토리를 단숨에 남의 말하듯 웃으며 들려주던 그녀에게서, 내가 이때껏 읽어 온 그 어떤 책보다 더한 느낌이 전해졌다. 늘 활기차게 웃고 수업시간에 호주 애국가까지 시원하게 열창하는 그녀가 부러워졌다.

그녀에 비하여 나는 나의 내면을 단숨에 그렇게 털어놓지 못하고 살아왔다. 유년에는 엄마를 일찍 여읜 게 부끄러웠고, 중년엔 옆자리가 빈 게 자존심 상했으며, 중, 후년에 맞은 표현할 수 없는 죽음 또한 통절한 슬픔이었기에, 미지의 누군가가 내 생을 알게 될까 전전긍긍하며 산 적이 많았다. 내 인생은 노란불 켜진 신호등 앞에서 안절부절했던 날이 참 많았다. 빨간불이 켜지기 전에 무언가를 스스로 급히 처리해야 했다.

어쩜 내 안의 그건 두툼하고 난해한 심리서적 같은 것이었다. 육중한 무게감이 버거워 가볍게 내려놓아 살고 싶은 날이 많았지만, 그건 내가 내 안에 담고 살아야 했던, 어려워서 내가 어쩌지 못하던 철학서 혹은 심리서적 같은 것이었다. 쓸모없는 것 같으나 쓸모 있는 것이었다. 내 몸의 일부였다. 그것마저 없었다면 나는 먼지가 되어 훨훨 공중을 부유하고 있을지도. 아마도 그건 내 유년시절부터 몸에 지녀온 유교적 가정교육도 한몫했을 터, 가만히 따져보니 그건 그 당시 사회의 제도권에서부터 유래한 것이었다. 내 유년의 지침은 여성으로서 예절을 무조건 다소곳하고, 순응하고, 인내하는 게 미덕이라 배웠으니 말이다.

세 죽음과 조우한 나의 운명적 마주침이 자랑할 일은 아니지만, 비밀에 부칠 일도, 부끄러워할 일도 아니었던 것이었다. 그저 내 삶의 프레임 속에 찾아드는 나의 소중한 인생의 밑그림이었다.

패티, 그녀도 첫 결혼에 실패한 날에 앞날이 암울했을 거다. 그

땐 자기 인생이 뿌리째 흔들렸을 테다. 그러다 다사다난한 자신의 이야기를 고삐 풀린 망아지처럼 풀어놓고 지내면서 그녀는 자유를 가졌고, 그 망아지는 더 넓은 세상을 접했을 게다.

외국에 살지 않아도 다양한 이국의 문화와 언어를 온라인으로 보고, 사고, 배울 수 있는 세상이다. 무거운 것보다 가벼운 게 환영 받는 세상, 작고, 가볍고, 빠르게 진화하는, 이 편한 세상, 현대의 흐름 속에다, 고리타분한 내 개똥철학과 골방철학을 벗어던진다. 웃음이 나온다. 벗으니 비로소 웃는다. 그 지난함, 진즉에 벗어 버릴 것을.

지미 엄마

김국애
gukae8589@daum.net

유난히 큰 눈에 뽀얀 피부의 사내아이가 미용실 문 앞에서 두리
번거렸다.

"지미! 하이 컴 언" 아들을 부르며 아이의 엄마가 미용실로 함
께 들어왔다. 나는 첫눈에 그녀의 세련된 매너와 예의 바른 모습
에 호감이 갔다. 아주 정중하고 진지하게 예약을 원했고 비용과
시간까지 확인하는 것이었다. 성실하게 상담해준 직원에게 친절하
다는 칭찬의 말도 잊지 않았다. 다시 우리 업소를 찾아온 그녀에
게 잘생긴 그의 아들을 칭찬하자 만면에 미소 띤 얼굴로 은근히
남편 자랑을 했다.

"자기 아빠를 꼭 닮았어요."

남편은 독일인인데 미8군의 수석 엔지니어이며 시댁은 가톨릭
사제 집안으로 대단한 자부심을 가진 가문이라고 했다. 그날부

터 수년 동안 친구 겸 정든 고객이 되었다. 우리는 만날 때마다 진솔한 얘기들을 나누었고 더군다나 나와 동갑내기여서 좋은 친구가 될 수 있었다. 어느 날 그녀에게서 어린 시절 가난 속에서 힘겨웠던 얘기를 듣게 되었다. 그 시절에는 너나 할 것 없이 모두 가난했다. 그녀의 아버지는 소학교 교장이었는데도 역시 생활이 어려웠다는 것이다. 미군 부대 가까이 살던 때 아버지의 권유로 영어 공부를 했으며 얼마 후에는 미군 부대 관리직 사무원으로 취업이 되는 행운을 얻었단다. 수년간 그곳에서 근무하던 중에 지금의 남편인 지미 아빠를 만나 결혼까지 이어졌다고 했다.

그녀에게는 이미 두 아들이 있었고 나는 둘째 딸을 임신한 상태였다. 내가 딸을 낳자 축하한다며 고급스러운 아기 침대를 보내주었다.

나는 지금도 그 아름다운 침대를 잊지 못한다. 그녀가 산후 조리하는 내 단칸방을 찾아올 때면 나는 부끄러웠다. 우리가 버스 요금도 절약해야 할 때 그녀는 빨간 폭스바겐을 몰고 다녔다. 어느 날 내 마음을 읽은 듯 심각한 표정으로 "나는 그대가 부러워"라고 했다. 소꿉장난 같은 내 환경을 부럽다기에 단순히 나를 위로하는 말이라 가볍게 여겼다.

충청도 예산이 고향인 그녀는 명절에 친정에 갈 때면 마치 전쟁터를 향해 가는 마음이었다고 했다. 어느 설 명절날 혼혈아인 네

살짜리 아들 손을 잡고 어린애는 등에 업고 시골 오솔길을 들어서는데 언제 어떻게 알아차렸는지 여기저기서 돌멩이가 날아오더라는 것이다. 이리저리 돌팔매를 피하며 큰아이는 뒤로 숨기고 업힌 애는 보자기로 덮어씌우는데 이런 내용의 노래가 들려 왔다는 것이었다.

'양양 양갈보를 바라볼 때면,
호박 같은 얼굴에다 분을 바르고
높고 낮은 삐딱 구두에
전기에 벼락 맞은 지진 대가리
보아라 쥐 잡아먹은 붉은 입술은
부모의 가슴에 못 박을 년아.'

"나 양갈보야, 지미 엄마 아니야."
그녀는 흐느꼈다. 그녀는 당장 조국을 떠나고 싶었을 것이다.
사람들의 따가운 시선들, 가슴속까지 파고드는 모멸감을 어떻게, 감당할 수 있었을까? 자기 자신의 나라 대한민국뿐 아니라 남편의 나라 독일에서도 역시 말로 설명할 수 없는 일들이 많았다는 것이다. 그러한 아픔들이 그녀를 우울증에 시달리게 했으며 자주 위험한 생각이 들기도 했다니, 나는 미안해서 그녀를 똑바로 바라볼 수가 없었다.

그녀의 눈물 속에는 더 많은 이야기들이 담겨 있었다. 국제결혼의 테두리도 너무 두터웠지만 부부 사이에서 겪게 되는 문화의 이질감과 정서의 괴리감이 더 많은 고통이었다고 했다. 그저 '쓰다 달다'라고만 할 뿐 씁쓸하다거나 달콤하다는 미묘하고 섬세한 감정 전달이 안 되더라는 것이다. 언어로 해결되지 못한 아픔이 마음에 겹겹이 쌓여 화병이 되었나 보다. 결국 죽음 앞에 서게 되었을 때, 그녀의 남편은 거액의 전세 비행기를 주문해서 일본으로 후송해 명의의 손에서 아내를 살려낸 헌신적인 남편이었다. 그녀는 남편의 국경을 초월한 가족 사랑에 감동한 것이다. 친구는 국력을 자랑하던 독일인의 민족적 자존심과 우월감이 부럽다고 했다. 우리나라의 산업이 하루속히 성장하여 방방곡곡 가난이 물러가길 기도한다는 친구의 말이 지금도 새록새록 생각난다.

얼마 후 남편의 근무지를 따라 떠난다며 그녀가 찾아왔다. 내 손을 꼭 잡고 "친구야, 나도 그대처럼 살고 싶어. 한국 남자와 결혼해서 사는 것은 분명 큰 축복이야. 나는 네가 세상에서 가장 부럽단다"라며 울먹거렸다.

사십여 년이 지난 오늘날 수많은 지미 엄마들이 우리나라에 이주해 왔다. 시골 산간벽촌까지 동남아의 딸들이 이 땅에 둥지를 만들어 살고 있다. 지난 세월 동안 세계 곳곳에 뿌리내리고 사는 우리 이민 1세들도 똑같은 아픔을 겪었을 것이다. 우리는 어느덧 지구촌의 대로에 서 있다. 침몰해가는 경제의 암울함은 허리띠라도 더 졸라맨다지만 어느새 다문화 국가가 돼버린 이 땅, 이젠 다른 시각으로 미래의 후손을 생각해야 할 때가 된 것이다. 머지않아 우리의 산업 현장 곳곳이 모자이크 문화권으로 바뀔 것이다. 아니 벌써 바뀌어 가고 있다. 이제 우리는 넓은 사랑으로 외로운 지미 엄마들을 품어주어야만 할 것이다.

행여 그들이 밤마다 설움에 젖어 잠들지 않도록 저들의 안녕을 기원하자.

다시, 살아보자

이영희

hi5809@hanmail.net

어지간히 서로에게 길들여진 세월이지만 남편의 잔소리는 쌓이고 쌓여 오물 덩어리가 되기 일쑤다.

집에서 나오기 전에 편지를 썼다.

"어제도 어김없이 청소하는 일로 잔소리를 해대는 당신의 말투는 갈수록 찬란하게 징그러워. 다른 집 남자들은 퇴근해 집에 오면 차려주는 밥 먹고 쉬거나 아니면 저녁 먹고 오는 날은 씻고 잠들기 바쁘다는데, 당신은 집에 오자마자 바로 청소기를 돌리고 걸레 들고 닦아내기를 몇십 년째. 내가 아무리 쓸고 털어낸들 당해낼 수 없어. 사람들은 듣기 좋은 말로 잘 씻지도 청소도 안 하는 더러운 남편보다는 낫다고 하지만, 정도를 넘어서면 병이야. 이 문제로 하루 이틀 다툰 것도 아니고 언성을 높여 왔지만 나는 한계에 다다랐어. 계속 이야기해 왔듯이 내가 밥을 하면서, 설거지하면서, 빨래하면서 청소하면서 말하는 것을 본 적 있는지. 그냥 하는 거야. 밥 차리는 게 귀찮은 날이 있었지. 그렇다고 화를 내거나 잔소리하지 않았어. 그러니 내가 억지로 시키는 일도 아니고 당신이 하고 싶어서 하는 청소는 조용히 하면 되는 거야. 여기는 청소가 덜 됐느니, 왜 저기는 안 닦았느냐고 벅벅 인상 쓸 것 없어. 제발 걸레 같은 잔소리 좀 그만해. 나이 들어가는 당신을 보고 있으면 예전에 시아버님을 모시고 살 때가 생각나. 아버님 또한 쓸고 닦는 결벽증에 가족들이 진저리를 쳤잖아. 저렇게 나이 들지 않겠다던 사람이 바로 당신이었지. 욕하면서 닮는다더니. 이 유치찬란한 반복에 지쳤어. 당신은 쓸고 닦는 일은 중단하지 못할 거야. 지금까지 내 입에서 먼저 이혼 이야기 꺼낸 적 없었어. 그래도 이 여자와 살고 싶다면 둘 중에 하나야. 잔소리를 끊든지 결혼생활을 접든지."

　그날, 이렇게 글을 맺고는 고이 접어 화장대 앞에 두고 강남터미널로 향했다. 그러나 갈 곳을 딱히 정할 수 없었다. 먼저 떠오른 생각은 친정으로 가서 하룻밤 자고 와야지 했다. 하지만 연락도 없이 갑자기 오고 싶었다고 하기엔 어머니를 모시고 사는 올케의 눈치가 보이고 편치 않을 것 같다. 그렇다면 어린 날부터 가깝게 지내온 대구에 사는 사촌 언니에게 갈까. 자식과 살림을 늘리며 살다가 이혼하고 혼자된 언니는 언제든 놀러 오라고 자주자주 전화로 말이 오갔었다. 내가 간다고 하면 무척 반가워할 텐데. 하지만 이 또한 마음을 접었다. 이런저런 이야기 끝에 분명히 남편을 들먹일 테고 그러다 보면 그깟 일로 이혼이니 뭐니 들먹이며 돌아치는 모습에 어린 투정을 한다고 야단할 것 같다. 여자 문제도 아니고 무리한 사업으로 가족을 진흙탕으로 몰아가는 무모함도 아닌데 진짜 인생의 쓴맛을 모른다고. 어쩌면 언니의 신산스런 삶의 피로와 상실에 대하여 술도 곁들여 하얗게 밤을 지새워야 할 것 같다.

그럼 어디로 갈까. 속초로 가자. 거기 터미널에 내려서 20분만 걸어가면 바로 바다가 있지. 도착하니 오후 두 시가 넘어서고 있었다. 바다는 언제나처럼 잘 있었다. 그러나 3월의 바람은 모자를 치마를 제자리에 두지 않았다. 벗겨진 모자를 좇아 모래밭에 발이 푹푹 빠지며 뒤뚱거렸지만 다가서면 다시 저만치 날아가길 몇 차례. 거기다 긴치마는 홀렁홀렁 뒤집히며 칭칭 감기기까지 한다. 바지를 입고 왔어야지. 모자는 그렇다 해도 무슨 멋을 낸다고 너풀대는 레이스가 달린 치마를 입고 나서다니.

겨우 잡아챈 모자를 쓰고는 그 위로 스카프를 둘러 턱밑에 단단히 묶었다. 치렁대는 치마도 양 날개를 접듯이 착착 여미고는 모래밭에 앉았다. 저 멀리 수평선을 보다가 해변으로 쉼 없이 게워내는 파도의 끝자락인 거품에 눈길을 주기도 했다. 하지만 해변엔 오래 앉아 있을 수 없었다. 4년 전, 그해 3월의 바다는 아직 추웠다. 배도 고팠다. 내 속의 응어리가 조금이나마 가벼워지리라는 생각이 틀렸다. 가족과 함께 와서 혼자 해변을 걷는 것은 여유가 있어 보인다. 그러나 오롯이 혼자 바다에 오는 게 아니라는 것은 확실하게 느꼈다. 청승맞다는 뜻이 딱 맞다. 바람이 점점 세차지더니 기어이 나를 뭍으로 돌아서게 한다. 전망 좋은 카페로 들어가 뜨거운 커피와 케이크 한 조각을 주문했다. 커피를 마시고 나면 어디로 갈까.

저녁 7시, 강남터미널에 도착했다. 서울 톨게이트를 지나며 친구에게 전화했다. 언제나 반갑게 나와 주는 친구. 사실 멀리서 위안을 찾을 것도 없었는데, 휘휘 돌아 제자리라니.

간단히 요기도 하며 맥주잔을 기울이며 남편의 단점에 대해 서로 열기를 더해갔다. 이렇게 마음 맞는 친구와 남편 흉이나 보며 신세 한탄하며 삶을 견디는 게 아줌마답고 속 시끄러움을 달래가며 가정주부로 완성해가는 것일 수도.

밤 10시가 넘었다. 비까지 내린다. 하룻밤이라도 집을 비울 작정을 하고 떠났건만 편히 쉴 곳이 없다. 집안이 컴컴하다. 남편은 아직 오지 않았다. 먼저 아침에 쓴 그 편지. 화장대 위에 얌전히 있는 그것부터 치웠다. 씻고 자리에 누웠다. 현관문 여는 소리. 자는 척, 돌아눕는다. 잔소리는 내일 저녁에 퇴근해서도 계속될 테니 그때 말하자. 그깟 백 마디 편지글보다는 차분하게 몇 마디 말로 단호하게 확실하게 해치우자. 잔소리를 끊든지 결혼생활까지 깨끗이 청소하든지.

그 후로 말 많던 청소부에서 무소음 청소부로 변한 남편은 어제도 오늘 저녁에도 입 꾹 다물고 쓸고 닦았다.

아무도 보지 않는다면

유정림
helenwhite65@daum.net

산소에 노란 카네이션을 심어 놓고 내려온 길이었다. 선산 아래에는 비닐하우스가 몇 동 있는데 그 옆으로 잡풀이 무성한 가운데 빨간 작약이 탐스럽게 피어있었다. 보아하니 어느 무심한 농부의 태평농법으로 자란 꽃이 분명했다. '꺾을까, 말까' 서너 번 주위를 두리번거리다 그냥 내려왔는데 아무도 보지 않는다면 슬쩍 꺾어오고 싶었다.

'아무도 보지 않는다면 작약을 꺾고 싶었다'라는 나의 톡에 누군가 '아무도 보지 않는다면 갖다 버리고 싶은 ○○'이라며 같은 조건을 달아 이야기를 올렸다. 나는 두 단어의 빈 칸을 가족으로 읽었다. 빈 칸으로 올린 심정을 잠시 헤아린다.

언제나 내 편이 되어주고 안식처가 되어주는 게 가족이라고 우리는 생각하지만 그런 기대가 있어 부서지기 쉽기도 한 것이 가족이다. 상처를 주고 상처에 아파하면서도 젊음이나 늙음처럼 주어진 대로 받아들이고 살아야 하는 필연적인 관계며 존재인 것이다. 어머니의 탯줄을 끊고 나온 아이가 맨몸으로 경험하는 첫사랑 같은 것이 가족이 아닐까 나는 생각한다.

소란하고 들끓었던 나의 가족이야기는 먼지를 덮개처럼 안고 있다. 평화로웠던 저녁이 없었던 것도 아닌데, 피가 난 무릎에 소독약을 발라주시던 다정한 손길도 있었는데, 나는 왜 아버지가 들어오시면 콩닥거렸던 기억만 가슴에 남겨두었는지 모른다. 불행이라면 아버지와 어머니 두 분이 짊어지고 살았을 무게와는 비교할 수도 없는데 말이다.

아버지는 완벽한 성격의 소유자였다. 사회적으로는 성공을 하여 어려웠던 집안을 일으켰지만 중매로 만난 어머니와는 맞지 않았다. 시골처녀였던 어머니는 외할머니로부터 과체중이란 우울한 유전자를 물려받았다. 열 식구나 되는 식솔을 거느린 맏며느리의 고된 일과와 아이를 낳고 나서부터 찐 살로 서서히 건강을 잃었다. 곰살맞지 못한 어머니의 성격은 시어머니와 남편의 사랑도 잃게 만들었다.

이별을 생각할 땐 이별할 이유가 수만 가지나 되는 것처럼 나는 여러 가지 이유로 어머니의 마른 울음소리를 자주 들었다. 하늘엔 늘 회색구름이 걸려있었던 것 같다. 아버지는 아버지의 별에서 머리를 박고 술잔에 외로움을 채우셨으니까.

결혼을 하고 나는 가족의 울타리에서 한 발 물러났지만 아버지와 어머니는 여전히 부대끼고 헐렁해진 삶에 외로움과 슬픔을 버무리며 살았다. 빠져나올 구멍도 없고 컴컴하고 커다란 빈 공간이 있을 뿐이었다. 불행의 기원은 어디서부터였을까. 전생에 슬픈 악연의 비밀이 숨어있을 거라 믿었다.

여동생이 유방암 진단을 받고 항암 부작용으로 머리카락이 빠져 가발을 맞추던 날, 남동생에게 전화 한 통을 받았다. 아버지 검진결과가 나왔는데 폐암 3기라고. 전화기를 붙잡고 나는 그 자리에 털썩 주저앉았었다. '안 좋은 일들은 한꺼번에 몰려온다'는 말이 이런 것인가. 아버지는 어머니를 간호하다 내가 먼저 죽을 거라 말하곤 하셨는데, 설마 진짜 그리 될 줄은 모르셨을 게다. 암세포는 폐에서 뼈까지 급속히 번져 4개월을 투병하다 이승의 끈을 놓으셨다.

기억을 되살리기에도 난 아직 아프다. 어떻게 그 시간들을 지나왔는지, 그렇게 살고 싶어 하시던 아버지를 어떻게 보냈는지 난 내가 징그럽게 독하다는 것도 알았다.

아버지가 약으로는 진통치료가 안 돼 호스피스병동으로 옮겨지던 날이었다. 두 분은 긴 설명 없이도 마지막이란 걸 아셨다. 이제 진짜 '안녕'이라고 서로의 간병인을 앞세우고 작별인사를 하셨다. '우리 애들 잘 키워줘서 고마웠어'라는 말과 '고생했어'라는 이 두

마디 말을 주고받으며 서먹한 눈길을 거두셨다. 두 분의 길고 지난했던 세월에 남은 건 자식 셋뿐이라니 억장이 무너졌다. 우리가 흘리고 삼켰던 눈물과 받고 싶고 주고 싶었던 그것들은 모두 어디에 감춰두었는지 묻고 싶었다.

 부모님은 짧은 인사로 서로를 용서하고 어디에도 얽매지 않은 세상으로 서로를 보내준 것이리라 생각한다. 어머니는 일 년을 더 사셨지만 숨을 거두는 순간까지 고통스러워하셨다. 어느 한순간도 운명은 두 분께 호의를 베풀지 않았다. 마지막까지 운명과 장렬하게 싸웠다.
 나무는 피워냈던 잎사귀를 다 떨어버리고 앙상한 가지로 한겨울을 보내야 봄의 새순을 피워낸다. 산소에 노란 카네이션을 심고 내려오던 날, 무심하게 핀 작약에 눈길이 사로잡혀 언덕을 내려가던 길에서 난 내가 한 시절의 잎사귀를 다 떨어냈다는 걸 뒤늦게 깨달았다.
 인생에 답을 아는 사람은 없다. 진정한 어른이 되는 길은 어렵기만 하고 지혜로워지기는커녕 자꾸만 뒤를 돌아본다. 내가 그토록 버리고 싶었던 시절에 진짜 답이 들어있던 것은 아닐까 묻는다. 내가 이루고 싶었던 가족을 만들고 듣고 싶었던 말을 해 주며 살고 있으니 어쩌면, 그 붉은 작약 한 송이가 아버지와 어머니가 건네준 대답인 것만 같다.

3 버디그리

이젠 안녕
탐욕
그 자리
'하기 싫어'
원망과 후회
너 어디 있느냐
나태와 안일
비움의 철학
미움 내려놓기
보면서도 보이지 않는 것
책 버리기
가장… 버리고 싶은 것
보고 싶은 얼굴
빈말
왜 한 방향으로만 갈까

버디
그리

이젠 안녕

정정애

wjddo416@hanmail.net

그와의 만남은 고통으로의 시작이었다. 행복하고 평화롭던 일상 속으로 그가 들어오면서 아픔이 시작되었다.

무더운 여름날, 활짝 열어놓은 현관문과 창문으로 간간이 시원한 바람이 지나갔다. 4살짜리 아들과 돌이 갓 지난 딸, 두 아이를 돌보며 남편의 퇴근 시간을 기다리는 즐거움으로 매일매일이 행복하게 흘러갔다. 아들은 러닝셔츠만 입고도 땀을 흘려가며 더운 줄 모르고 뛰어놀고 딸은 오빠 뒤를 따라다니는 것만으로도 마냥 즐거워 헤픈 웃음소리가 거실을 가득 채웠다. 아이들의 웃음소리 사이로 빨래도 하고 반찬도 만들며 살림살이 챙기다 보면 긴 여름날이 짧게만 느껴졌다.

여름으로 접어들자 날씨가 더워서인지 시댁에서 보내준 쌀에 벌레가 생겼다. 여름이면 으레 생기는 것이려니 생각하며 쌀을 양푼에 쏟아서 거실 한쪽에 놓았다. 삽시간에 새까만 벌레가 양푼 안쪽에서 셀 수도 없이 밖으로 기어 올라왔다. 징그럽고 수가 많아 무서웠다. 새까맣게 몰려드는 벌레가 아이들에게 옮겨 갈까 봐 두려웠다. 쓰레받기에 쓸어 담아 수돗물을 틀어놓고 하수도 속에 버리고 또 버렸다.

그날 이후 그와의 전쟁이 시작되었다. 한여름 무더운 날씨였는데 갑자기 콧물이 주르륵 쏟아졌다. 여름 감기도 아니고 이게 뭐지 하는 순간 걷잡을 수 없을 정도로 콧물이 쏟아진다. 갑자기 찾아온 그와의 첫 만남은 그렇듯 당황스럽게 시작되었다. 그날부터 일상생활이 어려울 정도로 쏟아지는 콧물과 싸워야만 했다. 휴지로는 감당할 수조차 없을 정도여서 손에 큰 수건을 들고 살아야 했다. 병원으로 약국으로 쫓아다녀도 별다른 효과가 없어 고스란히 고통을 겪어야 하는 시간이 흘러갔다. 고통은 점점 더 커져만 가는데 나중에는 콧속이 아파서 잠을 잘 수도 없고 숨을 쉬기도 버거워졌다. 입으로 숨을 쉬다 보면 입안이 바싹 말라서 죽을 것만 같았다.

그가 찾아오는 시기는 만물이 소생하는 아름다운 계절 봄이다. 그는 환영받지 못하는 방문자였음에도 거르지 않고 나타났다. 그의 출현은 고통으로 이어졌으므로 예쁜 꽃이 피고 푸르름이 대지를 물들여도 아름다움을 느낄 여유가 없었다. 서서히 날씨가 더워지면서 여름으로 접어들 때면 그는 슬그머니 꽁무니를 감춘다. 이제 아주 가버렸나 안도하다 보면 그는 소슬한 가을바람을 앞세우고 한 치의 오차도 없이 제자리로 돌아오곤 한다.

평화롭던 여름날 찾아온 그는 평생 나를 괴롭히며 따라 다녔다. 지금은 의학이 발전해서 그것이 알레르기 비염이라는 병인 줄 알게 되었지만, 그 시절엔 병명도 모르고 그에게 굴복해야만 했다. 그는 봄과 가을로 접어드는 시기에 어김없이 찾아왔다가 두 달가량 내 안에 산다. 그는 재채기와 가려움증을 동반하고 왔으며 콧속이 갈라지는 아픔을 덤으로 주었다. 그는 찾아왔다는 신호로 요란한 재채기를 연발시켜서 새벽 잠자는 식구들과 이웃을 깨울 만치 소란을 떨게 했다.

그가 내 삶 속으로 들어오면 고통이 너무 심해 가족들을 챙길 수도 배려할 수도 없었다. 이런 아내를, 엄마를, 얼굴 찌푸리지 않고 묵묵히 곁에서 같이 아파해준 가족들이 때론 고맙고 때론 미안하다. 시도 때도 없이 풀어대는 코와 재채기에 눈살 찌푸리는 친구들도 있지만 그럼에도 불구하고 너여서 괜찮다고 격려를 해주는 친구가 있어 힘들어도 사회생활을 이어갈 수 있었다.

그 후 휴지는 나의 필수품 되어서 주머니 속이나 가방 안에 항상 챙기게 되었다. 휴지 없이는 단 한 시간도 버틸 수 없는 세월을 참 길게도 걸어왔다. 어떤 때는 그 고통에서 벗어나고 싶어 죽고 싶다는 생각을 한 적도 있었다. 누구도 모를 고통을 인내하며 참 많이 아팠고 또 많은 눈물을 쏟아내기도 했다. 원망할 대상조차 없으니 체념이라는 것을 배우지 않아도 저절로 알게 되었다. 그가 내게 오지 않았다면 내 삶은 한층 윤택하고 행복했을 것이다.

많은 시간이 흐른 지금은 의학의 발달로 훨씬 수월하게 계절을 보낼 수가 있게 되었다. 그런 어느 날, 의문 하나가 머릿속에 떠올라 지워지지 않았다. 그가 내게 오기 전 수많은 쌀벌레를 살생했던 것이 원인은 아니었을까? 어쩔 수 없는 상황이었다지만 미물이라 하더라도 너무 많은 생명을 수장시킨 것이 나이 들어가면서 항상 마음에 걸리곤 한다.

아무리 그렇다 해도 이젠 정말 싫다. 내 속에 들어와 내 젊음과 영혼을 갉아먹은 알레르기 비염, 이젠 너로부터 꼭 벗어나고 싶다. 지금 당장 아주 먼 곳으로 내동댕이쳐 버리고 싶은 알레르기 비염아! 제발 날 떠나다오.

탐욕

매강 **김미자**

k-mija@hanmail.net

살면서 버릴 것이 어찌 한둘뿐이랴.
무로 태어나 자아가 싹트면서 소유욕이 생기고,
소유욕은 욕심을, 욕심은 탐욕을 부른다.

권력과 명예와 재물 등이 최고의 목표인 양
달려가는 인생들은 만족할 줄 모른다.
욕심이 지나치면 탐욕이다.
동서고금을 막론하고 탐욕으로
패가망신한 예가 얼마나 많았던가.

갓 스무 살에 가방 하나 덜렁 들고 상경하여 시작한 서울살이
날이 가고, 해가 갈수록 짐이 늘어 이사하려면 트럭이 필요했고,

서른 살에 시작한 결혼생활, 세 아이의 육아와 교육, 남편의 승진,
경제력까지 탐욕의 뿌리는 깊고도 멀리 뻗어갔다.

그렇다고 어디 인생이 뜻대로만 되던가.
궂은날이 있으면 맑은 날도 있고,
태풍이 지나가면 고요해지는 게 진리일 터
우리네 인생이라고 다르랴.

환경의 변화에 적응하기 위해 마음을 비우며
평생 함께해온 화초와 그 많던 집안 살림과 책부터 정리했더니
섭섭함은 잠시였고 속이 다 후련했다.

그런데 탐욕의 뿌리가 남아 있었던지
불과 몇 년 사이에 제자리로 돌아와
이전보다 더 많은 화초가 입주했고,
업그레이드된 살림과 책도 늘어나고 있다.

화초에 대한 애착은 병적이어서
내편의 표현에 따르면 탐욕이고 고질병이란다.
죽어가는 걸 살려보겠다고, 삽목해서 식구를 늘려보겠다며
길에서 전지한 가지를 주워 와 물에 꽂고 살피는 나의 일상은 행

복하지만,

주변의 모든 식물을 반려 식물로 보는 게 문제고, 탈이며

무조건 집으로 들고 오는 버릇은 탐욕이라고 질타를 받는다.

스스로 생각해도 수긍이 가는 말이다.

내가 가장 먼저 버려야 할 것은 화초에 대한 탐욕이다.

그 자리

김산옥

s2k2y@hanmail.net

오랜 세월 나를 붙잡고 있는 자리가 있다.

지난날, 나는 간절하게 나만의 공간을 소유하고 싶었다. 하지만 시부모님과 함께 사는 대가족 속에선 나만의 공간을 따로 갖기란 쉽지 않았다. 가족들이 수없이 오가는 주방 식탁 귀퉁이가 내가 누릴 수 있는 유일한 공간이었다. 번다한 일상의 한 귀퉁이에서 공부하고, 글 쓰고, 생각했다. 그렇게 그 자리에서 불혹의 나이를 보냈다.

어머님과 각방을 쓰시던 아버님이 돌아가시자 그 방이 내 서재가 되었다. 동쪽 창문으로 햇살이 눈부시게 스며드는 아늑하고 따뜻한 공간이다. 그토록 갖고 싶었던 나만의 쉼터가 생긴 것이다. 한동안 어린애처럼 좋아했다. 그러나 그 행복은 오래가지 않았다. 어느 순간부터 여전히 식탁 귀퉁이 그 자리에 내가 앉아 있다. 꼭 그래야만 하는 것처럼, 그 자리에서 수시로 일어났다 앉았다를 거듭하며 궁둥이 붙일 새 없이 지냈다.

내가 앉아 있는 식탁 왼쪽에는 어머님 방이 있다. 가만히 들으면 어머님 숨소리까지 들리는 거리다. 그러나 서재는 어머님 방과 주방에서 사뭇 동떨어져 있다. 그곳에 들어가면 일상의 잡다한 소리가 들리지 않는 고요한 공간이다. 그것이 이유였다. 어느 순간부터 몸이 불편한 어머님 방과 거리가 먼 내 공간은 점점 불편해지기 시작했다. 다시 어머님 방과 가까이에 있는 식탁 그 자리에서 하루를 시작하고 하루를 마감했다. 애야, 부르면 엉덩이 달싹 들고 일어나야만 한다는 '착한며느리병'은 오랜 세월 그 자리에 나를 앉혀두었다. 변화가 사거리 건널목처럼, 수많은 생각이 모였다 흩어지는 식탁 귀퉁이 그 자리에서 지천명의 나이를 견뎠다.

어머님이 돌아가시자, 이제는 나만의 공간에서 마음 놓고 글도 쓰고 책을 보며 지내야겠다고 생각했다. 이제야말로 홀가분하게 온전한 내 자리를 찾을 것이라 여겼다. 그러나 여전히 식탁 그 자리에 내가 앉아 있다. 퇴임하고 들어앉은 남편을 외면하고 나만의 공간에서 여백을 누리려니 왠지 미안했기 때문이다. '착한아내병'은 또 그 자리에 나를 눌러 앉혔다. 온종일 일상의 부대낌으로 내 생각을 흩트려 놔도 끝내 그 자리를 버리지 못했다. 여전히 번다한 가사에 치이며 수문장처럼 그 자리를 고수했다. 그렇게 이순의 나이를 보내고 있다.

서재는 헛간이 되어갔다. 온갖 잡동사니가 방으로 파고들어 재래 장터처럼 터를 잡았다. 어쩌다 들여다보면 을씨년스럽기 그지없다. 그토록 원하던 내 서재가 있는데도 여전히 그곳을 내 자리로 만들지 못하고 산다.

봄비가 토닥이는 오늘, 문득 그것은 배려였다는 것을 깨달았다. 날마다 버리고 싶었던 그 자리, 수십 년 동안 사용해서 낡고 헐거워진 그 자리를 버리지 못한 것은 가족에 대한 책임이고 배려였다는 것을.

시부모님이 계실 때는 며느리가 늘 그 자리에 있어야 안심할 것이라는, 아이들에게 엄마는 늘 그 자리에 있어 주어야 아늑할 것이라는, 남편에게 아내는 늘 그 자리에 있어 줘야 편안할 것이라는…. 무언의 권고장 같은 의무로 이 나이까지 그 자리를 굳게 지켰다. 그러나 그것은 나만의 기우였다. 지나친 착각이다. 안 그래도 되었다. 충분히 내 자리를 찾고 살았어도 될 일이다. 그 자리를 버렸다고 해서 따지고 나무랄 가족은 아무도 없다. 모두가 내가 자처한 '착한천재병'에 걸려 사서 고생한 지나친 배려일 뿐이다.

난간 지붕에서 풍금 소리 같은 빗방울 소리가 끊임없이 들린다. 삼월로 접어들어 처음 오는 봄비를 맞아 거실 창문을 활짝 열어젖혔다. 서둘러 서재로 들어와 온갖 잡동사니를 모두 꺼내 거실로 끌고 나왔다. 피사의 사탑처럼 제멋대로 기울어 쌓여 있는 책들을 가지런히 정리하고, 먼지 쌓인 책상을 털어냈다. 오전 내내 정리를 마치고 식탁 귀퉁이에 있던 노트북을 서재 책상 위로 옮겼다.

나 스스로 옭아매며 살았던 그 자리, 수없이 버리고 싶었던 그 자리, 내가 아니면 안 된다는 착각으로 의무처럼 버리지 못했던 그 자리를 미련 없이 버렸다.

언젠가 한시를 쓰시는 문창 강 선생님이 '소비헌少緋軒'이라는 서재 이름을 지어주셨다. '향기가 있는 작은 집'이라는 뜻이다. 그 이름이 적힌 종이가 모서리가 다 닳도록 지갑에 넣고 다녔다. 기왕 서재의 문을 열었으니 방문에다 문패도 걸어야겠다.

아, 드디어 그 자리를 버렸다. '착한천재병'도 함께.

'하기 싫어'

문화란
jjm6156@hanmail.net

요즘은 누구나 백세 시대를 말한다. 마치 백 년이란 수명이 떼 놓은 당상인 양 뿌듯한 기대를 품고서…. 우화등선하여 하늘을 나는 전설 속의 이야기가 아닌 담에야 상상조차 불가했던 백세란 나이. 좋은 시절을 만나 요행히 백 년을 산다 해도 이순耳順을 한참 넘긴 내겐 남은 시간이 그리 길지 않다.

누군가 내게 "아직 인생을 돌아볼 나이는 아니야"라고 위로를 건네준다 해도 지나간 시간이 아련해짐은 어쩔 수가 없다. 이쯤해서 자신에게 상을 주고 싶은 생각이 드는 까닭은 만만치 않게 투쟁을 겪어온 내면이 안쓰럽기 때문이다.

나는 본래 게으름이란 자양분으로 빚어진 사람이다. 눈앞에 닥친 일이 그 무엇이든 일단 피하고 본다. 어린 시절부터 어른이 되기까지 의무로 해야 하는 모든 일들이 걱정과 근심으로만 다가왔다. 그렇다고 인생 자체에 흥미가 없던 것은 아니었으니 아마도 요즘 유행하는 말로 선택적 게으름증이었다고나 할까.

좋아하는 것이 있기는 하다. 무심히 앉아 먼 산을 바라보는 것처럼 좋은 일이 있을까. 아침녁 바람이 살랑거리는 정자에 앉아 나무 사이로 비치는 햇살을 올려다보고, 땅바닥에 어른거리는 나뭇잎 그림자를 보노라면 나는 그 어떤 것도 더 필요하지 않다.

거창하게 동양철학을 꺼내 들면 나는 노장老莊 쪽에 마음이 기우는 사람이다. 풀잎 하나도 도道가 발현된 모습이니 인위를 가하지 않은 자연 그대로가 완전한 아름다움이라고 주장하는 사상이 게으른 나에게는 그야말로 최상의 논리이다. 반면에 유가에서 만든 온갖 제도들, 인륜, 예법, 명분, 책임, 의무, 성실이라 하는 것들, 이른바 세상을 유지하는 그 틀이 거추장스럽게만 느껴진다. 태생적으로 공자 선생과는 맞지 않는 사람인 것이다. 하여 결국 한 가지 결론에 이른다.

내 좋은 대로 살리라.

당차게 말하고 나니 슬슬 불안해진다.

아무것도 하지 않고 이 세상을 어찌 살아가지?

걱정 붙들어 매시라. 하늘의 오묘한 뜻이 풀 한 포기에도 비바람 견뎌낼 힘을 주셨으니…. 미물도 사랑하는 하늘이 인간의 형상으로 태어난 내게 어찌 은혜를 베풀지 않으랴. 그리하여 하늘이 내게 무언가를 내렸고, 그것이 바로 그 이름도 험한 강박관념이다.

강박관념이라고?

맞아, 바로 그 강박관념.

현대인의 마음에 파고들어 죽음에 이르도록 하는 그 강박관념 말이야?

하, 그렇게 말하면 섭섭하지요. 독약과 명약은 병증에 따라 갈라지는 법이니까.

시인 김춘수가 노래했지. "내가 그의 이름을 불러주자 그는 나에게로 와서 꽃이 되었다"라고. 그처럼 강박이란 놈이 내게로 오자 명약이 되어버렸다.

그놈이 목청껏 외친다.

해야 해!

그것은 내 행동을 유도하는 주술이다. 나의 행동을 촉발하려면 강력한 주술을 걸어야 하지만 그것이 늘 신속한 효과로 이어지지는 않는다. 어쨌거나 그것이 이제껏 나를 세상에 발붙이게 해준 원동력임을 어쩌랴!

누군가가 말한다.

"너는 참 힘들게 사는구나. 그렇게 자신을 옥죄면 병에 걸릴 것이야."

어느 개그맨처럼 나는 '그때그때 달라요'라고 말한다. 그것이 내겐 인생을 버텨온 힘의 원천임을 부정할 수 없기 때문이다.

일출과 일몰을 지켜보았는가! 붉은 해가 뜨고 지는 황홀한 광경은 찰나에 사라진다. 아름답게 핀 꽃도 열흘 붉지 못하고 속절없이 떨어진다. 아름다움은 찰나에 속하기에 귀한 것이다. 냉혹한 시간의 흐름을 감지하는 순간 어느새 내 인생이 소멸하여 가는듯한 감정이입에 빠진다. 생명 있는 것이, 그리고 아름다운 순간이 사라지는 것을 목도하고서야 나의 게으름이 각성을 하는 것이다.

"무언가를 좋아하고 열중하는 사람은 축복받은 사람이다."

공자는 아는 것이 좋아하는 것만 못하고, 좋아하는 것은 즐기는 것만 못하다고 하였다. 일을 즐긴다는 건 자신을 강박하며 살아온 내겐 참 먼 나라의 얘기다.

그리하여 느리게 가기로 하였다. 다만 길을 걷는 것이 중요할 뿐이므로…. 그 길에서 나도 한 가지는 건졌다. 느린 걸음으로 마지못해 걸었지만 결코 쉬지는 않았다는 안도감 한 움큼. 순간 작은 기쁨 한 조각 주워들고 맑은 웃음 허공에 날리면 되지 않으랴.

지금도 늘 '하기 싫어'에 눌리지만 '해야 해'로 농도를 희석시키며 마음을 다독이는 여정을 지속한다. 그런 내 본성도 언젠가 한 번쯤은 쓸모가 있을 것이다.

맞아, 이 시대 화두가 건강하게 오래 살기이니 내 주특기를 살려 한 번 크게 외쳐 볼까나.

"죽기 싫어!"

…하늘이 웃으며 들어주실까?

원망과 후회

김현찬

sagacite@hanmail.net

배우는 배우는 것이다. 여러 달란트 가진 어떤 배우는 가수가 꿈이고 신인등용 했지만 길이 열리지 않다가 잠깐 뮤지컬을 하다 배우에 캐스팅되었다. 방송 드라마 단역에서 큰 역은 아니나 생의 여러 면을 배우며 새롭고 즐거운 생활을 했다고 다시 가수로 레코드 취입해 출발의 자리로 돌아왔다며 그동안 얘기를 한다.

한 발자국 나서면 극과 극의 모습이 있다. 나이 들며 주위 사람 지난 발자취가 남의 일 만이 아니다. 부모님 시대가 지금 같진 않으나 자식에게 어려운 상황을 남겨 주지 않으려 대부분 부모는 자식 위해 헌신하고 희생도 한다. 자식이나 형제간 사회생활도 그 시대나 상대방의 자리에 있지 않고 서로 이해할 수 없고 원망했던 일이 지나고 나서 후회한다.

요양원에 초기 치매로 입원한 분이 처음엔 가벼운 증상이라 가족이 몰랐고 차차 가족을 잊고 기억하는 일본어와 찬송하며 교수여서 주위 사람들 대변도 자신 있게 앞장선다고 한다. 어떤 이는 사람 만나기 두려워 숨고 거친 말을 한다. 그곳에서 제2 인생으로 잠재한 솜씨를 보이기도 한다. 좋은 것과 나쁜 것을 기억하는 사회성도 심하게 나타난다.

세대마다 만나는 사람의 대화 주제도 다르다. 나이 들어가는 사람의 대화는 단연 몸의 이상을 하나씩 얘기하며 자신이 가장 아픈 사람으로 열심히 얘기한다. 어린아이처럼 주장이 세지고 자신의 소지품을 움켜쥐고 한 얘기를 계속하기도 한다. 어쩌면 마음이 여린 분들이 미세한 바이러스 공격을 감당하기 힘든가 보다. 남녀노소 모두 건망증은 있는데 치매는 어느 부분 기억들이 자연스럽게 오락가락하고 있다. 젊은 사람도 건망증이 있지만 나이 탓인가 점점 오래된 건 기억해도 어제 일 기억 못하는 때가 종종 온다.

버리고 살아야 할 것이 무엇일까. 이사를 자주 하면 짐도 마음도 주위환경도 정리된다. 버리면 바로 찾게 되어 버릴 때는 쓰레기처럼 쉽게 버리지 못한다. 요즘 쓰레기 분류해 버리는 것도 신경 쓴다. 새로 구할 수 있는 건 버려도 되는데 '친구와 장맛은 오랜 것이 좋다'고 하나 요즘 꼭 그런 것도 아닌 듯 오래된 건 다 버리게 된다.

영국 격언엔 '친구와 포도주는 오래된 것이 좋다'고 한다. 백년손님 사위를 위해 포도주를 담근 어머니의 일화가 있다. 요리솜씨는 있어 모처럼 담아 오래지 않아서 발효가 안 된 건지 사위는 '교인이신 어머니가 도수 높은 술을 담그셨네요' 해서 한바탕 웃었다.

발효되지 않는 기억이 새로워지는 버리지 못하는 추억의 순간이 간직된 사진이다. 어디인지 알 수 없이 색이 바래도 기념적인 배경 사진들 뒤적이며 회상에 젖어 망설이게 한다.

내 무명의 작품 그림이나 글이 담겨진 책도 소중하긴 마찬가지— 하나하나 공들인 작품 가끔 기념선물로 준 것도 내가 없으면 남아있기나 할까 아쉬워진다. 그래서 가시는 분이 많아지자 솜씨 많던 측근은 '전시회, 책 출간, 발표회 그런 거 다 사는데 필요한 거니?' 옆에서 묻는다.

이사할 때마다 핀잔도 받는다. 소유감이 없어져 허전해도 소망을 가진 사람은 움직이는 동안 열심히 살아야지 생각한다. 모든 것을 버리고 새로움이라는 단어는 시작과도 같아 때로 희망을 갖는다.

감정도 눈에 보이지 않아 스트레스 심해지면 신경성 몸의 부분이 이상을 일으키니 신비하다. 종교에서 병은 귀신의 장난이라고 비유하나 보이지 않는 것 무어라 규정지을 수 없다. 병원 의사도 보이는 상처는 쉽게 현대 기구로 사용해 영상 찍어 치료해도 완치는 자연의 선물이다. 그야말로 신의 한계— 약 처방 치료도 다른 데로 부작용이 생겨 몸이 예전 같지 않으니 어르신들의 체념하듯 '늙으면 죽어야지'라고 하시던 말을 많이 들었다.

가끔 불치병에 기적 같은 일도 있어 비슷한 경우인데 사랑하는 이를 떠나보낸 사람은 안타까워하기도 한다. 일이 잘못되면 남의 탓으로 돌리고 원망과 후회만 남게 되니 가장 버려야 할 것은 그런 것들이 아닐까. 살아가는 건 어쩔 수 없는 원망과 후회의 연속이지만.

너 어디 있느냐

류문수

ryubioo@hanmail.net

돈 벌어 보려다 돈 떼이고 마음까지 떼인 친구. 마음의 병을 얻어 우울증을 앓는다고 하였다. 부인의 말을 듣고 보니 그리 간단한 병세가 아니었다.

노욕老慾이 병이었나. 무료無聊가 병이었나. 퇴직 후 할 일을 찾지 못하던 그가 낯선 증권사를 드나들며 소일한다기에 그런가 했다. 그런데 과욕에 빠져 병까지 얻은 인생 말년.

자꾸 죽고 싶다고 되뇌는 후배도 있다. 사업에 성공하여 친구들에게 부러움과 질시를 동시에 받았다. 사업을 확장하여 건설업계에 새로운 기린아가 탄생하는가 했는데 실패하여 살던 집도 내준다고 했다. 더욱 괴로운 것은 자기를 믿고 자금을 빌려준 친인척도 길거리로 내몰린다는 것….

인생 시기에 따라 내가 머무를 자리를 아는 것도 쉽지 않은 듯

했다.

아테네 델포이 신전에 새겨져 있었다는 "너 자신을 알라Know yourself"는 말은 소크라테스의 중요한 금언이 되었다. 이 말은 사회 구성원 간의 윤리적 개념으로만 적용될 것이 아니라 개인의 한정된 행위에서도 자신의 자각을 통한 자기 관리에 적절한 금언이 되리라 본다. 남에게 손가락질하기 전에 나는 어떤지 먼저 살필 일이다.

내가 하고픈 일은 외면하고 생의 진정한 존재 이유를 모른 채, 지금 우리 사회는 물질과 소유를 향한 전투장의 살벌한 모습들로 가득하다. 이권 봐주고 돈 먹기 현장, 경쟁 위주의 자녀교육 현장, 출세 길 찾아 줄 대기 현장, 집단 이익 찾기 데모 현장, 약자에 무자비한 갑질 현장, 권력쟁취 전력질주 현장, 새로운 정보 찾아 투기 현장…. 예고 없는 대형사고, 성의 상품화 퇴락頹落화, 쉽게 절망하는 높은 자살률, 넘쳐나는 실직자, 무직자. 생명 경시의 크고 작은 범죄로 얼룩진 우리 사회, 지표 없는 혼돈의 장에서 잠시 쉬며 우리 모두의 모습을 깊이 통찰할 때가 아닌가 생각해 본다.

물론 각계각층 곳곳의 굳건한 버팀목! 그리고 선량한 국민들이 있기에 우리 사회는 지탱되고 유지된다. 묵묵히 우리 공동체의 생명수가 되어 주는 시민들. 자기 설 자리를 제대로 알고 자기 몫을 다하는 그들이 존경스럽다. 성실한 이 사회의 파수꾼. 그들은 번

져오는 이 사회의 오염을 언제까지 막고 청정수 역할을 다할 수 있을까? 우리 사회의 불순 바람을 잠재우는 것은 우리 모두에게 주어진 절체절명의 소명이 아닐까.

나부터 돌아보자. 나는 누구이며 지금 어디 서 있는가. 무엇을 갈구하고 있는가. 내가 찾는 삶의 참모습은 진정 내가 원하는 모습인지 어떤 허상에 현혹되어 일상을 그르치고 있지 않은지 깊은 내면의 정체적 의미를 깊이 성찰해 볼 일이다.

"너 어디 있느냐" 창세기 3장 9절.

과욕에 사로잡혀 죄를 범한 아담을 야훼 하느님께서 부르셨다.

이 부름은 절대자 하느님이 인간에게 최초로 묻는 안부이다. 안부가 필요 없던 에덴에서 만용을 부리다 몸과 마음이 타락한 인간. 선과 악, 행복과 불행을 알게 된 인간은 이것을 넘나들며 자기 관리를 위한 고된 선택적 삶을 살지 않으면 안 되게 되었다. 현실을 그르친 자중지난의 일탈로 스스로의 무덤을 만든 것이다. 이는 '너 어디 가고 있느냐', '너 무엇하고 있느냐', '너는 누구냐'…. 피조물로서의 정체적 자세를 지키지 못한 것에 대한 꾸지람이다.

"내가 따 먹지 말라고 일러 둔 열매를 네가 따먹었구나!" 창세기 3장 11절.

금지는 '허락 중 허락'임을 모르던 인간이 교만과 비교의 함정에 빠져 불행을 자초하곤 했다. 탐욕의 금지, 이 불문율에서 자유롭지 못한 인간적 생리가 만용과 오만을 부르고 끝내는 고통의 늪에서 허우적거렸다.

허욕의 결과는 허상이다. 사람이 살아가는 데는 그리 많은 것이 필요치 않다. 성숙된 존재로의 삶은 많은 것을 요구하지 않는다. 필요한 것만 갖고 정신적 만족을 향유하면 된다. 이웃에 자리할 것이 내게 와 있지는 않는지, 남이 머무를 자리에 내가 서 있지는 않는지, 넓고 높은 자리보다 내게 알맞은 자리는 어디에 있는지 똑바로 살펴야 한다.

나는 어디에 있는가. 나는 어떤 지향으로 오늘을 사는가. 매일이 확고한 목표 의식으로 투영된 삶은 알차고 보람되다. 그러나 우리네 삶이 무언가 최선을 다하지만 목적을 잃고 방법에 머무를 때, 바쁨에 허덕이며 바쁨의 의미 자체도 모른 채 표류할 때, 목표한 것이 허상이었음을 깨달을 때 지난 세월을 후회하며 맥 빠진 절규로는 구제될 리 없다.

"너 어디 있느냐."

물음에 주저 없이 대답할 수 있는 것은 우리의 과욕에서 오는 '사회적 위치와 물질'의 추구가 아니라 마음이 안락하게 머무르는 여유와 자기 이상 실현의 장소일 것이다.

'나는 어디에 있는가'를 생각할 때다.

나태와 안일

김소현

cardinale@hanmail.net

요즘 외출을 거의 하지 않는다. 한 주에 한 번 마트에 가고 가끔 친구 만나 점심 먹는 일 외엔 집에 콕 박혀 있다. 갈 곳도 없지만 귀찮기도 해서다. 내가 집에만 박혀 있는 것은 코로나라는 감염병 때문만은 아니다. 그 이전부터 움직이는 걸 싫어하고 꼭 가야 하는 곳 아니면 돌아다니는 걸 생래적으로 싫어한다. 찾아보면 마스크를 하고도 갈 곳은 있다. (물론 여행은 문제가 다르다.)

집에만 있다가 외출 한번 하려면 빠뜨린 건 없는지 실수하진 않을지 신경 쓰이고 긴장도 된다. 그저 이불 안이 편안하다. 음악듣기, 영화보기 같은 일은 평소에도 즐기는 터라서 '감금생활'이 크게 고통스럽지 않다.

나의 일상은 낮 12시부터 시작된다. 아침에 두 남자에게 각각 밥과 과일을 주고나면, 빵 한 조각과 토마토 두 알, 사과 한 쪽과 삶은 계란 한 개를 커피와 함께 침대로 가져온다. (커피는 간편한 캡슐 형이다) 음악방송 앱을 열고 블루투스 스피커 전원을 켠 다음 그것들을 먹는데, 그 음식들은 모두 커피를 먹기 위한 '반찬'들이다. 음악을 듣다가 좋아하는 곡이 나오면 방송 게시판에 느낌도 쓰면서 그렇게 꼼짝 않고 오전시간을 보낸다. (눈은 텔레비전 여행 프로를 향해 있다.) 점심은 배달 앱을 이용하거나 간편식으로 해결한다.

외출할 때와 집안일을 할 때 빼곤 침대에서 책도 보고 영화도 보고 모든 개인 업무(?)를 본다. 부실한 허리 때문만은 아닐 것이다. 쉬 고쳐지지 않는 오랜 습관이다. 운동은 무릎 연골수술을 한 뒤로 어쩔 수 없이 실내자전거 페달을 밟고는 있지만 그뿐, 다른 운동은 엄두를 내지 않는다. 청소는 고맙게도 스마트폰의 지시를 받으며 봇돌이(청소기)가 알아서 한다.

코로나 시대(?)라서 식품 빼곤 대부분 온라인 쇼핑을 한다. 침대에서 결제 버튼만 누르면 되는 홈쇼핑을 하다보면 반품할 일도 생기는데 식품반품은 여간 귀찮은 게 아니다. 특정지역의 한우라는 말만 믿고 구입한 고기가 고무처럼 질겨 반품했었다. 그 '고무고기'는 회사 냉동실에서 쉬었다가 또 누군가에게 팔려갈 것이다. 인터넷으로 디자인만 보고 구입한 식탁의자 다리가 부러져 낭패를 본 적도 있는데…. 반품하느라 며칠 시간낭비와 감정소모를 하면서도 삶의 한 풍경이라 자위하며 또 다시 결제 버튼을 누르는 자신을 본다. 욕심으로 사놓고 유통기한을 넘겨서 버린 영양제와 식품보조제가 얼마인지….

음악은 들을 때뿐, 마음 한편에선 불편함이 스멀거린다. 무의미하게 시간을 죽이고 있다는 자각이 강박처럼 따라붙어서다. 책 보는 시간보다 음악 듣는 시간이 늘어나면서 생긴 증상이다. 숙제 안 하고 노는 학생의 마음 같다. 스스로 호모 루덴스라고 너스레를 떨지만 마음은 공허하기만 하다. 오랫동안 벌이도 안 되는 글을 쓰면서 직업병만 생긴 듯하다. 머리맡엔 욕심으로 사놓은 책탑이 높아간다.

웬만큼 살다보니 새로운 것에 관심이 없다. 도무지 마음을 끄는 게 없다. 사람도 그렇고 기타 등등도 그렇다. 아날로그 감성에 젖어 있는 내게 더 귀찮은 건 신문물이다. 문화센터에서 수강하던 영어공부가 비대면 온라인으로 바뀌어 포기하고 말았다. 신경 쓰이는 일은 뭐든 하고 싶지 않아서다. 누군가의 지적처럼 마음이 일찍 늙어버린 건가. 무엇에도 마음을 열지 못하는 성정은 계절과도 병균과도 상관이 없다.

내가 세상을 향해 열어놓은 것은 블로그뿐이다. 좋아하는 글귀나 음악을 올려 자신도 즐기고 방문자들도 즐기게 하기 위함이다. (그나마도 노출증 환자의 전시물에 불과하다고 움베르토 에코가 말했다.) 그러나 그 공간도 새로운 소통 도구에 밀려 구시대의 유물이 된 지 오래다. 컴퓨터 앞에 앉기는 하지만 문서창은 열지 않는다. 그곳은 숙제가 있을 때만 들어간다.

나태와 안일은 권장할 만한 덕목은 아니지만 그것들을 버린다고 행복할지는 의문이다. 인생엔 정답이 없으니 말이다. 귀차니스트가 '알'을 깨고 나와 마음껏 기지개를 켤 날이 올까. 어쩌면 영원히 웅크리고 살게 될지도 모른다.

아트 가펑클이 부른 April Come She Will이 상큼하게 와 닿는 4월이다. 잎도 없이 와르르 피어나던 허상 같은 봄꽃들이 지고 그 자리를 연초록이 대신한다. 새로워서 좋은 게 하나 있다면 신록이다.

비움의 철학

오차숙
sokook21@naver.com

그동안 근본적인 삶, 들꽃 같은 삶을 살아보려고 노력은 했으나 그와는 거리가 멀었다. 바람이 세차게 부는 날 창공에서 헉헉대는 가오리연처럼, 목적지도 분명치 않은 채 낮도깨비에 홀린 듯 분주하게만 살아왔다.

어느 날 문뜩 찬물로 세수를 하고 화장실 거울을 바라보니, 나와는 다른 내가 거울 속에 서 있었다. 생각이 많던 내 머릿속이, 잡념으로 범벅이 된 내 머릿속이, 시간이 흘러감에 따라 다소 정리가 되어간다.

세월 탓이렷다!

시간의 잔인함, 세월의 잔인함을 느끼게 하는 순간이다. 분주하게 달려온 삶을 뒤로하고, 다가올 시간에는 '어떤 모습으로 살아갈 것인가' 궁리하는 순간이다.

나이가 들어간다는 증거렷다.

앞과 뒤를 둘러보아도 책장에 빼곡하게 들어 있는 책들, 한 권한 권의 책이 책장에 꽂힐 때마다 영혼이 보약을 흡수하듯 흐뭇해하던 그 시간들이, 어느덧 그 책들로 인해 두 어깨가 지끈거리고 목구멍이 탁해 호흡이 거북할 정도이니, 간사한 것이 인간인가보다.

지쳐가는 증거렷다!

갓난아기가 세상에 태어나는 순간 양손을 움켜잡듯, 나 역시 나름대로 적지 않은 시간을 살아왔으나 어느덧 양손을 펼칠 때가되어가고 있다. 그러나 내 영혼은 정오를 지나 서산을 향해 걸어가고 있음에도, 양손을 펴지 못하고 움켜잡고 있을 때가 한두 번이 아니었다.

하지만 서서히 내려놓는 삶, 미래를 위해 쌓아놓는 삶이 아니라현재에 감사해 하는 삶을 살아갈 시점이다.

그동안 순간순간 의미 있는 삶, 드라마틱한 삶을 꿈꾸기도 하면서 과정에서 깨달음도 있었지만, 진정 마음의 높낮이를 관리하며성숙하게 살아가야 할 시점에 와 있다. 그동안 잡념이 잡념인 줄모르고 살아왔으나, 그 잡념을 미련 없이 내던지는 방법을 배워간다. 마음속에 쑤셔 넣었던 잡념을 쓰레기통에 내던지며, 단순한삶을 살아가려고 노력한다.

그동안 나의 삶이 쓰나미 같은 삶이었다면, 이제는 들판에서 돌담을 감싸고 있는 찔레꽃 같은 삶을 살아가고 싶다. 잡념을 없애기 위해 마음상태를 세정제로 소독하며 맑고 또 맑게 살아가고 싶다.

그 어떤 것도 비우는 삶이 아닌 것은 독소가 될 수 있어, 맑은 물속에서 헤엄치는 물고기처럼 담담한 마음으로 살아가고 싶다. 그런 삶을 살아가려면 내려놔야 될 것이 많겠지만, 무엇보다 잡념과 위선을 제거하려고 노력하며, 흘러가는 시냇물에 탐진치食瞋痴의 내 감정을 씻어내야겠다.

47세에 유방암으로 시한부의 삶을 살다간 내 사촌은 마지막 순간이 가까워지자 남편에게 남긴 몇 마디가 기억난다.

"여보 내가 죽으면 재혼을 해도 좋아. 하지만 내 산소에 가끔 와서 풀은 뽑아 줄 거지"라고 하였다. 그 사촌은 세상 떠나기 전 드레스룸의 옷은 물론, 그녀 스스로를 기억해 낼 수 있는 손때 묻은 물건들을 손수 없앤 상태였다. 그 아파트 거실에는 그녀 스스로가 남긴 동양란 몇 개만이 구석구석 놓여 있는 채, 길 떠나는 그 영혼을 배웅해 주고 있었다.

나는 그때 뒤통수를 얻어맞은 듯 삶의 실체와 삶의 한계, 삶의 정답과 비움의 철학이 그곳에 있었음을 깨달았다.

그 후부터 나도 백수를 누리다가 세상을 떠난다면(홋홋…), 내가 쓰던 많은 책과 드레스룸의 옷과 가방들, 핸드폰 속 사진들이 내가 존재하지 않는 세상에서는 모두 처리하기 힘든 쓰레기임을 깨달았다. 자식들이 있지만 부모의 행적은 '귀찮은 쓰레기로밖에 남지 않겠구나' 하는 깨달음에 이르렀다.

내 어머니를 보더라도 그와 다르지 않다. 제주도 큰 집에 손때 묻은 살림들이 많았지만, 나이 들어 아들이 있는 객지로 와서 합류하게 되자 몇 년은 그 흔적이 보존된 채 있었지만, 결국 그 세간들이 처리하기 힘든 쓰레기로 둔갑하며 많은 돈을 주고서야 처분할 수 있었다.

이게 인생이렷다!

참으로 개 같은 세상, 잔인한 세상, 의미가 없는 세상이다. 그래서 나도 나이가 거꾸로 갈 리는 만무하니 '비움의 철학'에 대해 고민하지 않을 수가 없다. 그래서 더욱 2021년 청색시대의 특집 주제는 그 의미가 깊다.

하지만 이보게! 4차 산업시대 - 100세 시대가 아니던가. 그러니 살아가는 동안 시대를 따라가기 위해 노력하고 좀 더 베푸는 삶, 좀 더 긍정적인 마인드로 주변을 포용하는 삶을 살아가야 한다.

그때 비로소 너나 나나 살아온 삶, 살아가는 삶, 살아갈 삶이 청청하게 씻겨지며 가벼워지지 않겠는가.

미움 내려놓기

전효택

chon@snu.ac.kr

나는 교수로 재직하는 동안 발생한 일로 잊지 못하는 미움이 있다. 내가 미워하는 인사는 주변 사람을 배려하고 도와주려는 자세가 부족한 사람이다. 철저히 개인주의자이고 요즘의 유행 시사용어인 내로남불(내가 하면 로맨스, 남이 하면 불륜) 형이다. 자기는 원칙주의자라고 말하면서 주변을 배려하고 도와줄 줄 모르며, 뒤에서는 철저하게 자기 이익만 챙기는 인간형이다. 사십 년이 지난 지금도 그 미운 인사의 언행이 생각나면 기분이 언짢아진다.

40여 년 전 모교의 조교수 신규 발령을 받았던 때이다. 일본의 대학 연구실에서 박사학위후(Post-Doc.) 유학 생활 중에 발령을 받았다. 이 시기에 나는 경제적으로 몹시 힘든 상황이어서 도쿄에서 홀로 생활 중이었다. 나는 어린 자녀 두 명을 둔 가장이었으나 일정한 월수입이 없었다. 국내 연구소에 임시직으로 재직하는 아내의 적은 월급으로 간신히 버티고 있을 때였다. 조교수 신규 발령이 11월 하순에 갑자기 나서 즉시 귀국은 어려웠다. 대학 연구실에서 내가 맡은 일도 정리하여야 해서 발령 일자보다 한 달이 늦은 12월 하순에 귀국하여 출근했다.

서울의 집에서 12월 중순에 알려오기를 대학에서 12월 월급봉투를 학과에서 집으로 전달해 주어 첫 봉급을 받았다 했다. 아내는 빈궁한 살림에 너무도 기뻐하는 소식을 내게 전해 왔다. 수일 후 다시 연락 오기를 그 월급봉투를 학장이 명령하여 다시 회수해 갔다는 전갈이었다. 내가 대학에 한 달간 결근을 하였으니 월급을 회수하여 국고로 반납한다고 하였다. 그 후 내 월급이 실제 국고로 입금되었는지에 대한 연락도 없었고 공문도 없었다. 집에서의 실망은 보통이 아니었다. 워낙 생활이 어려운 상태였고 첫 봉급을 받았다는 기쁨이 순식간에 날아갔기 때문이었다.

아마 내가 학장 위치에 있었다면 달리 처리했을 것이다. 이 한 달 기간은 대학이 이미 종강하여 겨울방학 기간이고, 내가 발령받았을 때는 내 강의 과목도 없던 학기였다. 직무 태만도 아니고 외국대학 연구실에서 체류하고 있었는데도 말이다. 학장은 젊은 신참 조교수의 첫 봉급을 회수하여 국고로 반납한다고 통지한 것이었다. 만약 본인이 이런 경우였다면 이렇게 하였을까. 그는 달리 해결 방안을 모색했어야 했다. 부득이 월급을 회수할 수밖에 없다면 다른 방법으로라도 신참 조교수를 도와야 했다. 누구나 발령 직전의 경제적 어려운 형편을 잘 알고 있기 때문이다.

그 후 그는 내가 편집 경험이 많다는 소문을 들어 알고 있다며 단과대학 연보 발간을 새로이 시작하려 하니 편집위원을 맡아 도와 달라고 했다. 그때 나는 당연히 그 요청을 거절했어야 했으나 그러지 못했다. 그는 자칭 원칙주의자로서 젊은 교수들에게 마치 은사이듯 잔소리가 많았다. 학내에서 학생들의 민주화 집회와 데모를 막기 위해 학생들을 설득하라고 수시로 교수들을 집회 현장에 소집해 불러내곤 했다. 월례 교수회의에서도 정년퇴임한 교수의 연구실은 학과에서 회수하라고 매번 잔소리를 잊지 않았다. 심지어 정년 전에는 그의 아들을, 재직하는 학과의 신임 교수로 채용하려다가 학과 제자 교수들의 반대로 무산되기도 했다. 본인은 정년퇴임 이후에도 연구실을 비워 주지 않았고 그가 작고하고 나서야 연구실이 회수되었다.

나는 한 공조직의 수장으로서 관리 책임을 맡는 인사는 내로남불 형이어서는 절대로 안 된다고 주장한다. 책임자는 맡은 조직의 식구들을 관리하고 배려할 줄 알며 인격적으로도 부하 직원과 한 조직을 책임질 줄 아는 인사여야 한다고 믿고 있다. 평소에는 상급자라고 직원들을 호령하며 다스리듯 하다가 막상 직원의 위급 시에는 책임을 회피하고 전가하며 변명으로 일관하는 사람을 몹시 싫어한다. 그런 부류와는 말을 섞기도 싫고, 내 근처에 오는 것도 회피하는 정도이다. 이런 인사의 공통점은 현실이 바뀌면 변명하며 말 바꾸기를 잘한다. 아직도 "나는 너희들을 가르친 은사이고 너희는 내 제자이니 내가 마음대로 할 수 있다"는 전근대적 사고방식을 지닌 답답한 인사가 교수사회에 있다면 얼마나 난감할까. "내가 학과의 연장자 교수가 되면 그러지 말아야지" 하는 반면교사가 된 경우가 많았다.

나는 아직도 작고한 그 학장을 미워하고 있다. 제 삼자가 보면 나도 문제가 있다고 할지 모르겠다. 이제 내 나이도 칠십 중반을 향하고 있는데, 언제쯤 이 미움을 내려놓을 수 있을까 하고 깊은 호흡을 해 본다.

보면서도 보이지 않는 것

김선희

yunwonfamily@naver.com

오래전 이야기.

포장이 되어 있지 않은 시골 장터에 장대비가 그치고 늦은 가을
비가 부슬부슬 내린다. 길은 질척거리고 날씨는 을씨년스럽다. 낡
은 가게의 유리문에는 때 묻은 흰 종이에 한 자씩 띄어서 '황구
탕'이라고 쓰여 있고 상점 안쪽에 있는 연탄 화덕에서는 커다란
솥단지가 김을 풀풀 내뿜으면서 유리창을 뿌옇게 가린다. 구수한
냄새가 솔솔 골목으로 풍기는 것이 어느 불쌍한 누렁이 한 마리
가 비 오는 날 먹기 좋게 삶아지는 모양이다.

갑자기 젊은 개 두 마리가 가게 앞 진흙길 위에서 싸움을 시작
한다. 어찌나 격렬한지 깽깽 깽깽 으르렁 으르렁 하는 거친 소리
가 축축하고 비릿한 장터 골목골목으로 울려 퍼지고, 피투성이가
되어 빗속에서 싸우는 개들의 몸은 진흙과 빗물을 뒤집어쓰고 펄

사적으로 물고 뜯고 땅에 깔리며 위로 덮치면서 시장 바닥은 순식간에 난장판이 된다.

이전투구泥田鬪狗? 진흙밭에서 싸우는 개들이라, 사자성어를 떠올리면서 개들의 싸움을 피해 길 가장자리로 걸어간다.

요즈음 이야기.

노파 둘이 다툰다. 70 중반을 넘나드는 적당한 학력과 미모, 재력까지 갖춘 이들은 한 사람은 한 달 전 남편을 떠나보냈고 다른 하나는 가끔 협심증으로 발작을 일으키는 건강치 못한 사람이다.

天地玄黃! 宇宙洪荒! … ? ? ?

ABCD? EFGH ? … ! ! !

상대는 결코 이해할 수 없는 지성과 교양으로 포장된 언어의 폭탄은 강산도 변한다는 10년이라는 긴 시간을 산산조각내면서 파편을 사방으로 날린다. 그 위력은 어찌나 큰지 얻어맞기만 하면 분노와 슬픔의 폭죽을 굉음과 함께 폭발시키면서 그 잔해가 주변을 쑥대밭으로 만든다.

이전투인泥田鬪人? 진흙 밭에서 싸우는 사람들이라, 사자성어의 구狗를 인人으로 바꾸어 보면서 씁쓸하게 웃는다.

옛날이나 지금이나,

개나 사람이나,

젊으나 늙으나,

보면서도 보지 못하고 냄새를 맡고도 알 길이 없고,

경험을 하면서도 깨닫지 못하고 날뛰면서 사는 것은 다를 바가

없구나.

책 버리기

이주영
aesop711@hanmail.net

지난 한 달간 평생 모은 책을 정리하였다. 워낙 많은 책을 가지고 있어서 반을 버려도 천 권이나 남아 있지만, 앞으로도 계속 버릴 생각이다.

작년 코로나가 심하던 시기에 배가 아파 응급실에 실려간 적이 있었다. 너무 아프니 호흡곤란이 오고 몇 분만 숨을 못 쉬어도 죽겠구나 하는 생각에 겁이 더럭 났다. 이젠 어느 때건 갑자기 잘못될 수도 있는 나이구나 하는 생각이 들었다. 그 마지막 순간이 언제 올지는 아무도 모르기 때문이다. 올해 오십둘, 반백의 삶을 돌아보니 많이 모으기만 했던 시간이었다. 특히 책을 많이 모았다.

결혼 후에는 아이들 책까지 늘어서 거실이 좁아지고 방방마다 책장을 넣어도 둘 곳이 없었다. 남편이 책을 버리라고 하면 그때마다 싸워서라도 책을 지켰다. 이제 더 이상 책을 사지 말자고 다짐한 후에도 문우들이 보내주는 책, 구독하는 문학잡지들이 쌓여 갔다. 침대 옆 작은 책상까지 책으로 가득 찼고 작은 집은 더 좁아졌다.

이제 결심을 해야 할 때가 왔다. 오십 년 동안 모으기만 했으니, 이제 남은 삶은 버리며 살아야 하지 않겠나? 책장을 살펴보았다. 2000년에 대학원을 졸업했는데 논문과 책들이 그대로 먼지를 뒤집어 쓴 채 모셔져 있었다. 졸업 후 한 번도 다시 펼쳐보지 않은 전공서적들이다. 소설만 해도 그렇다. 두 번 읽은 경우는 거의 없었던 듯하다. 오로지 책은 장식이고, 보관용이 되었다.

언젠가 아이들이 읽겠지 하고 기다렸는지도 모른다. 그런데 아이들은 이제 중고생이 되고는 책을 읽지 않는다. 가족들 중 책을 좋아하는 사람은 나밖에 없다. 다른 가족들이 잘못됐다고 생각하지는 않는다. 음악을 좋아하는 사람이 있고, 운동을 좋아하는 사람이 있다. 각자의 취향이 있는데 다 책을 읽으라고 강요할 수는 없다.

이제는 읽지 않는 소설책과 유아용 책들을 먼저 정리했다. 옷도 1, 2년 입지 않으면 버린다는데 책을 너무 오래 가지고 있었다.

버리는 기준부터 정해야 했다. 배우 신애라는 2010년 이전 책들을 버렸다고 한다. 나는 오래된 책 중에 절판된 책은 오히려 귀해서 못 버리고, 도서관에서 구할 수 있는 책부터 버리기로 했다. 지인에게 얻은 책들 중 최근 것은 남겨두었다. 시간이 지난 다음에 정리하는 게 예의인 것 같다.

책을 줄 수 있는 사람에게 나눠 주었다. 아파트 같은 라인에 어린애가 있는 집에 책을 주기도 하고, 후배에게 가져가라고도 했다. 그러고도 선택받지 못한 책은 조건 없이 버리기도 한다.

책 버리는 사진을 SNS에 올렸더니 누군가는 헌책으로 팔라고 하고, 본인들에게 보내주지 하는 눈치도 있었다. 하지만 워낙 오래되어 낡기도 했고, 너무나 소중했던 책들이기에 그저 장례를 치르듯 나만의 의식을 치르고 싶었다.

나는 책을 사면 첫 페이지마다 책을 구한 날짜와 사연을 적었고, 밑줄을 그으며 메모도 하고 열심히 읽었다. 그러니 팔 수도 없었다.

밑줄을 긋게 된 사연이 있다. 대학교 때 친구에게 선물 받은 책이 있었다. 언니는 놀러온 친구에게 내 허락도 없이 그 책을 빌려주었다. 한참이 지나도 책을 돌려주지 않아 언니를 독촉했다. 그런데 책을 빌려간 언니의 친구는 책을 새로 사주면 안 되느냐고 했다. 사연인즉, 책표지에 칼자국을 내고 만 것이다. 나는 선물 받은 책이니 꼭 그 책으로 돌려달라고 했다. 그때 속상했던 마음에 다시는 책을 빌려주고 싶지 않았다. 누군가 책을 빌려 달라 할까 봐 일부러 밑줄을 긋고, 메모도 남겨 빌려주지 못할 핑계를 만들었는지도 모른다.

책을 팔기도 싫지만 책을 판다고 해도 과연 얼마를 받을 수 있을까? 중고서적에서 사주지 않는 책은 다시 들고 와야 하는 수고도 부담스럽다. 요즘은 남의 책을 받으려는 이도 없고, 또 누군가에게 주기 위해 책을 닦고 포장하고 보내는 수고도 부담스럽다. 그러다간 영영 책과 이별할 수 없을 것이다. 이제 책은 도서관에서 빌려 읽고, 필요하면 다시 살 생각이다. 두 번 읽고 싶은 책이 있다면 다시 사도 아깝지 않다.

우리 아파트는 아무 때나 종이를 버리지 못한다. 수요일이 종이를 버리는 날이다. 수요일이 왔지만 책이 너무 많아서 한 번에 버리지 못했다. 쇼핑 가방에 가득 담은 책을 양손에 들고 오르내리기를 10번도 넘게 했다. 무겁기는 또 얼마나 무거운지 책을 버리는 일이 정말 고된 노동이었다.

수요일마다 버리기를 한 달쯤 한 것 같다. 이제 책장의 반을 비웠다. 거실 한쪽 벽면을 채운 책을 버리고 오래된 책장도 들어냈다. 하지만 아직도 정리하지 못한 책들이 많다. 남은 책이 천 권이 넘는다.

책을 비워내고 나니 집이 조금 넓어졌다. 책장 뒤 벽지에선 아이들이 유아기 때 그린 그림들이 드러나서 추억 속으로 빠지기도 했다. 신혼 때 이 집에 이사 오던 그때처럼 다시 깨끗한 소파를 하나 두고 예쁘게 꾸미고 싶다. 이제까지 오십 년은 책을 읽는 독자로서의 삶을 살았다면, 앞으로는 글을 더 많이 쓰는 작가로서의 삶을 살고 싶다. 아직도 책 버리기는 계속되고 있다.

가장… 버리고 싶은 것

현정원

khyunjw44@hanmail.net

　한숨을 쉬며 옷장 문을 연다. 식구들이 모두 나가버려 맘껏 자유로운 이 타이밍에, 억울하게 달리 할 일이 없다. 머리를 저으며 옷걸이에 걸린 옷들을 살펴본다. 이것저것 내다 버려야 할 것들이 많기도 참 많다.

　옷들을 꺼내 바닥에 툭툭 던져버린다. 옷장에 숨통이 트이는 느낌. 흡족한 마음으로 방바닥에 덜퍼덕 앉아버린다. 옷걸이를 빼내버리기 위해서다. 이왕 하는 거 편한 자세로 하자는 심산. 그런데 이일을 어쩐다. 옷걸이를 빼버리다 괜스레 살피게 되고 입어보게 된다. 이 과정에서 왼편에서 오른편으로 대거 옮겨 가버리는 옷들!

　결국, 두 벌만 손에 들고 집을 나선다, 언제나와 같이…. 뭐가 그리 아까운지, 뭘 그리 챙기는 건지, 과거와 미래에 붙잡혀 현재의 편리를 포기해버리는 꼴이 스스로 어이없다. 섬 거주자로서 벗어나기 어려운 고민 중 하나가 습기인데 옷장이 빽빽하면 곰팡이가 더 빨리 번져버리기 때문이다.

수거함에 옷을 날리듯 헛쳐버린다. 나선 김에 아니, 남편이 없는 틈에 우아하게 기분전환이나 하자며 판포리 카페를 향해 걷는다. 남편은 거리두기 시국에 무슨 카페냐며 난리를 치지만 나는 가끔은 내 몸을 사람 섞인 커피 향과 백색소음 속에 앉히고 싶다. 그리고 생각해 보라. 시골구석의, 안 그래도 파리 날리는 카페에 손님이 있으면 얼마나 있겠는가. 오히려 이런 때, 한 잔이라도 매상을 올려주는 건 동네이웃으로서 해줌직한 일일 게다.

카페의 문을 연다. 주인이 어서 오라며 반긴다. 다행이다, 가끔 주인이 문을 열지 않거나 자리를 비운 채 사라져버리기도 하는데… 자리에 앉아 주위를 돌아보며 오랜만에 찾은 기회를 어떤 맛으로 누릴까 고민한다. 마시고 싶은 건 진한 투 샷 커피지만 어제, 동네의사로부터 끊어버리라 권유받은 때문이다. 카페인이 내 여성호르몬 부족현상을 가중시킨다나. 그러나 결국 주문해 버린 건 아인슈페너.

가벼운 한숨과 함께 고개를 저으며 집에서 가져온 책을 펼친다. 몇 줄 읽지 않았는데 문이 열리며 젊은이 셋이 들어온다. 그런데 이게 무슨 일이람! 하고 많은 자리 중 그들이 의자가 부서져라 궁둥이를 내던진 곳이 하필 내 오른편 테이블이다. 그뿐이랴, 아이스 아메리카노를 주문함과 동시에 얼굴에서 마스크를 떼어버리고 떠들기 시작한다. 이건 아니지 싶다. 지금 때가 어느 땐데!

보란 듯 벌떡 일어나버려? 일어나 발소리를 탁탁 내며 걸어가 저 구석 테이블에 앉아버려? 아니지, 내가 왜? 그냥 말해버리면 되지. 거리두기 방침을 지켜달라고 따박따박 정확한 어조로 선언하듯…. 그런데 너 그럴 자신 없잖아. 모르긴 몰라도 이 상황을 무시해버리는 게 네가 할 수 있는 최선이지 않을까? 그리고 생각해 봐. 잠시 후엔 너도 마스크, 벗어버릴 거잖아. 아인슈페너고 아메리카노고 어떻게 마스크를 쓰고 마시냐고. 그러니, 그렇게 뭔가를 터뜨려버릴 기세로 흥분하지 말라고. 네가 물 엎지르듯 카페 분위기를 망쳐버리면 네가 아끼는 주인만 곤란해져버릴 테니.

말없이, 펼친 책을 손으로 받쳐 들고 옆 테이블로 옮겨 앉는다. 그런데 참으로 이상도 하지. 어이없게 속았다며 언젠가 되갚아 주리라 벼르는 얼굴 곱상한 젊은이의 욕 반 사연이 책보다 재미있다. 역시나 욕이 반인 다른 두 젊은이의 응수도 그렇고…. 남 사기당한 이야기에 웃는 건 실례지 싶어 책에만 집중하려 눈을 부릅뜨는데 갑자기 문이 열리며 손님들이 들어선다. 이번엔 내 또래의 여성 넷이다. 그런데 이건 또 무슨! 그녀들이 자리를 찾아 앉기도 전 카페가 왁자글한 토론장이 되어버린다. 다시 한 번 거세게 치솟다 곧바로 시그러지는 내 식의 정의감. 생각해 보면 그렇다. 그녀들도 맛있는 차 아니, 이야기가 고파 카페에 오지 않았겠는가.

목소리가 큰 것은 내가 그렇듯 이 나이의 특징이고…. 문제는 마스크다. 왜 다들 카페에만 들어서면 마스크를 벗어버리는 걸까? 시골구석이라서?

주인이 내려놓은 아인슈페너를 결연히, 입에 털어 넣듯 마신다. 책을 가슴에 보듬듯 안고 떨치듯, 자리에서 일어난다. 절이 싫으면 중이 떠나라는 말을 머릿속에 떠올리면서다. 하지만, 주인에게 눈인사를 보내고 뚜벅 걸어 카페를 나오는 순간, 급 우울모드로 전환되는 내 마음…. 그래, 싫지 않았다. 싫기는커녕 청년들 얘기 못지않게 흥미진진한 그녀들의 뒷담화와 비하인드 스토리가 여전히 뒤통수를 잡아 당긴다. 아, 정말이지 천하에 몹쓸 바이러스가 아닌가!

"썩 꺼져— 버리라구, 당장 사라져버려. 이 나쁜 코로나19!"

살짝 놀라 거리를 돌아본다. 이즈음 혼잣말이 중얼중얼 느는가 싶더니 이젠 아예 소리 내 뱉어버리기까지 한다! 공포영화도 아니고 거참…. 하기는 내 탓만 할 것도 아니다. 오죽하면 내가 이러겠는가. 정말이지 지구촌에서 이것들을 뿌리째 없애버려 줄 그 누군가가 없는지 모르겠다. 아니 아예, 은하계 밖으로 날려버릴 누군가가. 아니아니, 우주에서 완전히 박멸해버릴….

근데, 내가 말끝마다 '버리다'를 붙이고 있는 것 같다? 혹시 이 말본새, 그놈을 끊어내 버려달라고, 뽑아내 버려달라고, 날이면 날마다 하나님께 간구한 후유증? 그러고 보니 아무 때나 흔들어대는 이 머릿짓도, 한숨도, 혼잣말도, 즉시 끊어버려야 함직한 버르장머리다. 진한 커피는 아직 말고….

보고 싶은 얼굴

이문숙

mslee5753@hanmail.net

얼굴이 변했다. 내 얼굴이라고 믿으며 들여다보던 얼굴이 문득 낯설게 느껴진다.

세수하고 스킨, 로션, 영양크림을 바르고, 마지막으로 쿠션 파운데이션으로 얼굴을 두드린다. 눈썹을 그리고 립스틱을 바르면 '외출 준비 끝'인 내가 아는 내 얼굴이 된다.

그런데 코로나19 사태로 1년 넘게 칩거하면서 하루하루 시간의 경계가 모호해졌다. 어제가 그제와 섞이고 내일 또한 오늘과 다르지 않을 거라는 체념으로 시간은 무덤덤하게 지나갔다. 외출을 포기당하고 무디어진 시간감각처럼 내 얼굴도 함께 무너져 가고 있었다. 피부색은 윤기를 잃어 푸석해지고, 쌍꺼풀졌던 눈꺼풀은 느슨하게 늘어져 눈동자의 반을 덮어 버렸다. 남편에게 얼굴을 들이밀며 이 얼굴을 평생 봐야 할 텐데 걱정 안 되느냐고 물었다. 남편은 어정쩡한 표정으로 머뭇거린다. 남편도 포기한 얼굴일까?

차창 유리가 자잘하게 부서져 내 얼굴을 향해 쏟아져 내렸다. 팔과 다리는 내 의지와 상관없이 허공에서 마구 휘청거렸다. 운전 기사의 짤막한 외침이 자동차와 함께 굴러내렸다. 어딘가에 등과 허리가 부딪쳤고 어느새 나는 어쩔 줄 모르는 내 몸을 무심하게 내려다보고 있었다. 얼마나 지났을까? 눈을 뜨니 시간을 알 수 없는 막막한 어둠 속에 사람들의 부산한 움직임이 느껴졌다. 교통사고였다. 이른 봄, 녹기 시작한 산골길에서 내가 탔던 차가 미끄러져 언덕 아래로 굴러 떨어진 것이다.

외과 의사 선생님은 내 왼쪽 눈꼬리 부분이 낡은 행주처럼 너덜너덜하게 헤졌다고 했다. 최선을 다 해서 바느질을 했으니 걱정 말라고도 했다. 그리고 2주 정도 지나자 통증이 가라앉으며 사고의 충격도 조금씩 가라앉았다. 척추 골절로 8주간 침대에 누워 있어야 했지만 그 상황도 나름 적응하여 가족이나 친구들의 염려를 농담으로 받아 넘길 정도로 회복이 되고 있었다.

매일 문병을 오던 친구에게 괜찮다고, 정말 아무렇지도 않은 척 연기하며 거울을 주고 가라고 했다. 걱정스런 표정으로 거울을 놓고 친구가 돌아간 후, 떨리는 마음으로 거울을 들여다보았다. 거울 속에는 누구인지 알 수 없는 얼굴이 덩그렇게 떠 있었다. 설마 이게 내 얼굴일까? 거울 속에서 낯선 얼굴이 의아한 표정으로 나를 바라보고 있었다.

얼굴은 이곳저곳을 가리지 않고, 울퉁불퉁 부어올라 눈동자를 찾기도 어려웠다. 퍼렇게 누렇게 얼룩덜룩 멍든 피부는 충격적이었다. 그뿐인가, 눈썹 위에서부터 눈꼬리에 이르기까지 봉합 수술한 실밥이 핏물을 물고 길게 늘어서 있었다. 안와 골절로 왼쪽 눈은 움푹 들어가 두 눈의 초점을 맞추기 어려웠다. 수많은 생각들이 머릿속에서 와글거렸다. 눈물이 쏟아졌다. 그동안 모른 척 눌러놓았던 울음이 목을 넘어와 흐느낌으로 온몸을 흔들어 댔다.

어릴 적부터 예쁘다는 소리를 듣던 얼굴이었다. 내가 노력해서 만든 것도 아니면서 은근히 우쭐거리기도 했다. 예뻐 보이지 않는 친구들을 보며 잘난 척은 또 얼마나 했던가? 그랬던 얼굴이 이젠 내 통제권을 벗어나 생소한 표정을 연출한다. 내 잘못도 아닌데 사람들을 만나기가 부끄러워졌다. 하늘 아래 나서기가 겁이 났다.

시간이 지나면서 부기가 빠지고 얼룩덜룩 멍들었던 피부색이 돌아왔지만 눈썹에서 눈꼬리로 길게 흉터가 생겼다. 안와 골절로 어긋난 눈동자는 얼굴이 담아내는 감정을 비틀었다. 몇 달 뒤 안와 골절 성형 수술을 하였지만 내가 낯설어진 얼굴에 익숙해지기까지는 더 많은 시간이 필요했다.

얼굴은 사람의 이름을 완성시킨다. 아무개라는 이름은 얼굴이 있어야 비로소 제 역할을 하는 것이다. 사람의 개성과 성격을 나타내어 사람들 사이의 관계를 형성하는데 중요한 역할을 한다. 그러다 보니 더 예쁘고 멋진 모습으로 가꾸고자 하는 열망은 동서고금 가리지 않는다. 더 보기 좋은 모습으로 자신의 얼굴을 가꾸는 일은 누가 뭐라고 하겠는가?

성형외과 간판이 두세 개씩 걸린 건물들과, 벽면 가득 성형외과 광고가 넘쳐나는 곳이 내가 사는 동네이다. 코로나 이전에는 성형 수술을 하기 위해 중국이나 일본 등지에서 온 젊은이들을 보는 게 일상적인 일이었다. 전에는 성형 수술을 했다는 것은 감추고 싶은 흑역사로 여겼지만, 이젠 당당히 공개하고 정보 나눔까지 한다. 그러다 보니 젊은 연예인들의 얼굴은 누가 누군지 구별하기가 힘들다. 저승사자까지 헷갈려 다른 사람을 데려가기도 한다나.

사고 후 처음으로 거울 속 얼굴을 보았을 때 나는 내 얼굴이 얼마나 망가질 수 있는지를 보았다. 언제든 어떤 모습으로든 변하고 바뀔 수 있는 것이 얼굴이고 몸이었다. 영원한 것은 없었다. 달라진 내 얼굴을 받아들이고 적응을 하면서, 외모를 자랑으로 삼는 게 얼마나 허무하고 어리석은지도 깨달았다.

그런데 복병은 다른 곳에 있었다. 얼굴 가꾸기는 남의 일이거니 하며 혼자 잘났던 내게 나이라는 불청객이 찾아왔다. 게다가 코로나19로 집안에서 지내는 시간이 늘어나면서 내가 알던 얼굴이 다시 낯설어졌다. 그동안 무심했던 날들이 문득 후회가 된다. 요즘 나는 하루에도 몇 번씩 피부과와 성형외과를 떠올리며 낯설어지는 얼굴에 브레이크를 걸고 싶어진다. 내가 아는 내 얼굴을 다시 보고 싶다.

빈말

김준희

jamin01@hanmail.net

 친구 아들이 벌써 두 아이의 아빠가 되었다. 어린이날 아이에게 선물을 준비하는 것을 보면서 오래도록 마음에 담아있는 생각이 떠올랐다. 아이가 5살쯤이다. 어려운 일을 겪은 친구 내외가 지방에 가야만 했는데 내가 며칠간 아이를 돌보기로 했다. 직장에 휴가를 내고 아이와 함께 지냈다. 어린이날을 며칠 앞두고 있을 즈음 친구가 돌아와 교대를 하고 집으로 돌아오면서 나는 아이에게 어린이날 로봇을 사갖고 오겠다고 약속을 했다. 하지만 기억은 휘발되어버렸다.

 오랜 세월이 지난 뒤, 그날 친구 아들이 하루 종일 칭얼대면서 로봇을 들고 나타날 엄마 친구를 기다렸다는 이야기를 들었다. 물론 사람보다 로봇을 기다렸으리라. 아이에게는 로봇이 훨씬 더 큰 의미였으니까. 그 기다림에 큰 실망을 주었다는 것이 미안했다. 그 아이는 서른이 넘은 지금까지 그 약속을 잊지 않고 있었다. 눈물 콧물 흘리며 기다렸을 아이의 얼굴이 떠올라 얼굴을 들 수가 없었다. 나는 그렇게 실없는 엄마 친구로 그 아이의 기억에 남아있었다.

친구 아들에게 아이들 선물을 양보해 달라고 부탁했다. 그때 지키지 못한 약속을 아들에게 대신 지키고 싶었다. 오래전 지키지 못한 약속을 이제라도 지켰다는 안도감에 마음이 가벼워졌다.

몇 년 전 일이다. 오랜만에 만난 직장선배가 아주 조심스럽게 내게 이야기를 건넸다. 경제적으로 안정되어 있고부터 시작해 상대방 프로필을 전해주며 토요일을 비워두라고 했다. 그렇게 괜찮은 사람이라고 하니 선배를 믿고 한번 만나보기로 했다. 비워두었던 토요일이 두 번이 지나가도록 선배는 연락이 없었다. 한 달 뒤 모임에서 만난 선배는 기억이 전혀 나지 않는 듯 밝게 인사를 하고 아무런 말이 없다. 자존심이 상했지만 꾹 참고 물어봤다 "그때 꺼냈던 이야기는 어떻게 된 거예요?" 물어보니 "아, 참 그분 해외 출장 중이라네"라고 짧게 대답했다. 뭐지, 이 기분은…. 마치 서류심사에서 탈락한 지원자가 된 기분이다. 어떻게 해석을 할까. 선배가 중간역할을 하는 과정에서 무리수가 있었나 보다. 선배는 그 후로 한동안 연락이 없었다. 선배가 좋아하는 군자란이 활짝 핀 날 꽃 사진을 보냈다. 기다렸다는 듯이 전화벨이 울렸다. 선배는 집으로 초대해 향기 그윽한 차를 대접하고 아끼는 다육이를 주셨다. 나오는 길에 한 마디 하신다. "이걸로 퉁 쳐."

　오늘 모처럼 후배 문인에게 전화가 왔다. 한참 통화 후 자극을 받아야 창작물이 나온다고 결론을 내고는 전화를 끊기 전 나는 재빨리 "언제 식사 한 번 해요"라고 인사를 했다. 여기서 언제라는 것은 언제가 될지 모른다는 의미가 들어있다. 서로 알면서 형식적으로 하는 인사말이다. 기필코 이번에는 반전을 시키리라.
　빈 말, 올해 내가 꼭 버려야 할 습관이다. 그 후배가 기다리거나 말거나 나는 내가 한 말을 지키기 위해 맛집을 검색한다. 그녀와의 맛있는 식사를 위해….

왜 한 방향으로만 갈까

김낙효

knhyo3@naver.com

　단양에 있는 민물고기 수족관, 다누리아쿠아리움을 2018년 2월에 찾아갔다. 도담삼봉이나 고수동굴만 떠오르는 충청북도 단양에 국내 최대 규모의 민물고기 수족관이 생겼다고 해서 고향에 간 김에 관광차 갔다.

　해양수족관이야 여기저기 있어서 관람할 기회가 많았지만, 민물고기 수족관은 처음이었다. 민물고기를 지역별, 종류별로 알기 쉽게 분류해 놓아 특징이 잘 나타났다. 비슷한 듯하지만, 사실은 각양각색이었다.

　전시관 중간에 서 있는 큰 원통형 수조를 만났다. 그 원통형 수조는 유난히 물이 맑고 투명했는데 노란빛이 도는 뽀얗고 길쭉한 비단잉어같이 생긴 고기들이 멋지게 헤엄을 치고 있었다. '알비노 송어'라는 물고기들이 떼로 몰려가고 있었다.

잠시 바라보는 사이에 희한한 현상을 발견했다. 어른 키보다 훨씬 높은 원통 속에서 모든 물고기가 일사불란하게 오른쪽으로만 몰려가고 있었다. 혹시나 하고 위아래를 샅샅이 훑어보아도 거슬러 가는 물고기는 한 마리도 없었다. 다른 수족관의 물고기들이 상하좌우 자유롭게 유영遊泳하는 것과는 너무 달랐다. '알비노 송어, 너희들마저 편을 가르는 거니?' 주변의 누구도 그 이유를 아는 사람이 없었다. 한쪽으로만 몰려가는 것이 신기하여 잠시 동영상도 찍었다.

집에 돌아와서 알비노 송어가 왜 일사불란하게 오른쪽으로만 도는지를 찾아보았다. 인터넷으로 검색을 해봐도 시원한 답이 없어서, 단양 다누리아쿠아리움으로 직접 전화를 걸어 담당자에게 물어보았다.

송어는 연어과 동물로서, 연어처럼 물의 흐름을 거슬러 올라가는 습성이 있다고 한다. 송어도 바다로 내려가서 성장하고 알은 강으로 올라와 낳는 회귀성 어류였다. 오른쪽으로만 도는 것은, 물의 흐름을 왼쪽으로 흐르게 해놓아서 송어들이 한결같이 오른쪽으로만 거슬러 올라간 것이다.

연어도 죽을힘을 다해 거슬러 올라가 알을 낳고 일생을 마감한다는데, 송어도 그 길을 가는 것일까? 그렇다면 그 유영은 온 힘을 다해 죽음의 길로 가는 것이 아닌가? 갑자기 '무라카미 하루키'

의 소설 『국경의 남쪽, 태양의 서쪽』에 나오는 '히스테리아 시베리아나'라는 병이 떠올랐다.

히스테리아 시베리아나 라는 병은 시베리아의 광활한 벌판에서 농사짓는 농부들이 걸리는 병이란다. 매일 밭에 나가서 사방을 보아도 아무것도 보이지 않고 동서남북 지평선만 있고, 동쪽에서 태양이 떠오르면 밭에 나가 일하고 서쪽으로 해가 지면 집으로 들어오는 날마다 똑같은 일을 반복하다가, 어느 날 더는 견딜 수가 없을 때 곡괭이를 내던지고 태양이 넘어가는 서쪽으로, 먹지도 않고 며칠씩이나 걷다가 어느 순간 걸음을 뚝, 멈추는 순간 밭고랑에 쓰러져 죽는 병이란다.

알비노 송어도, 시베리아 농부도 계속 그 길을 갈까 봐 얼마 동안 속을 끓였다. 문득 그게 아니라는 생각이 나를 질타했다. 개미 쳇바퀴 돌듯 반복되는 삶을 탈피하라는 강렬함이 나의 뇌리를 스쳤다. 그동안은 살기 바빠 나를 돌아볼 생각조차 못 했다. 그래서 여행을 통해 나를 돌아보기로 했는데, 코로나가 발목을 잡는다. 그래도 나를 돌아보기 시작했다. 더 늦기 전에 내가 원하는 삶을 그려보기로 했다. 그게 어떤 형태이든.

버리고
비우고

4 모브

모
브

아흔 살의 반란

이영자

Olee@hanmail.net

청색시대 원고의 제목은 '가장 버리고 싶은 것'이다. 초봄 어느 날 그 제목을 받고 일주일, 보름 한 달이 가도록 가슴이 뭉클하고 떨리는 진동이 부담이었다. 가진 게 있어야 버릴 것이 있지! 많다면 많고 없다면 없다. 형이상학적 철학적 고민이다. 역설적으로 공격적으로 덤비고 싶은 커다란 바위에 눌린 듯 중압감에 시달렸다. 내가 무엇을 가졌는가. 구름에 달 가듯이 내 손에 잡히지 않는 아흔 살의 긴 세월 이야기, 감사와 고마움과 축복으로 기도할 땐 참회의 눈물이 강물처럼 흐르는데….

한때 1950년 한국전쟁의 한복판에서 홀로 투명한 유리벽 속에 갇힌 것처럼 집도 절도 없이 땅 위를 정처 없이 헤매던 6·25에서 9.28의 96일이 있었다. 이름 석 자만 내 것이었다. 몸을 가리는 속옷 하나, 까만 광목치마에 흰 광목적삼, 까만 남자 고무신이 나의 전 재산이었다. 정처 없이 강원도를 구석구석 걸으며 가족 찾아 헤맸다. 공포와 함께 벽 속에 숨듯 숨 쉬며 해가 지면 숨을 곳 찾고 해 뜨면 목적 없이 걷기만 하는 절망적인 시간들, 열아홉 청춘에 목숨이 질겨 살아남은 나에겐 죽은 시간 같은 공포였다. 그때 내 것이라고는 몸뚱이와 그 속에 깃든 영혼뿐이었는데…. 내 손은 언제나 비어 있었고 그냥 몸만 걸으면 됐는데….

다시 춘천에서 사흘 걸어 9월 28일 종로 네거리에서 UN군 맞으며 '만세' 부를 때 그 질긴 목숨의 원천이 무엇인가를 생각했다. 젊음과 삶의 강력한 도전과 신념의 투쟁의 승리였다. 내 몸속에 꽉 차있는 영혼의 힘이 거대한 바다처럼 나를 받치고 있는 것이 감격과 감동이었다. 그 석 달의 내 곁에는 가진 것이 아무것도 없었다. 있다면 지독하게 강렬한 삶을 향한 투쟁과 승리의 땀에 찌든 내 몰골에서 발산하는 몸 향기였다.

그때부터 나는 갖기 시작했다. 한국전쟁에서 겪은 고통들로 반석을 세우고 그 작은 수많은 이야기들로 벽돌 만들어 작은 나만의 음악의 성을 지었다. 바다를 건너가 음악 공부하고 돌아와 교직에 몸담고 외교관 남편 따라 세 딸 끼고 세계를 돌며 배우며 축복받은 삶도 넘치도록 잘 살았다. '인생은 아름다워'라는 영화처럼 충만하고 분에 넘치는 복덩이처럼 살았다. 젊었을 때 꿈도 모두 이루었다. 삶의 희로애락을 만끽하고 고마움에 감사할 줄 아는 아흔 살 보은의 사랑이 남아있다.

내가 사랑하는, 나를 사랑해준 많은 인연들이 아흔 살 내 곁을 제치고 떠나가는 사랑 때문에 요즘도 나는 웃다가 울다가 넘어지다 하면서 또 운다. 누가 나에게 지구 덩어리만큼 큰 축복과 사랑을 주었는가. 감동의 전율을 어떻게 버릴 수 있을까. 유리벽에 갇혔던 청춘의 영혼 하나로 황홀한 삶의 모든 것을 이루고 맞이한 아흔 살인데 나는 아무것도 버릴 것이 없다고 단호하게 말하련다. 코로나19 마스크로 코 막고 입 막고 살아도 행복한 개똥밭 철학을…. 은총으로 감사할 뿐이다.

　아흔 살은 빈 몸이다. 다시 유리 상자에 앉아 있어도 좋다. 그 상자 위에 내가 만든 음악들이 시공을 나르며 노래하고 내가 사랑하는 모든 인연들의 영혼에도 안식을 주리라 믿는다.

　어느 날 하느님이 나를 부르실 때 아낌없이 서슴없이 갖고 있던 모든 것 그냥 그 자리에 놔두고 광목치마 적삼 입고 내 소중한 영혼 안고 이 좋은 개똥밭 떠나가련다. 하늘 기슭까지 내가 만든 사랑의 찬가들이 함께 해주리라 믿으며.

마지막 애마를 보내며

손제하
son089@hanmail.net

『청색시대』는 현대수필문인회 동인지다.

어느덧 27집 원고를 보내게 되었다. 주제는 '가장 버리고 싶은 것'이다. 진정 버리고 싶은 것이 어디 한두 가지겠는가? 하지만 나는 '가장 버리기 싫은 것'에 대하여 쓰려고 한다.

80년대 중반 남편은 처음으로 승용차를 구입하였다. 오늘날까지 몇 차례나 차를 새로 바꾸었다. 그럴 때마다 좀 더 나은 걸로 선택했기 때문에 정든 헌 차를 미련 없이 보낼 수 있었다. 타던 차를 아들에게 물려준 적도 있고, 고향 선산에 조상님 묘사를 지내고 돌아오는 길에 간담이 서늘한 사고도 내었다. 졸음운전을 하여 중앙선을 넘어 반대편 언덕을 들이받고 폐차 지경이 되어도 남에게 피해를 주지 않았고 본인도 손가락 하나 다치지 않았다. 기적이다. 조상님께서 돌봐주신 음덕이리라.

정년퇴임을 하면서부터 차는 우리에게 더욱 필요한 필수품 1호가 되었다. 지인들이 별장이라 불러주는 고향 옛집은 부모님이 사시던 묵은 기와집이다. 별장과 애인은 생기는 그날부터 애물단지라 하더니만 시시때때로 보수하고 지키느라 진땀을 뺀다.

옛집에 애착이 많은 남편은 앞뜰과 뒤뜰에 꽃나무와 과목을 수십 그루 심었다. 철 따라 꽃피고 열매 맺어 바라만 보아도 흐뭇한가보다. 담장 안 남새밭에는 갖가지 씨앗을 뿌리고 채소를 가꾸느라 열흘이 멀다하고 고향집을 찾았다.

그러다보니 소일 삼아 재미로 시작한 일이 운동이 아니라 노동이 되었다. 몸이 지칠 때면 후회와 원망을 해가며 서로 티격태격 다투기도 했었다. 그래도 지금에 와서 뒤돌아보면 건강한 몸으로 대구와 밀양을 오가며 자연과 더불어 하고 싶은 일을 마음대로 할 수 있었던 그때가 좋았다.

늙음은 호랑이보다 무섭고 나이 이기는 장사 없다는 옛말처럼, 남편도 차도 연식年式이 오래되어 여기저기 고장이 잦아졌다. 자식들의 권유와 본인의 판단으로 마지막 애마를 보내기로 어렵게 결정했다. 수족과도 같은 그, 육칠 년을 하루같이 아끼고 사랑했던 그를 건강이 허락지 않아 버려야만 하는 이번 경우는 가슴 저리게 아팠다. 남편의 심정은 오죽 착잡할까. 운전대를 놓음과 동시에 우리가 가장 버리기 싫어하는 모든 것들이 순식간에 버려지게 되었다. 그중에도 애마와 텃밭이다.

이른 봄 씨앗이 싹트는 소리에 가슴이 설레고, 연두색 이파리를 솎음질할 땐 손끝이 떨리곤 했다. 상사화, 수선화, 섬초롱이 흙을 밀어내고 눈을 뜨는 생명의 경이로움에 전율도 느꼈다. 동백, 철쭉, 모란, 작약 고운 빛깔은 내 마음을 훔쳐가고, 초록 담쟁이 휘감은 돌담 위에 붉게 타는 줄장미는 고가의 정취를 돋우어 주었다.

이제 애마는 떠나갔다. 마음의 준비를 하였건만 차마 뒷모습을 볼 수가 없었다. 앞으로 우리 생활은 많이 불편할 것이다. 차가 없으면 움직일 수도 없겠지. 사랑으로 매만지던 기화요초는 누가 보살펴 줄 것이며, 텃밭의 푸성귀는 누가 거두어줄까? 우리 손길이 닿지 못하면 모두가 끝이다. 아무것도 할 수 없는 몸, 자주 돌봐야 하는 옛집도 버려야 한다면 삶의 의미를 상실할까 두렵다.

남편의 차를 타고 수없이 왕래하던 팔조령, 굽이굽이 추억이 묻어있는 이 길을 끝없이 달릴 줄 알았다. 뒷좌석에 앉아 창밖을 내다보면 사계절의 변화무쌍한 자연은 언제나 나를 꿈꾸게 했다. 드디어 작년 늦가을 우리 셋의 동행은 아쉬운 작별을 하고 말았다.

멀리 사는 아들과 가까이 사는 딸이 번갈아가며 아버지를 모시고 고향집으로 바람 쐬러간다. 효도를 받는 부모의 마음은 감사로 넘치지만, 자식들의 차를 타고 달리는 기분은 꼬집어 말할 수 없는 묘한 느낌이 가슴속을 헤집고 스쳐 간다. 신천둔치의 개나리가 흐드러지면 우리의 고향 길은 더 바빠지던 지난날을 회상하며 다시 회춘回春, 남편의 봄을 기다리고 있다.

용기가 필요해

서원방

wonbang42@hanmail.net

오월이면 뭉게구름을 닮은 이팝나무 꽃이 영천거리에 지천으로 핀다.

순결하고 소박한 아낙의 모습을 닮은 꽃길을 따라 걷노라면 가슴에도 하얀 팝콘이 만발한다. 쫓겨난 며느리의 눈물이라는 꽃말이 너무 애처로워서 보듬어주고 싶다.

아이의 맑고 여린 웃음소리를 들어본 지 오래인데, 영천에 사는 친구의 부름을 받았다. 첫 손주가 태어났단다. 세상을 다 얻은 듯 기뻐하는 벗의 모습이 눈에 밟혀 잰걸음으로 달려갔다. 꼼지락거리는 천사의 모습을 대하니 벗은 안중에도 들어오지 않고 아기의 향긋한 내음과 옹알이에 정신이 팔린다. 정부의 거리 두기와 외출 자제의 권고를 억지로 지키느라 가슴엔 응어리가 맺혀 있었는데 봄볕에 눈 녹듯 사라진다.

영천의 하루를 구름 위에서 지냈다. 더 이상의 횡재가 또 있을까. 보고 싶던 친구, 천진난만한 새 생명과의 첫 대면, 하얗게 무리 진 순백의 이팝나무 꽃, 돌아오는 길목엔 물결처럼 넘실대는 하우스 속의 샛노란 참외가 줄지어 선을 보인다. 살랑대는 봄바람, 상큼한 공기는 덤이다. 오랫동안 간직하고 싶은 날이다.

요즘 내게 전과 다른 양상이 자주 나타난다. 뇌리에 잘 간직해뒀을 사안들을 기억하는데 어려움을 느낀다. 절제는 무장해제를 했는지 실수가 잦고 주책없는 행위를 하고도 깨닫질 못한다. 소지품을 손에 들고서도 찾느라고 진땀을 흘리고, 백화점을 둘러보다가 마음이 동하면 충동구매를 하고 쉽게 싫증을 낸다.

가족의 지적을 받아가면서 구매한 물건들로 생활공간이 옹색해진다. 작정하고 정리정돈을 해봐도 물건의 위치만 바뀔 뿐, 새 질서에 적응할 때까지는 더 산만하다.

버리는 데도 기술이 요구된다. 먼저 용·불용을 잘 가릴 수 있어야 하고, 과감한 용기가 필요하다. 여러 번 짐 정리를 시도해도 번번이 실패다. 추억이 서린 물건엔 애착이 남아있어서 없앨 용기가 나질 않는다. 생각 없이 버린 물건이 소용될 때는 난감하다.

좁은 집으로 거처를 옮길 때다. 짐을 줄이려니 가장 눈에 거슬리는 것이 앨범과 책장이었다. 지난날의 기억을 더듬는 데는 사진이 필수인 것을 미처 깨닫지 못하고 없앤 것이 큰 후회다. 옷가지도 함부로 폐기할 것이 못 된다. 마을의 통장님이 작고하자 유품이 쓰레기장에 쌓였다. 가재도구를 함부로 버리지 않고 알뜰하게 생활하는 모습이 보기 좋았던 분이다.

즐겨 사용하는 애장품을 미리 정리하지 않는 쪽으로 생각을 바꾸기로 했다. 언젠가는 한꺼번에 정리될 가재도구이니 추억이 서린 모든 것들과 같이 지내다가 같이 떠나가련다. 버려야 할 것이 가시적인 것뿐이랴.

요즘 종잡을 수 없는 잡념들이 조각구름이 되어 머릿속을 헤집고 다녀서 어지럽다. 낮 동안에 보고 들은 사안들은 조각난 영상이 되어 밤잠을 훼방한다. 지나칠 땐 설계가가 되기도 하고 피해자가 될 때도 있다. 살아가면서 저지른 오점들이 두려움으로 다가오고 알 수 없는 망상에 사로잡히면 헤어나기 힘들다. 부끄러웠던 일이 떠오르면 안면에 열감을 느끼고 가슴은 돌덩이에 짓눌린 느낌이다. 옹졸하고 너그럽지 못했던 삶의 흔적들이 기억 속에서 잡념을 만들고 밤잠을 설치게 하여 갈피 잡기 어려운 혼란 속에서 헤맨다.

단잠을 자고 싶다. 잠을 청할 때는 별을 세어보라고 하시던 어머니 생각이 간절하다. 별 하나, 별 둘, 셋을 웅얼거리면 나도 모르게 어느새 잠들곤 하였기에 어머니는 해결사였다. 어머니는 내 기둥이고 방패였다. 어머니가 장부처럼 여겨졌기에 모든 것을 다 할 수 있는 줄 알았다. 힘든 일도 혼자서 다 해내시니 거들어 드릴 생각을 못 했다. 질병도 잘 버티시니 수발은커녕 내 일에만 열중했다. 지나친 욕심을 부렸다. 지난날 내 어리석음이 망상의 조각이 되고 뇌리에 잡념으로 떠돌아다닌다. 밤잠을 괴롭힐 줄은 미처 몰랐다. 밤마다 찾아오는 망상을 걷어내고 깊은 잠을 자고 싶다.

들숨과 날숨을 의식하며 호흡을 조절하는 명상을 해도 소용이 없다. 현대 영성가 토머스 머튼의 영적일기를 펼쳐도 눈에 들어오지 않는다.

기억 속에는 모순이 도사리고 있다. 즐겁고 행복했던 기억은 흐릿해지고, 불편하고 지우고 싶은 사안들은 생생하게 트라우마로 남아서 삶의 걸림돌이 된다.

욕심과 욕망 사이

염희영

코로나 바이러스와의 전쟁이 길어지며 '집 콕' 생활도 늘어나고 있다.

운동과 일광욕을 겸해 석촌 호숫가를 걷는다. 요즘 날씨는 널 뛰기를 한다. 어제는 잠깐 사이에 눈이 쌓이고 얼더니 오늘은 온화하고 화창한 날씨다. 봄빛이 아른거리는 벚나무 가지에 까치 몇 마리가 놀고 있다. 잠시 걸음을 멈추고 까치가족의 이야기에 귀 기울여본다. 마법의 언어를 알아들을 수는 없지만 우리 어릴 적 어른들은 아침에 까치가 울면 반가운 소식이 올 것이라며 귀히 여겼다. 나이가 들어 갈수록 그리움을 좇으며 살게 된다.

요즘은 코로나가 라이프 사이클을 뒤죽박죽으로 만들어 놓아 온갖 불안에 노출되어 살고 있다. 이후의 삶이 어떻게 바뀔 것인가에 모두의 관심이 모아지고 있는 가운데 살아있는 생명체가 새삼 소중해 보인다. 인간은 자연이란 무대에서 언제나 주연 역할만 해왔다. 지구는 인간만을 위한 공간이 아니라 모든 생명체가 공존하는 공간이라는 것을 코로나 바이러스가 깨우쳐 주고 있는 것은 아닐는지.

우리 인간은 지구를 끊임없이 파헤치고 오염시키고 멸종시켜 왔다. 곤충 학자들은 꿀벌도 개체수가 많이 줄었다고 우려하고 있다. 꿀벌이 죽으면 인간도 살 수 없기 때문이다. 환경이 오염되면서 찬 공기와 더운 공기의 영역이 무너졌다. 해수의 온도가 올라가고 물고기가 떼죽음을 당하는 보도를 볼 때마다 안타깝다. 서식지를 잃은 밀림 속 동물들이 인간의 영역으로 들어오고 있다. 멧돼지들이 사람들의 먹거리를 훔쳐가는 일은 다반사다.

공유할 수 없는 영역을 허물어버린 것은 인간이다. 욕심으로 자신의 영역을 지키지 않는 사람관계가 상처로 남듯 동물과 인간의 영역이 무너진 후 인간은 아플 수밖에 없다. 지구가 병들어 아파하는데 지구에 의지해 살고 있는 생명체가 온전할까.

지구의 환경을 원래의 상태로 되돌릴 수 있을까. 혹은 지금보다 더 악화되는 것을 막을 수 있을까. 모든 시도에도 불구하고 우리 인간의 욕심이 줄어들지 않는 한 불가능하다고 본다. 우리는 물질의 풍요 속에서 필요 이상으로 먹고 낭비하는 습관에 익숙해졌다. 식당마다 음식 쓰레기가 넘쳐난다. 비만 환자를 위해 의사들은 위 절제 수술을 권한다. 많은 수질오염과 가스를 배출하며 만들어진 의류의 오분의 삼이 일 년 이내에 소각장이나 매립장으로 간다. 전쟁을 겪은 세대는 사람이 생존에 필요한 것은 많지 않아도 된다는 것을 경험으로 알고 있다. 우리가 가지고 있는 것은 욕심인가 욕망인가. 인간이 다른 동물과 구별되는 것은 정신적 존재라는 것이다. 욕망이 충족될 때 우리는 행복을 느낀다. 물질적 욕심에 파묻히는 것은 우리를 불행하게 하는 요인이 될 수 있다. 어느 때보다도 욕망을 올바르게 조율할 능력이 필요한 시대에 우리는 살고 있다고 생각한다. 건강한 욕망은 꿈이며 희망이다.

남편이 성급한 욕심으로 시작했던 일은 손대는 것마다 실패로 끝났다. 희망을 잃지 않는 사람에게 행운은 언제나 함께한다. 사법고시 공부 중인 아들을 돕기 위해 들어갔던 직장에서 나는 생각지 않았던 대학의 꿈을 이뤘다. 아이가 사법연수원을 입학하던 날 나는 늦은 나이로 장학금을 받는 대학생이 되었고, 졸업 후 요양원 원장직이 주어져 사회에 봉사할 기회를 가졌다. 쌀이 떨어져 온 가족이 감자 몇 개로 아침밥을 대신한 적도 있었던 그때, 나의 공부에 대한 욕망은 행복하기만 했던 기억으로 남았다. 우리 가족은 꿈과 희망을 붙들고 어려움을 이겨낼 수 있었다.

파란 하늘에 흰 구름 한 점이 무심히 흘러간다. 나의 꿈은 어디를 향하고 있는가. 나 아닌 존재를 의식할 때 건강한 욕망의 삶이 시작될 것이다.

버리고 비우고

최재남

nomad248@hanmail.net

    얼마 전 지인의 결혼식이 있었다. 신랑 어머니와는 신혼시절 같은 아파트에 살던 인연으로 삼십 오 년을 알고 지내는 사이다. 그녀는 외동아들의 결혼식이 코로나로 인해 제대로 치르지 못하게 될까 봐 노심초사했다고 한다. 꼭 올 거라 믿었던 사람들도 이런 사태를 이유로 참석치 못하겠다며, 계좌번호를 알려달라고 해서 마음이 많이 상한 모양이다.

    평소에 결혼식 문화나 장례문화가 바뀌어야 한다고 주장하던 나로서는 축소된 결혼식이 그리 나쁘지 않았다. 자리가 앞 뒤 한 칸씩 띄워지고, 옆자리도 한 칸씩 떨어져 앉아 어색하긴 했지만, 몇몇씩 모여 웅성거리던 산만함과 식이 진행 중인데도 왔다갔다 하던 어수선한 분위기가 없어지니 시종일관 경건한 모습이었다. 소수정예부대로 이루어진 축하객들은 식이 끝날 때까지 차분하게 앉아 뜨거운 박수로 신랑신부를 환호해주었다.

뭉쳐서 떠들고, 끼리끼리 어울려 건배를 하고, 왁자지껄 어울리는 걸 좋아하던 우리였다. 어울려 살아야 잘 사는 것처럼 오늘은 고등학교 동창 모임, 내일은 대학교 동창 모임, 하다못해 아이 학교 모임, 운동 동호회 모임, 만나고 또 만나며 너무나 바쁘게 살았다. 나이를 먹을수록 집에 있지 말고 나가서 사람들을 만나라, 마치 집에만 있으면 성격장애자인 것처럼 매도되어 괜히 밖을 나가 기웃거리기도 했는데, 코로나가 오면서 주객이 전도됐다.

'코로나'는 한 방에 우리들의 일상을 무너뜨렸다. 꼭 필요한 경우를 제외하곤 외출을 삼가고 사람들과의 만남도 조심하게 되었다. 타의에 의해 금지된 세상은 날이 선 듯 차가웠다. 낯선 세상에 던져진 최초의 두려움이었다. 기침 한 번 잘못했다가는 따가운 눈총을 감수해야 하고, 마스크 없이는 어디도 갈 수 없는 세상이 되었다.

그나마 다행스러운 것은 바쁜 척 분주하던 시간에서 잠시 돌아볼 여유가 생겼다는 것이다. 집에 있는 시간이 많아지며 그동안 잊고 지냈던, 미처 살피지 못했던 부분들이, 서서히 눈에 들어왔다. 치워야지 하며 늘어놓았던 물건들을 버리기 시작했다. 안 입는 옷들을 정리해 아름다운 가게에 기증했으며 늘 미루기만 했던 냉동, 냉장고에 유통 기간 표시와 이름표를 붙였다. 이런 시간들이 결코 나쁘지만은 않다는 다독임과 함께 정리의 달인이 되어갔다.

비움의 미학이라고나 할까. 이리저리 쓸리던 마음도 한발 물러나 차분히 들여다보니 온전해지기 위해 부린 온갖 허세가 눈에 들어왔다. 심리학자 플로리다 스콧 맥스웰은 "자신을 스스로의 것으로 만들려면, 삶의 여러 사건을 자기 것으로 만들기만 하면 된다. 자신이 어떤 존재였고 무엇을 했는지를 진정으로 소유하면(…) 현실을 치열하게 대하게 된다"고 했다.

진정으로 거듭나기 위해서는 이 시간들도 내 것으로 만들면 된다. 나란 존재에 대한 끝없는 회의와 원대한 포부는 이제 한 점 물거품처럼 고요해졌다. 내가 무엇이었든 내가 무엇이 되고 싶었든 그건 그리 큰 문제가 아니라는 생각, 원하고 다듬던 시간이 지나면 이제는 다다르고자 하는 시간으로 돌아가 평온해지는 것.

파커 J. 파머는 그의 책 『모든 것의 가장자리에서』에서 "온전함에 이르는 지름길이란 없다. 유일한 길은 우리가 우리 자신의 모습이라고 알고 있는 모든 것을 애정 어린 팔로 감싸 안는 것이다. 이기적이되 관대한, 악의적이되 동정적인, 비겁하되 용감한, 기만적이되 신뢰할 수 있는 모습들 말이다."

그의 말처럼 온전함이 완전함을 뜻하지는 않는다. '부서짐을 삶의 총체적인 부분으로서 끌어안는' 그것, 지금이 그럴 시기가 아닐까 싶다. 부서지고 있다고 느끼는 지금 이 시점이야말로 결국 우리가 끌어안아야 하는 삶이 아닐까. 애정 어린 팔로 감싸 안고 어떤 순간도 "난 늘 최선을 다 했어"라고 말할 때, 비로소 삶이 완성되는 게 아닐지.

비우는 건 마음만이 아니다. 쓸데없이 버리지 못한 채 지니고 있는 물건에 대해서도, 덜어낼 수 있는 시간이 이렇게 와 주었다는 새삼스런 깨달음 – 자숙의 시간, 갇혀 지내는 시간이 결코 나쁘지만은 않다. 버리고 비우는 시간이 점점 늘고 있다.

여포 구두를 변호하다

임남순

4256543@hanmail.net

불편한 멋스러움보다 편안한 여포 구두를 택하겠다.

검정 단화를 신게 된 지가 언제부터였을까. 이십여 년쯤 되지 않았을까 싶다. 욱신대는 통증 때문에 급하게 사서 신었던 기억이 난다. 신발을 바꿔 신자 금방 통증이 사라지고 편안해졌다. 신발을 가려 신으라는 신호였던가 보다. 하지만 아랑곳하지 않고 높은 구두를 즐겨 신곤 했다. 드디어 허리와 무릎이 반란을 일으키기 시작했다. 며칠 전에도 차림새를 갖춰보겠다고 높은 구두를 신은 것이 그만, 사단을 내고 말았다. 결국 버리려던 낡은 단화를 다시 집어 들어야 했다.

나선 길에 구두종합병원이라는 수선가게를 찾아갔다. 다행히 손님이 없었다. 삐딱하게 닳은 굽을 갈아달라고 하려던 참이었다. 아저씨는 망치질을 하다말고 나를 위아래로 훑어보았다. 그 바람에 나도 신발을 내려다보았다. 신발은 그 사람의 인격이라는데 얼마나 민망하든지, 어쭙잖은 변명을 하고 말았다.

"아저씨, 제 구두가 좀 그렇지요. 버리려다 다시 신고 나왔네요."
"아직 신을 만한데 왜 버려요."

퉁명스런 한 마디가 잊히지 않는다. 굽갈이 오천 원에, 삼천 원만 더 투자하면 새 구두로 만들어 놓겠다는 말을 하고, 아저씨는 하던 일을 계속했다.

구두수선 가게는 생각보다 번잡해 보였다. 구석에는 때 묻은 방석과 빛바랜 손님용 슬리퍼가 포개져 있었다. 벽에는 큼지막한 달력과 스티커가 빼곡히 붙어있고, 신발 깔창과 열쇠 같은 소품들이 즐비한 오래된 가게였다. 바닥에 뒤엉켜 있는 허름한 신발들은 마치 그의 손길을 기다리는 응급환자 같았다. 옆에 놓인 내 구두도 다를 바가 없었다.

구두종합병원, 그렇다. 어긋난 관절 수술하듯 굽 갈아 끼우고, 자르고 꿰매고, 약 바르고, 밑창 갈고… 굽을 갈아 끼운 곳은 사포질하고, 할퀴고 부딪힌 곳은 약을 발라 새것처럼 닦아놓는다. 가끔 구두 안팎을 살피다가 훅훅 입김도 불어 넣는다. 구두는 곧 걸어 나가기라도 할 것처럼 생기가 돌았다.

한편에는 코가 반짝반짝한 구두 몇 켤레가 놓여 있었다. 아저씨

손끝에서 생기를 되찾은 것들이다. 그중에 자주색 여자 구두에 눈길이 갔다. 새것으로 갈아 끼운 굽은 그럴싸해 보이지만, 속창은 낡고 닳아 달리 보였다. 신발 주인은 어떤 사람일까. 아줌마일까, 아가씨일까. 궁금하던 참이었다.

"저 신발은 우리 집 단골여요. 저렇게 닳아 험하게 생겼어도 신발 주인은 발이 편해서 저 신발을 즐겨 신는 거요."

낡고 닳았어도 발이 편해서 즐겨 신는 거란다. 신발은 발이 편해야지 모양만 보고 신었다가 골병드는 거라며 대침을 놓는다. 발만 망가지는 것이 아니라 무릎관절, 허리, 머리까지 병증이 나타난다는 것이다. 마치 내 상황을 꿰뚫어보고 하는 말 같았다. 아저씨는 내 구두를 집어 들고, 요즘 보기 드문 구두라며 가볍고 편하게 생겼으니 굽 갈아서 오래 신으라는 말도 덧붙였다.

구두는 패션의 기본이자 패션의 완성이다. 패션에 있어 머리부터 발끝까지 완벽하게 갖추기란 그리 쉬운 일이 아니다. 아무리 치장을 잘해도 걸맞지 않는 구두를 신으면 어설퍼 보이는 건 사실이다. 특히 여성들의 경우는 더욱더 그렇다. 하이힐은 날씬해 보이고 어떤 옷을 입어도 멋스럽다. 고통과 불편함을 지불하면서까지 신는 이유이기도 하다. 특히 키가 작은 나에게 변신의 효과는 과히

만족스럽다.

하이힐은 젊음의 상징이기도 하다. 그런 시절이 나를 떠나고 있다. 하나둘 신발장 안으로 들어가게 되면서부터였다. 가끔은 낯설게 느껴지는가 싶더니 먼지가 쌓이고 생기를 잃어갔다. 신어보고, 들었다 놨다 하기를 몇 번, 종당에는 떠나보내고 만다. 겨우 붙들어 놓은 몇 켤레는 언제쯤 동행할 날이 있을지나 모르겠다. 차마 팔팔한 시절이 아쉬워서 붙들어 놓은 것이라고 해야겠다. 어두운 신발장에 잠든 뾰족구두의 옛 기억이 서글프다.

하이힐을 못 신는다는 건 여자다운 멋을 포기하라는 것이다. 일명 '여포 구두'— 여자를 포기한 구두라고 하겠다. 이제 나에겐 단화와 잘 어울리는 펑퍼짐한 고무줄 패션이 제격이지 싶다.

한 길 인생 같은 구두의 삶이다. 오늘은 어디를 향해 걷고 있는지는 알고 있을까. 여포 구두는 묻지도 않고 가자는 대로, 걷고. 또 걷는다.

버리지 못한 것 버리고 싶다

박하영

hayoung718@hanmail.net

잘 버리는 사람이 잘 산다고 한다.

잘 버리는 사람이 살림도 잘하고 상황판단을 잘하여 매사에 현명하게 대처한다. 버리는 것처럼 쉬운 일이 또 있을까. 쓸모없다 싶으면 과감하게 버리는 사람들이 참 부럽다. 그 쉬운 일을 왜 나는 힘들고 어렵게 생각할까. 쓸모없는 것도 누군가에겐 필요할 것 같아 선뜻 버리지 못하고 모아두니 살림 못 한다는 소릴 들을 수밖에 없다. 내가 잘 못 버리니 우리 집엔 대신 버려주는 사람이 있다. 못 버리는 습성을 누구보다 잘 아는 남편은 나 몰래 잘도 갖다 버린다. 내가 꼭 필요해 남겨둔 것까지 버릴 때도 있어 내가 큰소리를 낸 적도 있다. 이사할 땐 맘먹고 버려야지 하고 오래된 책이며 옷이며 그릇이나 살림도구를 모아놓고, 차마 버리지 못하고 있을 때 남편이 기다렸다는 듯 대신 버려줄 땐 속이 시원하기도 했지만 왜 내 손으로 직접 버리지 못하는지 모를 일이다.

대대로 물려받은 우리 집안의 내력인지 고쳐지질 않으니 불치의 병이라고 할 수밖에 없다.

내가 가장 버리고 싶은 걸 뽑으라고 하면 뭐가 있을까.

나는 아직도 버리지 못하는 것이 중, 고, 대학 시절의 일기장과 친구들과 주고받았던 편지들이다. 세월이 50여 년이 흘러 누렇게 바래고 찢긴 공책과 편지들을 이사 갈 때마다 짐이 되어 버려야겠다는 생각도 했다. 그러나 지나고 나면 그대로 간직하길 잘했다는 생각을 하게 된다. 가장 버리고도 싶었지만 지금까지 고이 간직하고 있다는 자체가 누구나 할 수 있는 일은 아니다.

어디 가서 지난날들이 고스란히 담겨 있는 솔직하고 명확한 자료들을 주워올 수 있겠는가. 그 속엔 내가 꿈을 갖고 커가던 소녀 적부터 청년기까지의 나를 다시 찾아볼 수 있는 추억이 아로새겨져 있다. 내가 사귀던 친구들과의 편지 수십 통도 새록새록 잠들어 있다.

언젠간 그것들을 꺼내어 나의 지난날들을 펼쳐보고도 싶지만 아직껏 묶인 채 그 누구도 본 적 없이 깊이 수장되어 있다. 가끔은 그걸 꺼내서 태워버려야지 생각도 했지만 버리지 못하는 깊은 병에 걸린 나는 그 일을 해내지 못하고 있다. 오래된 옷이며 책들도 이젠 버려야 할 운명에 처했지만 과감히 버리지 못하고 아껴두고 있다. 이번 이사 올 때도 남편의 성화에 못 이겨 책과 옷, 주방용기며 오래된 가전제품을 눈 딱 감고 버리고 오기도 했지만 아직도 버리지 못한 것이 또 남아 있다. 나와 함께 오래 살다보면 내 손끝을 스친 물건들도 끈끈한 정이 들어서 함부로 버리지 못하는 것일까. 이제 우리는 하나둘 버리는 나이가 들었다고 한다. 쓸데없는 물건들을 남겨놓으면 누가 좋다고 하겠는가. 언제 떠날지 모르는 인생인데 가볍게 가려면 쌓아 놓지 말고 버리는 일만 남았다. 하나둘 버리는 습관이 필요하다는 걸 알면서도 쉽게 버리지 못하니 참으로 한심하다.

내가 가장 버리고 싶으면서도 가장 버리지 못하는 것– 나의 학창시절 일기장과 편지들– 혹 내가 홀연히 이 세상을 떠나버린다면 그걸 누가 지켜주겠는가.

내가 있을 때 그것들을 펼쳐서 한 권의 책으로 만들고 싶은 생각도 해본 적 있다. 가장 버리고 싶은 것이라고 생각하면서도 가장 버리고 싶지 않은 소중한 것으로 여기고 싶은 이 상반된 마음은 또 무엇일까. 난 아무래도 함부로 버리지 못하는 어쩔 수 없는 불치의 병을 가지고 있는 게 분명하다. 내 기억에서는 아련히 잊혀져가지만 내가 간직한 일기장과 편지 속에는 너무도 선명히 그때의 기억들이 저장되어 있다. 지나간 과거는 잊으라 했다. 진즉 다 없애버려야 했는데 이 나이 되도록 간직하고 있으니 버리지 못하는 고질병을 아직도 고치지 못하고 있다.

하지 못해 좋은 일

정보연

cherish0524@naver.com

금요일, 오늘 반납인 책 2권을 끝내 반납하지 못하고 잠이 들었다. 자기 전까지 지금이라도 도서관에 가서 자동 도서 반납함에 반납할까 말까 고민했다. 그러다가 지금 하나, 내일 오픈 전에 하나 연체가 되지 않으니 내일 아침에 일찍 가기로 했다. 이리저리 머리를 쓴 것 같지만 사실 그냥 미룰 수 있을 만큼 미룬 것이다.

하지만 다음 날 아침 눈을 떠보니 시간은 아슬아슬했다. 그때 바로 침대에서 일어나 옷을 갈아입고 차 키를 들고 뛰어나갔어야 했는데, 나는 또 이럴 것인가 저럴 것인가 재느라 몇 분을 썼다. 나름 이유를 대자면 9시 전에 도서관에 도착할 지 시도하기엔 늦은 감이 있었고, 또 포기하기에는 성공할 가능성이 있었던 것이다.

어제도 미루고 오늘도 미루고 있는 내 모습을 발견하고 이건 아니다 싶어 일어섰다. 일단 출발하자, 매일 2번씩 오고 가는 길이라 노력하지 않아도 최적의 코스로 도서관에 도착했다. 핸드폰 시계는 오전 9시 1분. 그래, 토요일인데 도서관 직원도 1분은 늦을 수 있잖아? 나는 짐짓 승리의 미소를 지으며 도서관 외부 자동 반납기로 가서 책을 밀어 넣었다. 그러나 열리지 않았다. 주말이라 책이 가득 찼나 싶어 손으로 해봐도 열리지 않았다. 칼 같은 도서관 직원들 같으니라고. 나는 결국 터덜터덜 2층으로 올라가 열람실에서 반납을 했고, 대출 정지 2일을 받았다.

하아. 나는 토요일 아침 주말의 여유도 고사하고 무엇을 위해 여기에 온 걸까? 어젯밤 반납을 했어야 했다. 할 일 없이 빈둥거렸으면서 왜 오지 않았던 것일까? 잠깐만 시간을 냈으면 되었을 것을. 나는 차에 앉아 지난 시간을 되감았다. 이렇게 집에 돌아가긴 싫었다. 이제 막 하루가, 그것도 주말이 시작했는데 이런 마음으로 집에 가긴 싫었다.

지금 이 순간 무엇을 하는 것이 좋을까? 도서관에 왔어도 대출 정지로 책 한 권 빌려 갈 수도 없다. 이런저런 생각을 하다 보니, 오늘까지 만료인 S사의 음료 쿠폰이 생각났다. 나는 도서관 근처에 있는 드라이브 스루 매장으로 갔다. 드라이브 스루에서 무료 쿠폰을 사용할 수 있을까 가는 내내 걱정했지만, 너무도 친절하고 편리하게 따뜻한 커피를 무료로 받을 수 있었다.

뜨거운 걸 잘 마시지 못하는 나는 커피를 식히기 위해 뚜껑을 열었다. 그러자 컵 안에 뽀얀 하트가 구름처럼 몽글몽글 떠 있었다. 그 순간, 이상하게 들릴지 모르겠지만, 어젯밤의 고민과 − 도서관을 언제 갈 것인가 − 오늘 아침의 분주함과 결국 도서관에서 정지를 먹은, 사소하지만 분명히 마음이 상했던 그 모든 것에 대해서 충분한 위로를 받은 느낌이 들었다.

내가 커피 뚜껑을 열지 않았다면 라떼 아트 하트를 보지 못했을 것이다. 그렇게 생각하니, 뜨거운 것을 잘 못 마셔서 다행이라는 생각이 들었다. 그리고 대출정지를 받지 않았다면 지금의 이 커피는 없었을지도 모른다는 생각하니, 그것 또한 나쁘지 않게 느껴졌다.

사실 우리는 무언가를 하지 못했을 때 속상해한다. 실패나 잘못이라고 생각하기 쉽다. 하지만 하지 못해서 다 나쁜 것은 아니다. 그때 하지 못해서 다행이었고 오히려 더 좋은 것을 할 수 있게 되는 일도 분명 존재한다. 다만 우리가 깨닫지 못하고 지나칠 뿐이다.

적당히 식어가는 커피를 한 모금, 한 모금 마시며 커피 위에 떠 있는 하트를 바라본다. 풍부한 우유 거품으로 만들어진 하트는 쉽게 사라지지 않았다. 한 모금씩 마실 때마다 하지 못해서 좋았던 일을 생각해 본다. 커피를 다 마실 때까지 사라지지 않는 하트처럼, 지금 이 순간에 대한 기억도 오래 남기를 바라본다.

총 맞은 것처럼

최남숙

musicjj80@hanmail.net

매미 소리가 들린다.

멍 하니 누워있는 나의 머리를 깨운다. 뭐가 그리 슬퍼 저리도 울어대는지. 그대 외롭다고, 그대 마음 알아 달라고 목청 높여 우는지. 금방 그치나 했더니 또 울어댄다.

금년 여름 들어 처음으로 들리는 매미 소리다. 여름이 왔음을 듣게 해주는 또 하나의 여름이다.

지루한 장마도 지나고 초복, 중복도 지난 이제야 여름을 느낀다.

시끄럽게만 들리던 매미 소리가 노래 선율로 다가온다. 허전한 구멍을 메운다. 비어있는 구멍을 메우기 위한 허우적거림이며, 채우기 위한 사랑의 몸짓이다.

자기 성찰의 시간이다.

허공을 맴돌고 있는 것이 무엇인지 명확하게 잡히는 건 없는데, 잡히지 않는 뚫림이 여기저기 프리즘처럼 퍼져나간다.

내가 살아 온 흔적이.
내가 해 왔던 사랑이.
내가 보낸 이별이.
내가 이루지 못한 꿈이.
그리고 현재의 삶도 사랑도.

채워지지 않은 구멍 속에 삶에 대한 공허함으로 가득하다. 진실이었다고 믿었던 것들이 다른 의미로 다가온다. 어리석고, 이기적으로 살아온 시간은 타인에게 상처를 주었고, 상처가 되어 돌아온다. 그때의 잘못된 진실들이 세월 속에 회한으로 남아있다.

매미 소리가 비어 있는 구멍을 부드럽게 채운다. 총 맞은 것처럼 뻥 뚫려 있다가 채워지는 교차된 감정을 반복하고 있다.
모든 현상들과, 느껴지는 감정들이 나를 움직인다.
음악을 듣는 것.
음악이 들리는 것.
들리는 것과 듣는 것, 모두 내 안의 구멍이 메워지는 찰나다.
멈췄던 매미가 다시 울어댄다. 괜찮다고 위로의 음성을 보낸다.

매미 소리를 들음과 음악을 듣는 것. 비어있는 구멍을 채워주는 환희의 세계다.

교만과 욕심과 무절제를 버리고, 겸손과 나눔으로 채운다.

분노와 미움을 버리고, 사랑으로 채운다.

자유가 내 안에 들어온다.

평화로움으로 채워지는 순간이다.

아름다움을 발하는 일이다.

비움과 채움은 하나다.

비워져야만 채울 수 있다.

비워낸 구멍을 사랑으로 채울 수 있을 때, 자유로울 수 있다.

삶은 사랑이다.

사랑은 아름다움이다.

공허함이 기쁨이 되어 밝게 비출 것이다.

매미 너도 목청 높여 울어대더니, 잠들어 있는 내게 사랑의 빛을 가득 채워 주었구나. 사랑으로 나의 빈 구멍을 채우며, 가슴 한구석에 비어있는 공허한 구멍을 만들지 않겠다고 애써본다.

매미는 더 이상 울지 않는다.

또 다른 곳에 있는 누군가의 가슴에 빈 구멍을 채워주려 날개를 폈으리라.

주변이 밝게 보인다.
허공이 메워지는 순간이다.
진정한 안식이다.
맴. 맴. 맴. 매미 소리.

풍경을 잃었다

최정아
cjss5246@hanmail.net

뒷산 나무들 흔들리는 소리가 내 마음도 흔들어댄다. 자연은 내 밖의 타자가 아닌 내가 살아 숨 쉬는 공간이다. 풍경 속에 녹아있는 내 의식이 주춤 뒷걸음질친다.

친구 같은 양평 집을 팔고 마음속에 생채기가 생겼다. 오랫동안 끼고 살았던 풍경 속에 녹아있던 내 마음이 방향전환을 못해 흔들리는 느낌이다. 14년을 함께한 집에 마음의 중심을 부려놓고 살았던 탓일까. 계약을 마치고 서울로 올라오면서 사람과 이별이라도 한 것처럼 엉엉 울었다.

내가 꽃과 함께 놀던 놀이터에는 꽃말보다 더 현실적인 이야기로 가득했다. 남편 눈치 보며 데리고 온 자식 보살피듯 정원 구석구석 풀 한 포기에도 정이 들었다. 인생의 반환점을 돌아서는 지금까지 집을 팔았지만 눈물을 흘리며 넘겨준 집은 양평 집이 처음이다. 마음이 울적할 때면 양재 꽃시장에서 꽃을 사다 심는 게 위안이었다. 집이 외로울까 봐 자주 드나들며 정을 붙였다.

잔설 속에서 꼬물거리며 올라오는 꽃을 보면 아이를 임신했을 때 첫 태동을 느끼는 것처럼 신비로웠다. 꽃에게 위로를 받고 꽃을 보면서 행복 노트를 꼼꼼하게 써 내려가곤 했다. 한쪽 가슴이 무너져 내리는 것 같았다.

겨울철 자주 찾아가지 못할 때는 아이들만 집에 남겨두고 떠나온 기분이었다. 한겨울을 잘 이겨내고 나를 만나기 위해 언 땅 속에서 올라오고 있을 내 새끼들의 이름을 불러주며 안부를 묻곤 했다. 내가 사랑으로 키워온 꽃과 나무들은 새로 입양한 부모 밑에서 잘 자라겠지만 추억들과 헤어지는 게 가장 마음이 아프다.

언젠가는 이별을 하겠지만 내가 가장 정을 쏟은 곳이 정원이었고 힘든 현실의 도피처가 아니었던가. 나는 자연으로 돌아가라는 루소를 가슴에 품고 살았다. 아이들에게 섭섭한 일이 있거나 힘든 일이 있으면 꽃밭 가꾸기에 열정을 쏟았다.

힘들 때 마음을 다독이던 꽃이라서 정이 더 들었다. 꽃들은 어딜 가든 만나겠지만 산 벚꽃이 흐트러지는 계절이면 벚꽃향기를 마당 가득 부려놓고 나만의 방에 갇히곤 했다. 단풍나무 가지를 흔드는 개구쟁이 같던 바람과 뻐꾹새 노래에 취한 나는 유년의 뜰로 추억 이동을 하는 것을 즐겼다.

주말마다 양평 집에 내려가는 기분은 사랑하는 사람을 만나러 가는 것처럼 마음이 설렜다. 문을 열고 들어서면 정원의 꽃들은 엄마를 기다리는 아이가 칭얼거리다 웃는 것처럼 반겨주었다. 잔디에서 잡초를 뽑고 있으면 시간은 어느새 정오를 지나 햇살이 정수리에 꽂혔다. 텃밭에서 수확한 고추며 야채로 차린 밥상은 세상의 어떤 맛과도 비교할 수가 없었다. 오월이면 앞 논에서 개구리가 귀청 떨어지게 울어대고 백로가 한가롭게 나는 오월은 부족함이 없는 자연의 품이었다.

양평 집을 구입할 때 애인과 별장은 사는 날로부터 근심덩어리라는 친구의 말을 귓등으로 들었다. 살아보니 정원관리며 집 관리가 쉬운 건 아니었다. 이 세상에는 거저 얻어지는 게 아무것도 없다. 내가 공들인 만큼 기쁨으로 보답하지만 이제는 힘에 부친다.

정서가 마른풀 같은 남편은 십 년 넘게 정붙이고 산 집을 너무 성급하게 처분했다. 말이 없는 집이지만 나에게도 이별할 시간은 주어야 하는 것 아닐까. 칼로 무를 베듯 갑자기 정리해 마음 추스르기가 어렵다.

봄부터 정원을 찾아오는 나비와 새들도 나에게는 가족이었다. 드나드는 새들이 많아서 열매를 따먹어도 마음은 즐거웠다. 가을철 잔디밭에서 뛰노는 방아깨비와 메뚜기를 보면 타임머신을 타고 유년의 고향마을에 다다른 기분이었다. 전원생활에서 얻는 행복은 자연과의 대화였다.

집 관리가 힘든 남편 마음을 이해 못하는 건 아니지만 준비 없는 이별은 참 어렵다. 정원과 사랑에 빠졌던 나는 한동안은 양평 쪽으로 길을 낼 것 같다.

남 프랑스 액상프로방스에서 생트 빅투아르산을 하루 종일 뚫어져라 바라보며 붓을 들던 60대 노인이 있었다. 30년 넘게 오직 생트 빅투아르산에 미친 사람 폴 세잔, 67세에 세상을 떠나기 전까지 소재는 생트 빅투아르산이었다. "풍경이 내 속에서 자신을 생각한다. 나는 풍경의 의식이다"라고 세잔은 말했다. 산 앞에서 묵묵히 자신의 정신을 날마다 깨우며 그만의 회화세계를 창조했다.

사람마다 자기만의 불꽃을 피우는 세계가 있다. 오늘따라 산책길에서 만난 수면을 쓸고 지나가는 바람소리가 차갑게 들린다. 화가 천경자는 킬리만자로산을 바라보며 형용할 수 없는 벅참을 느꼈고 모로코 사하라 사막 위에서 데굴데굴 뒹굴며 사막의 여왕이 되고자 다짐을 했다. 그녀의 호기심은 인도, 남미까지 이어졌다. 나도 킬리만자로산도 바라보았고 모로코 가는 길에 사하라사막도 걸어보았다.

누구나 마음속에 간직하고 있는 자연과 풍경이 있다. 내게는 양평 집이 그렇다. 그곳에서 바라보던 내 놀이터의 풍경은 세계 어디를 가서도 만나지 못했다. 몇 날을 울고 나니 이 또한 집착이 아닐까 하는 생각이 나를 깨운다. 꽃에게 정을 주고 이별이 아쉬워 울고 있는 나는 진정한 바보일까. 시간은 위대한 조력자다. 봄이 무르익어 가는 동안 나는 많이 외롭겠지만 잊게 해주고 내려놓게 하겠지.

올해도 봄은 나를 가만히 놓아두지 않았다. 어쩔 수 없이 양재동 꽃시장에서 꽃 화분을 사와서 베란다에 이식하고 자연 풍경을 집안에 들여놓았다.

해후 邂逅

장지섭

aykwa@hanmail.net

무더운 여름이 지나고 구월이 다가온다. 이때쯤이면 나는 몇 해 전 일이 떠오른다. 그 당시 직장이 계양구에 있던 나는 서울외곽순환고속도로를 이용해 안양과 계양을 오가며 출퇴근하고 있었다.

퇴근길 서울외곽순환고속도로는 매일 극심한 정체를 빚는다. 그날도 나는 상습 정체 구간인 중동IC 부근에서 서다가다를 반복하며 정체로 인한 짜증을 억누르며 운전을 하고 있었다. 막 장수IC 부근에 다다랐을 즈음 전화벨이 울렸다.

"혹시… 수호니?"

수화기 너머에서 들려오는 의문의 가냘픈 목소리는 여자였다.

"네, 그런데 누구십니까?"

나는 지극히 사무적인 말투로 대답과 함께 물음을 던졌다.

"나, 복희야! 수호 맞지?"

복희? 누구지. 나는 도통 누구인지 기억이 없었다.

"죄송한데 기억이…."

내가 말을 흐리자 그녀는 실망 가득한 목소리로

"잊었구나, 전에 삼성에서 같이 일하던…."

그제야 어렴풋이 기억이 떠올랐다. 내가 대학 진학에 실패하고 학원비를 벌겠다고 친구와 함께 아르바이트를 하던 시절, 그곳에서 만났던 아이, 유난히 수줍음이 많아 내 눈을 똑바로 보지도 못했던 아이, 그래 그 아이.

"아! 생각났다. 복희, 그래 복희, 잘 지냈니?"

내가 자신의 존재를 기억해 내자 그제야 마음이 놓였는지 그녀는 얘기하기 시작했다. 꼭 한 번은 나를 만나보고 싶어서 여러 지인들한테 수소문했지만 안양에 살고 있다는 얘기만 들었을 뿐이란다. 연락처를 알 수 없어 며칠 전 안양지역 전화번호부를 구해 찾아 봤는데 나와 같은 이름이 딱! 두 명이 있더란다. 용기를 내 전화를 했는데 첫 번째 사람은 연로하신 노인분이었고, 오늘 두 번째 전화를 했는데 나였다고 한다.

결혼해서 대구에 살고 있으며, 아들딸 둘을 낳았고, 곧 큰아이가 군대를 간다는 등 쉴 새 없이 그녀는 얘기했고 나는 듣고 있었다. 그러는 사이 교통흐름은 좋아졌고 나는 운전 중이라 긴 얘기는 못한다 했고, 그녀는 다시 전화하겠다고 하며 그날의 통화는 마무리되었다. 집으로 향하는 동안 나의 머릿속은 복잡했다.

기억이 가물가물할 정도로 많은 시간이 지났는데, 왜? 나를 찾았을까? 무슨 일 때문일까? 무슨 어려운 일이 있어 내게 부탁하려 하나? 무수한 추측과 생각이 교차했다.

사실 그 당시 나는 그녀와 좋은 감정을 가지고 교제 중이었고, 보통 젊은 연인들처럼 술자리도 갖고 가끔 여행도 다니고 했었다. 그러다 내가 아르바이트를 그만 두고 학업에 집중하면서 자연스럽게 만남이 줄었고 조금 소원해졌을 무렵, 그녀가 나를 찾아왔다. 그리고 오빠의 소개로 만난 사람과 결혼하겠다는 소식을 전했다.

나는 "축하해"라는 말을 건네며 진심으로 그녀의 행복을 빌어줬고, 그것이 그녀와의 마지막이었다. 그렇게 이별했던 그녀가 17년이란 세월이 지난 오늘에서야 갑자기 연락해 온 것이다.

지금 상황과 맞을지는 모르지만 대개 오래도록 연락 없이 지내던 지인이 갑자기 연락해 오는 경우는, 경조사 소식을 알리거나 급전이 필요하거나 아니면 보험가입을 권유하는 등 무엇인가 도움이 필요한 내용이 많다는 걸 나는 경험을 통해 알 만한 나이가 되어 있었다.

이런저런 온갖 추측을 해대며 지내던 중 그녀에게서 다시 연락이 온 건 일주일만이었다. 오빠가 안양에 살고 있는데 일 때문에 이번 주말 오빠네 가게 됐다며 그때 만날 수 있는지 물어왔다.

나도 결혼해 아이 둘을 낳고 평범하게 살고 있는 터라 아내에게 미안해 조금 망설여졌지만 못 만날 것도 없다는 생각에 이틀 후 안양역에서 만나기로 약속을 잡았다.

어떻게 생겼더라? 많이 변했을까? 아니, 알아 볼 수는 있을까? 나에게는 그녀의 모습이 담긴 사진이나 기억할 만한 것이 아무것도 남아 있지 않았다.

그렇게 담담하게 이틀을 보냈다. 토요일 오전 근무를 마치고 약속 장소인 안양역을 향해 차를 몰았다. 이상하게 그날 서울외곽 순환도로는 정체 없이 한가했다. 안양역에 거의 다다랐을 무렵 나는 그녀에게 전화를 걸었다. 그녀가 전화를 받는다.

그때까지도 그녀의 얼굴이 명확치 않았던 나는 얼굴을 확인할 요량으로 조금 잔꾀를 내어 통화를 하며 그녀를 내 차가 서 있는 쪽으로 안내했다. 북적거리는 인파를 뚫고 한 중년의 여인이 걸어온다. 조금씩 기억이 난다.

세월의 무게 때문인지 몸집이 조금 통통해졌지만 그녀가 맞았다. 조수석 문을 열고 그녀가 차에 올랐다.

"나, 많이 변했째?" 그녀가 말을 했다.

"아니, 그리 많이 변하진 않았네." 그녀가 살짝 웃는다. 그런데 그녀가 사투리를 쓴다.

"대구 사투리인가? 대구 사람 다 됐네."

"응."

통화하면서 억양이 조금 이상하다 생각했었다. 반가움은 뒤로 하고 안양 시내를 벗어나 군포 쪽으로 차를 몰았다. 9월초 주말, 날은 맑았고 바람은 시원했다. 특정한 목적지도 없이 그냥 안양을 벗어나야겠다는 생각뿐이었다.

한참을 달렸을까, 내가 낚시를 좋아하는 탓에 가끔 들렀던 화성시에 위치한 낚시터 근처에 다다랐다. 그곳은 차량통행이 많지 않은 곳으로 낚시터를 찾는 차량만이 조금 다닐 뿐 조용한 곳이었다.

공터에 차를 세우고 그녀와 얘기를 나누었다. 아니 나는 대부분 듣는 편이었고 그녀는 그동안 자신이 살아왔던 이야기를 담담히 풀어냈다. 나는 그녀의 이야기 중간 중간 추임새를 넣듯 "그랬어?", "아, 그랬구나"를 반복했다. 아마도 그녀는 나와 떨어져 있던 17년 간의 간극을 메꾸려는 듯 애쓰고 있었다.

그때문인지 나도 그녀와의 갑작스런 해후邂逅에 긴장했던 마음이 풀어지고 세월을 거슬러 조금씩 그때로 돌아간 듯 편안해졌다.

한 시간 정도 흘렀을까 그녀는 자신이 하고 싶었던 얘기를 다 풀어냈는지 오빠와 약속한 시간 때문에 가야 한다고 했다. 그렇게 나는 그동안 내심 고민했던 급전 이야기나 보험가입 이야기를 그녀로부터 들을 수 없었다.

차를 돌려 안양으로 향했다. 돌아오는 내내 그녀는 아무 말이 없었고 나는 더욱 궁금해졌다. 이도저도 아니면 이 친구는 왜 그토록 나를 찾았을까? 그리고 17년이란 세월을 지나 내 앞에 섰을까? 왜? 왜? 라는 의문이 가득했다.

나를 힘들게 했던 그 의문은 차가 막 안양에 들어서고 나서 풀렸다. 돌아오는 내내 말이 없던 그녀가 아주 조심스럽게 내게 물었다.

"수호 씨, 그때 왜 나를 잡지 않았어?"

그녀의 예상치 못한 질문 앞에, 나는 순간 당황했다. 그리고 생각했다. 왜 그랬을까? 그때 그러니까 그녀가 결혼하겠다고 찾아왔을 때 나는 왜 그녀를 잡지 못했을까? 한참을 망설였고 나는 그녀에게 바로 답을 하지 못했다.

그녀의 안내로 오빠가 사는 집 근처에 차를 세웠고 그녀와 나는 잠시 그대로 앉아 있었다. 침묵을 깨고 그녀가 가겠다며 멋쩍게 손을 내밀었다. 나는 머뭇거리다 그녀의 손을 꼭 잡고 말을 했다.

"나는 그때 너를 잡을 준비가 안 돼 있었나 봐."

그녀가 살포시 내 손을 놓고 차에서 내렸다. 그리고 환하게 웃으며 내게 손을 흔들곤 가벼운 걸음으로 걸어간다. 그녀의 모습이 사라질 때까지 나는 그대로 있었다.

그랬다. 그때 나는 너무 어렸고, 사랑이라는 이유만으로 나의 미래에 대한 불확실성을 극복하기 힘들었을 것이다.

나는 일상으로 돌아왔고, 지금까지 그녀로부터 더 이상 연락은 없었으며, 나 또한 연락하지 않았다. 다만 가끔씩 9월이 다가오면

환하게 웃으며 내게 손을 흔들던 그녀가 내 앞에 서곤 한다. 그리고 나는 생각한다. '그녀는 왜? 그 답을 듣기 위해 오랜 시간을 거슬러 왔을까? 또, 나의 답은 그녀에게 무슨 의미였을까? 그리고 나의 답은 그녀가 원하는 답이 된 걸까?'

세상을 바쁘게만 살아가는 사람들은 많은 것들을 잊고 살아간다. 그리고 '망각은 신이 인간에게 준 최고의 선물'이라고도 한다. 그래도 가끔 잊었던 누군가 연락해 온다면 의심부터 하지 말자, 누군가로부터 잊혔던 내가 잠시 추억이라는 이름으로 소환되는 것일지 모르니….

시간
속으로
지다

1 켈리그린

켈리
그린

고통의 맛

이채 조인순

swordriver@hanmail.net

  생일을 맞아 미역국을 끓여 먹는데 어머니 생각이 났다. 음력 정월, 몸서리치도록 추운 겨울에 어머니는 나를 낳고 얼마나 힘들 었을까. 정작 미역국을 먹어야 할 사람은 내가 아니고, 임신과 출 산, 양육으로 고생하신 어머니가 드셔야 할 것 같다.

  여자들은 임신을 하게 되면 기쁨과 동시에 두려움이 앞선다. 소 중한 생명을 삼신할머니는 절대로 대가 없이 그냥 주시지 않기 때 문이다. 참고 견디며 지켜야 할 금기사항도 많고, 심한 입덧과 몸 의 변화로 끊임 없이 산모를 시험하며 괴롭힌다. 그렇게 산모의 고 난과 시련은 시작되는 것이다.

  한 생명의 잉태는 경이롭고 아름답지만, 후유증 또한 크다. 몸 은 붓고, 가렵고, 젖은 팽창돼 스치기만 해도 아파 소스라치며 비 명을 지른다. 임신 초기에는 잘 먹지도 못하고, 물만 마셔도 구토를 한다. 어지러워 마음대로 움직일 수도 없고, 오직 인고의 시간을 참고 견뎌야만 무사히 출산을 할 수 있다.

지금은 의료기술이 발달해 그런 일은 거의 없지만, 예전에는 산모가 출산하다 저승길 가는 사람도 많았다고 한다. 지금도 가끔은 임신중독과 출산으로 목숨을 잃기도 한다. 여자들은 지옥을 경험하며 자신의 목숨을 걸고 자식을 낳아야 하는 것이 숙명이다. 조물주의 장난치곤 좀 가혹한 벌이기는 하지만, 그렇다고 남자가 애를 낳을 수는 없는 일이다.

산모는 산달이 가까워 오면 몸이 소처럼 변한다. 변해버린 자신의 몸을 보면 낯설어 참는다고 참아도 슬프고 우울하다. 아기가 커갈수록 신모의 온몸은 살이 터서 가렵고 흉측하다. 남자에게 군대의 계급장이 있다면, 여자에게는 임신의 흉터가 계급장이다. 밤에는 잠도 제대로 못 자고, 똑바로 누워 있지도 못한다. 몸이 무거워 잘 걷지도 못하고, 혼자서는 일어나지도 못한다. 화장실에 갈 때면 아기가 변기에 빠져버릴 것 같아 겁나고 무섭다.

열 달을 무사히 채우고 출산한다 해도 고난은 그때부터 시작이다. 달리 '진자리 마른자리'가 아니다. 밤에 아기가 아파 울기라도 하면 가슴이 철렁한다. 아기를 안고 응급실을 뛰어갔다 오는 일은 허다하다. 병치레를 심하게 하면 내가 전생에 무슨 죄를 지어 내 자식이 이렇게 아플까 하는 뭐 그런 말도 안 되는 무지한 생각도 한다.

어쨌건 대체로 산모는 출산 후 첫 국밥으로 미역국을 먹는다. 아기는 그 미역국을 엄마의 젖을 통해 태어나 처음으로 세상의 음식을 맛본다. 달착지근하고 부드러운 미역국 맛은 앞으로 살아갈 날들이 만만찮다는 것을 알려주는 고통의 맛이기도 하다.

예전엔 출산이 가까운 산모에게 가족이나 지인들이 미역을 선물하는 풍습이 있었다. 미역 중에서도 고향인 기장 미역을 최고로 쳤다. 새로운 생명의 탄생을 축하하며 몸을 푼 산모가 미역국을 끓여 먹고 젖이 잘 돌아 아기와 산모가 무탈하길 바라는 마음이다.

당나라 서견 〈초학기〉에 고래가 새끼를 낳고 미역을 뜯어먹어 산후의 상처를 낫게 하는 것을 고려 사람들이 보고 산모에게 미역을 먹였다는 설이 있다. 고래가 어찌 알고 출산 후 미역을 뜯어먹었는지 알 수 없지만, 조상님들 덕분에 그 전통이 오늘날까지 이어지고 있다.

그 미역국을 어머니는 생일 때마다 찰밥과 함께 끓여주셨다. 세상에 태어나 처음 맛본 미역국을 이젠 내 손으로 끓여 먹는다. 그때의 맛은 아니지만, 나를 낳던 어머니의 출산의 고통을 고스란히 느끼며 미역국을 먹는다.

내가 고맙다

임우재

ujae9347@hanmail.net

며칠 전 가끔 들르는 식당에서 본 광경이 아직도 생생하다. 주차하고 몇 계단 올라가면 두 평 정도의 공간에 데크가 놓여있다. 대여섯 마리의 들고양이가 거기에 눕거나 앉아있다. 사람들이 다가가도 피하지 않고 천연덕스럽다. 식당 주인은 손님들이 남긴 생선과 사료를 챙겨주고 있었다. 그날도 주인 부부가 먹이를 들고 검둥아, 노랑아, 막내야 하고 부르자 호명하는 차례로 주인 앞에 나타났다. 거기서 이상한 광경을 보았다. 그들 중 검둥이 녀석이 밥그릇 앞에서 다른 녀석들이 마음 놓고 다 먹을 때까지 꼼짝하지 않고 지키고 있었다. 더구나 임신한 어미를 우선으로 배려하고 챙겨주는 거였다. 그리고 하나둘 자리를 뜨자 그제야 검둥이가 밥그릇과 마주했다. 제 형제나 자식도 아닌데 그 모습을 지켜보면서 짐승이 사람보다 나을 때도 있구나 하는 생각이 들었다.

우리 집에도 길고양이와 떠돌이 개와 새들을 위한 밥그릇이 항상 채워져 있다. 흰털과 검정털이 반씩 섞인 고양이와 노랑무늬 녀석과, 호피무늬 녀석에 백구와 누렁이 거기다 까치와 까마귀, 산비둘기 그 외에도 온갖 새들이 사료의 주인들이다.

오늘은 연한 회색에 흰털 못 보던 어린놈이 찾아왔다. 들고양이완 왠지 안 어울린다 했더니 아메리칸 숏 헤어, 족보 있는 품종이라고 아들이 알려줬다. 보살펴야 할 식구가 또 하나 늘었다. 주인에게 버림을 받았을까 아니면 잠시 산책 나왔다 길을 잃은 걸까. 마음이 무겁다.

닭 가슴살 캔을 사료에 비벼서 데크 탁자 밑에 놓아줬다. 얼마나 주렸는지 경계를 하면서도 순식간에 싹 다 비웠다. 내가 해줄 수 있는 거라고는 집에 오는 짐승들에게 몇 군데 놓아둔 밥그릇에 사료를 채워주는 게 고작이다. 그러면서 어느 시간에 어떤 녀석이 와서 얼마나 먹고 가는지 살피는 것도 일과이다.

마음 같아서는 떠돌이 개나 고양이 모두 거둬서 보살피고 싶지만 정을 주고 정을 떼는 게 쉽지 않기에 이 정도만 하기로 마음을 굳혔다. 터 넓은 집으로 이사 온 후에 우리 집을 거쳐 간 떠돌이 개와 들고양이가 열 손가락을 두 번 꼽아도 모자란다. 병들고 지친 놈들이 소식이라도 듣고 찾아오는지 와서 기껏 치료해주고 나을 만하면 없어지기도 하고 치료 중에 죽기도 했다. 마지막으로 정을 떼고 간 고양이는 아기 주먹만 할 때 길에서 주워 와서 팔 년을 키웠다. 급성신부전증을 앓더니 입 퇴원을 반복하다 죽었다.

몇 년이 지난 일이지만 집에 묻힌 녀석들의 무덤 위에는 백일홍을 심었고 낮달맞이를 심었으며 수국을 심어서 피고 질 때마다 한 번씩 떠올리곤 한다.

대문도 없고 울타리도 없는 마당은 여전히 짐승들이 쉼터 역할을 해주고 있다. 아침이 되면 먹이를 그릇마다 채워주면서 녀석들을 기다린다. 밤에 몰래 다녀가기도 하고 때로는 나와 눈이 마주치기도 한다. 눈동자가 참 순수하다.

엊그제는 마당 녹나무 아래 노루가 찾아왔다. 뿔이 없는 암컷이 먹이를 찾아 내려왔는가 보다. 내 눈 앞에까지 와서 풀을 뜯고 있으니 작은 파문이 일었다. 숨어서 지켜보는데 눈동자가 마주쳤다. 노루의 선한 눈동자와 세속의 나의 눈동자가 마주쳤다. 무슨 말을 할 듯 영롱한 눈 속으로 내가 빠져들었다. 언어가 통한다면 내가 말을 하고 싶었다. 와 줘서 고맙다.

노루뿐 아니다. 내 집에 오는 개와 고양이들도 그 눈동자에 나는 곧잘 빠져든다. 게다가 슬픈지, 두려운지, 기뻐하는지도 조금은 느끼게 된다. 비록 언어로 소통은 안 되지만 눈을 맞추면서 서로 마음을 나눈다.

"밥 먹으러 왔어요."

"많이 먹어라."

오늘도 회색에 흰털 고양이가 다녀갔다. 예쁜이라는 이름을 지어줬다. 그동안 좀 더 자랐다. 나는 예쁜이만 오면 캔부터 챙겨서 맨발로 그놈을 반긴다. 어린 새끼라서 어미의 모성본능이 살아난 걸까.

한때는 이들에게 '내가 도움을 주고 있구나!' 생각했다. 시간이 지나면서 그건 내 착각이었음을 깨달았다. 오히려 그 녀석들이 허한 내 마음에 따뜻한 불을 지펴주고 있었다. 살아오면서 받은 상처와 아픔을 천진스런 짐승들에게서 치유 받고 있었다. 식당 주인 부부의 얼굴에서도 그들과 마주할 때만큼은 동심으로 돌아간 듯 해맑았다. 나처럼 그 부부도 들고양이들에게 주는 것 이상으로 받고 있다고 여겨졌다. 거짓도 위선도 없는 순수한 그들과 나의 조우. 나는 그런 만남을 통해 날마다 위안과 힘을 받는다.

어느새 나도 차례로 호명을 하기 시작했다. 예쁜아, 나비야, 메리야, 누렁아.

마음을 다 열지 못했는지 아직도 나를 경계한다.

타이밍

권현옥

doonguri@hanmail.net

– 냄비

굴이 나오는 시기다. 흐물흐물 약한 몸을 위해 껍데기는 애를 썼다. 바위에 몸을 섞은 자연산 굴 껍데기는 떠나지 못하고 흉부를 연 채 세상에 흰 기를 들었다. 양식 굴 껍데기는 속을 내주고 저들끼리 업고 업어 봉분을 만들었다. 방송을 보다 말고 굴을 사왔다.

국을 끓이려고 김치를 종종 썰어 냄비에 넣었다. 굴도 조심스레 씻어 넣었다.

갑자기 화장실이 가고 싶었다. 끓을 거라 예상한 시간에 타이머를 맞춰 놓고 자리를 떠났다. 화장실에 있는데 타이머가 삐삐거렸다. 남편에게 좀 봐달라고 했다. "확 줄었어"라고 한다. 끓었느냐고 묻자 아니라고 한다. "끓는 것을 보고 나서 불을 낮추어야지 끓지도 않았는데 확 줄이면 언제 끓어!"라고 말하고 나니 남편이 냄비에 국을 끓여본 적이 있었나 싶었다.

국이든 찌개든 고아져야 더 맛이 나는 음식이 있는데 그것은 끓은 뒤에라야 조절할 수 있다. 강렬하든 은근하든 물이 끓는다는 것은 자신들의 결합력을 끊어내고 독자적으로 살아나 기체로 변하는 화학적 일인데 그때까지는 누구든 지켜보아야 안전하다. 국이 끓어 넘치는 일은 국물 낭비도 그렇지만 렌지를 엉망으로 만드는 일이다. 끓는 시점은 사람일이든 국이든 이성과 감성의 혼합물이 변형을 일으키는 시점이 아닌가. 그래서 끓을 때까지 지켜보고 난 뒤 불을 줄여 끓음의 정도를 유지해야 한다.

와락 덤볐고 긴장하며 기다렸던, 그래서 끓어올랐던 몇 가지의 기억들이 이제와 생각하니 고맙다. 사랑, 문학, 교육, 살림, 문우들과의 대화, 토할지언정 먹었던 술…. 타인이 보면 그것도 끓은 거냐고 물을 수 있으나 내 끓음의 온도를 내 능력에 맞춰 가늠한 거다.

화장실에서 나가 불을 올리고 지켜보았다. 금세 끓기 시작했다. 냄비에 있는 굴도 김치의 신맛과 매운맛에 열렬하게 반응하고 있다. 다시 낮은 불로 놓고 타이머를 해놓았다. 편안하게 끓고 있는 것을 보고 나도 소파에 앉아 다음 타이머 소리를 기다린다. 그리고 식탁을 차리며 식구가 자리에 앉는 시간에 또 타이밍을 맞춰야 한다. 끓고 있던 국을 나는 퍼 주고 싶다. 그 국을 식은 채로 먹길

바라지 않는다. 그래서 다시 불러 모은다.

"따뜻할 때 얼른 먹자."

– 카톡

그녀가 톡을 확인한 곳은 가족의 병실, 나도 병실이긴 같다. 코로나로 몇 가지 재미없는 세상이 됐다. '확찐자'마저 되지 말자며 운동을 야심차게 했다. 해내고 있다는 자신감이 나를 위무할 때 몸은 나를 밀어내고 있었다. 대상포진이란다. 견딜 만은 했지만 환한 낯빛을 하기엔 힘들었다. 거의 나아갈 즈음 시원찮은 기력을 억지로 찾자고 링거를 맞고 있었다. 움베르토 에코처럼 '우리 삶은 틈새로 가득 채워져 있다'를 맹신하는 나는 링거를 맞으며 톡으로 일을 하고 있던 셈이었다. 저쪽은 마음이 더 아플 터이다. 톡으로 문자를 보내는 동안도 불편한 곳으로 끼어든 시간일까 걱정이 되어 조심스러웠다.

"요즘 늙어가고 있다는 걸 확인하네요"라고 보냈다. 내 근황이 그렇다는 말이었다.

그 순간 그쪽에서 톡이 먼저 왔다. '병원이에요. 지켜보는 제가 스트레스가 많아요. 힘드네요"라는 톡이 먼저 오고 내 톡이 날아간 것이다. 이런 이런!, 마치 그녀가 힘든 이유가 노인이라 그렇다는 뜻이 돼버렸다.

말의 순서란 이렇다. 뜻하지 않게 톡이 들어가는 타이밍이 그랬다. 톡을 다시 넣었다. "위의 말은 제가 그렇다는 뜻입니다. 오해하실까 봐요." 변명하자니 쑥스러웠다. "뭘요, 진짜 그런데요 ㅎ"

타이밍이 문제다. 톡을 보내는 순간 전파를 타고 살아나 선으로 이루어진 의미 담긴 도형, 글자. 촌음을 다퉈 사이로 끼어든 톡은 애매한 시점일 때도 있고 사족이 될 때도 있고 하지 않아도 무방한, 의미 없어진 지나간 말이 될 때도 있고 김이 다 빠진 붕어빵처럼 시들어버린 말이 될 수도 있다. 우리의 손가락이 터치하는 순간 생각은 이미 겹쳐져 있거나 뛰어넘고 있거나 아니면 덮어씌우고 있다. 그래서 조심스러운 게 톡과 문자이다. 톡이 오고 간 저만치의 시간과 공간은 때론 속 좁은 맘이나 오해가 끼어들고 혼자 중얼거리는 잡음으로 변할 수 있다. 톡을 알리는 '까똑'음, 타이밍을 맞추자고 언제나 지켜보고 있을 수 없는 일이다. 다만 봐야할 타이밍을 놓칠까봐 수시로 지켜본다.

'효과가 크게 나타나는 순간'의 타이밍을 위하여 틈새로 끼어들기를 매번 해야 하는 삶이다.

끝나지 않은 이야기

이영미

kq2000lee@naver.com

그녀의 눈에서 눈물이 흐른다.

처음 그녀를 봤던 기억은 세월에 가려 희미하다. 클래식 음악처럼 편안한 그녀의 표정과 몸짓이 나의 긴장을 풀어 주었던 느낌만 남아있다. 부잣집 마나님 같은 뽀얀 피부와 적당한 체격 때문에 어떤 옷을 입어도 명품처럼 보이는 그녀는 예뻤다. 난 그녀가 우아하고 품위 있게 나이 들고 그 모습 그대로 세상과 이별할 줄 알았다.

대다수가 어려웠던 시절 그녀도 부유하지 않은 살림의 홀어머니 밑에서 자랐다. 들은 바에 의하면 건강한 몸과 활달한 성격을 갖고 있던 그녀는 그 시대의 다른 여자들에 비해 자유롭게 살았다 한다. 건강한 육체는 가난해도 아름다운 청춘을 꿈꾸게 해 주었단다. 꽃다운 20대 초반에 넉넉한 집안의 잘생긴 남자를 만나 결혼을 하고 5남매를 두었다. 잘생긴 남편의 인물값 덕에 젊을 때나 나이 들었을 때나 전전긍긍하며 애를 태웠고 잘못된 언행을 보인 남편 때문에 몸도 마음도 많이 다쳤다. 건강한 육체와 좋은 솜씨를 갖고 있던 그녀는 자신의 힘으로 5남매를 키워냈다. 그녀는 씩씩하게 스스로 모든 일을 헤쳐 나가며 본인의 행복을 위해 할 수 있는 일들을 했다. 쉬지 않고 일을 하며 돈도 벌고 힘들게 했던 남편에게 보란 듯이 놀러도 다녔다. 며느리 하는 짓이 맘에 안 들면 큰 소리도 쳤다.

그녀가 쓰러졌다. 화장실을 겨우겨우 기어가고 힘겹게 밥을 먹던 시간도 오래가지 못했다. 우아하고 당당했던 그녀는 자신의 온몸을 타인에게 맡기고 먹여 주는 밥으로 생을 이어가고 있다. 누워 있는 세월이 10년. 예쁘고 단정했던 모습이 서서히 사라져갔다. 처음 남에게 몸을 맡길 때의 수치심으로 인한 몸부림과 단호함은 이젠 아무리 찾아봐도 없다. 자신의 몸을 스스로 통제할 수 없게 될수록 모든 걸 내려놓는 듯 보였다. 하나씩 내려놓을수록 말수도 줄었다. 이젠 거의 말을 하지 않는다. 그녀가 누워 있는 침대에선 첫 손주가 태어나고 함께 심은 살구나무가 보인다. 단풍이 아름다운 날 밥을 받아먹던 그녀가 창밖의 나무를 쳐다본다. 고개를 돌려 정면에 있는 성모상도 한 번 바라본다. 그녀의 눈에서 눈물이 흘렀다. 그녀의 며느리인 나는 고개를 돌린다.

인간다운 삶을 유지하기 위해서는, 자존감 있는 삶을 살기 위해서는 무엇보다도 몸이 먼저다. 몸이 아프면 정신도 같이 시들어간다. 나의 시어머니는 자기 주도적이고 거침없는 분이셨다. 그분이 바싹 말라가는 나뭇잎처럼 기름기 하나도 없이 건조한 몸이 되어서 영혼 잃은 눈동자가 되어가며 하나씩 하나씩 내려놓는 과정을 지켜 본 나는 그렇게 생각했다. 몸이 먼저다.

　나의 시어머니가 눈물을 흘리고 내가 상념에 빠져 있을 때 전화가 온다. 나이 들수록 몸이 재산이라는 시어머니보다 두 살 적은 건강한 나의 친정어머니다. 주말에 요가교실에서 순창에 놀러 갈 거라는 말을 하며 김치를 담가놓고 내가 좋아하는 아욱국을 끓여 놨으니 가져가란 전화다.

　다시 고개를 돌려 예전에 우아했던 지금은 거대한 육체로만 기대어 앉아 있는 그녀의 입으로 밥을 밀어 넣었다. 자신의 손으로는 그 무엇도 할 수 없는 육체를 가지고 삶을 감내해 내고 있는 시간들을 어이해야 하나. 이 가여움을 어찌할까.

달리기를 관조하다

김인채

ickim326@naver.com

카터가 동두천 병영에서 새벽에 짧은 팬츠 차림으로 젊은 참모들과 뛰는 모습이 보도된 것이 79년 6월이었다. 대통령이나 되는 사람이 허연 다리를 내놓고 뜀질하는 모습이라니, 미국 사람은 저러는가 보다 하였다. 93년 7월, 클린턴이 내한하여 아버지뻘 되는 김영삼과 조깅을 할 때는 그리 생소하지는 않았다. 대통령 하려면 건강은 필수이지.

당시 무역꾼이라면 다 읽었을 『불모지대』 도요코著, 놀라운 정보와 조직력으로 세계 시장을 누비던 일본 종합상사의 활동을 소재로 한 실화 소설이다. 꿈의 자리, 세계적인 종합상사 사장을 목전에 두고 있는 세지마는 건강 문제가 비수가 될까 봐 세심하게 신경을 곤두세우는 모습이 잠깐 그려져 있었다.

그 시절 무역입국에 앞장섰던 우리 세대는 격무와 섣부른 접대

문화 등으로 건강은 뒷전이었고 그것은 사직서에나 써 먹는 사유였다. 결국 40대에 이르러 우리 또래의 사망률이 유난히 높았다. 수천 년 보릿고개의 업보를 지워낸 훈장에는, 제 몸 관리도 못한 몽매함도 스며있었다.

첫 직장을 떠나 자영업을 시작하면서, 시간적으로 자유로워진 것이 가장 뚜렷한 '祝 發展'이었다. 건강 검진표들을 챙겨 비교표를 만들어 보았다. 지방간, 높은 콜레스테롤, 위염에다 비만까지 의사의 소견이 매번 비고란을 채우고 있었다. 그 시절에 곪힌 생채기들이리라. 새로 마련한 분당의 사무실, 가까이 있는 탄천에는 적록의 아스콘으로 산뜻하게 포장한 갓길이 생겼다. 조깅을 위한 6km 코스를 정하고 멋있는 은회색 조깅화도 마련하였다. 눈비 속에서 홀릭을 체험하면서, 유산소가 비만을 태웠다. 첫 한 해가 가기 전에 모든 소견란이 비워졌다. 4년여에 헌신짝의 마지막 모습을 사진으로 남겼다.

몇 해 전 친구의 설득으로 춘천 국제마라톤대회 10km 부문에 출전參加하였다. 개천가에서 6km를 뛰던 짧은 다리로 세계의 건각들과 함께 한 사건이었다. 의암호에는 산을 덮은 절정의 단풍이 수면에 내려와 있었다. 2만 7천의 러너 중 나는 단풍든 잎사귀 하나였다.

심장이 폭발한다는 35km를 지나면서 얼굴 근육들은 처지고 입은 열린다. 무산소성 역치逆値의 순간에 오는 질식을 피하려고 필사적으로 산소를 퍼 넣는다. 내게는 7km 부근에서 그런 고비가 왔고, 초아의 힘을 달라고 mantra呪文를 뇌었다. 골인선을 밟는 나에게 내가 꽃다발을 안겼다. 거센 숨소리와 다리의 통증도 그뿐이었다.

그날의 우승자 케냐의 킵초게, 나의 10.0은 그의 42.195이고, 1:10:04는 2:02:25이었다. 숫자 차이는 크지만, 고통과 환희는 동질이라고 우겼다. 그가 한 말, '한계란 인간의 마음에만 존재한다.'

조깅이 마라톤에 가당한가? 이 마뜩찮은 이야기를 쓰게 된 것은 '무엇이든 오랫동안 해온 일이라면 그 의미를 깊이 관조해 볼 필요가 있다'라는 하루키村上春樹의 권유에 힘입었다. 그가 쓴 『달리기를 말할 때 내가 하고 싶은 이야기』에서 또 말한다. '남과 비교하거나 의식할 필요가 조금도 없다. (대통령이 달리거나, 10km만 달리거나) 내 삶에서 그것이 차지하는 무게가 실질적인 가치'라는 것이다. 소심하게 간직하고 있던 몇 가지 좁쌀들을 은근히 털어내었다.

피카소는 무엇이 예술이냐는 물음에, 아닌 것이 무엇이냐고 되물었다고 한다. 검은 다리, 흰 다리들이 연출하는 두 시간의 역주는 그대로가 역동하는 예술이다. 물결 조각 하나, 단풍잎 하나, 나의 달리기라는 이 '작은 조각'fractal으로 거대한 아름다운 세계를 엿보았다.

햇빛, 공기, 물, 비타민C 그리고 뜀질, 필수적인 것일수록 싸다
는 것이 원대한 섭리다. 비싼 건강 기구 사다 놓지 마라. 잠실의
한강 둔치, 런던의 하이드파크, 탄천, 수원의 호수 공원, 입장료가
없는 곳들이다. 혼자 뛰면서 체득하는 경험, 크나큰 정신적 자산
이 될 것이다.

　사람들아, 아이들에게도 일찌감치 달리기의 즐거움을 익히게
하여라. 건강만 얻는 게 아니다. 자그마한 행복의 꼬투리를 쥐어
주는 값진 상속이 될 것이다.

　이 이야기를 듣고 누군가가 조깅화를 장만한다면, 바로 하나의
축복이 탄생한다.

하나님의 시험

이희복

9937bok@hanmail.net

　동짓날 차가운 바람이 불어오는데 옷을 겹겹이 입고 운동을 나갔다. 황량한 들녘에는 이미 어둠이 내리고 있었다. 더구나 추수가 끝난 논밭에는 볏짚만 흩어져 있어서 더욱 을씨년스럽게 느껴졌다. 오늘은 이상하게 평소에 다니던 방향과 다른 방향으로 걸어갔다. 어느 정도 걸어가다가 이제 돌아가야겠다고 생각하는데 갑자기 길 가장자리에 무엇이 있는 것만 같았다. 들고양이면 벌써 달아났을 텐데 하며 조심스럽게 다가가니 작은 강아지 한 마리가 우두커니 서 있었다. 곧 쓰러질 것만 같았다. 가만히 쓰다듬으니 나에게 다가오려고 한다. 나는 어떤 강아지라도 좋아하여 많은 떠돌이 강아지를 집으로 데리고 와서 보살폈기 때문에 당연히 데리고 가려고 했었다. 그런데 갑자기 집에 보살피는 강아지가 세 마리나 된다는 생각이 나를 망설이게 하였다. 반면에 강아지를 이대로 두면 추위와 지나가는 차량에 로드 킬을 당할 수도 있다는 생각을 하면서 한동안 바라만 보고 있었다. 강아지의 흰색 털이 오랫동안 걸식을 한 것처럼 많이 빠져 있었고, 지저분하였다.

잠시 후 내가 일어서니 조금 전 모습과 다르게 강아지가 잽싸고 빠른 걸음으로 이동하기 시작하더니 이리저리 돌아다녔다. 그러다가 내가 움직이니 나를 따라온다. 그런데 잠시 따라오더니 더는 따라오지 않는다. 주변을 둘러보니 많은 볏짚과 비닐하우스 등 강아지가 혼자서 살아갈 수 있는 여건은 충분하여 보였다. 그리고 혹시 주변에 주인이 있을지도 모른다는 생각도 들었다. 그래서 그런지 더는 따라오지 않고 어둠 속에서 내가 보이지 않을 때까지 나를 바라보면서 움직이지 않는다.

집으로 돌아와서 잠자리에 들었는데 아직도 그 강아지가 나를 바라보고 서 있다. 원망하는 것 같기도 하고, 인사하는 것 같기도 하다. 그 넓은 들녘에 왜 나와 만났을까? 방황하고 있는 걸까? 나처럼 혼자만의 보금자리에서 안정된 생활을 하는 것일까? 이런저런 생각에 잠을 이룰 수가 없다.

이 한없는 우주에서 미물 같은 '나'라는 존재는 하나님이 보시기에는 어떤 의미가 있을까? 내가 만난 들녘의 떠돌이 강아지와 내가 무엇이 다를까? 강아지는 보금자리에 편히 잠들었을까? 보금자리가 있기나 할까? 하나님이 나를 시험하기 위하여 보낸 천사는 아니었을까? 생각에 생각의 꼬리를 물고 나에게 다가온다.

하나님이 영원한 시공의 메마른 행성에서 나에게 보낸 구원의 메시지를 내가 어리석게 외면한 것은 아니었을까? 아무리 생각하고 생각을 해도 마지막 나의 망막에는 하나의 영상만 남는다. 따라오다가 멈춰 서서 보이지 않을 때까지 바라보던 가엾고 지저분한 강아지가 천사가 되어 환희의 빛을 타고 하늘로 올라가는 영상이다.

결국, 나는 하나님의 시험에 말씀대로 응하지 못하고 구원의 손길을 내주지 못했다는 죄책감에 다시 일어나 앉아서 속죄의 기도를 드린다.

강아지를 위하여, 내 죄를 속죄하기 위하여, 하나님 성령의 은혜를 위하여, 죄인이 된 심정으로 스스로 불완전한 인간의 한계를 절실히 느끼며 간절히 기도드린다.

'새벽에 다시 그곳으로 가봐야지, 만약에 아직도 그곳에 있다면 망설이지 말고 데려와야지'라고 다짐을 하면서….

각을 잡다

권영옥

dlagkwnd@hanmail.net

모서리는 힘을 필요로 할 때가 있다

외출할 때 두 각과 네 각이 동시에 눈치를 본다
나는 새 스카프를 걸치고 쇼윈도에 오래 서서
양어깨에 힘을 줄지 말지를 마음에 물어본다

이를테면 모종의 행동 개시에 잠깐 주춤할 수 있다는 거지
바람을 감고 오는 너는 검은 소가죽에 마름모 퀼팅
거기에 금빛 체인을
늘어뜨리는 중력은 어떠냐고 물었다

나와 그녀, 시간이 막 물드는 사이

잇몸을 내보이고, 어깨를 늘어뜨리며
말하기엔 우리, 유리벽의 습기 같은 각이 각을 딛고 있다
어깨와 어깨 사이에서 안개를 헤치며 다니는 화상벌레에겐

겨울 한나절 볕을 향한
키재기란 얼마나 황당한 높낮이인가

카페에서, 금빛 체인에 끌려다녀 목소리를 잃었다는 그녀의 말
에 나는 스카프를 풀어버렸다
　때로 걸치지 않는 알몸에서 오는 가벼움이란 신에게 두 손을 모
으는 일보다 각을 수평으로 떨어뜨리는 게 더 힘들다는 걸

깊이에 든다 그날 쇼윈도에 걸려있던 6
보는 방향에 따라 6이 9가 될 수 있다는 단순한 진리를 잊고
지배자의 독성을 감추었던 너
나는 네 목에 대낮을 짜서 감아주느라 정신이 없다

삶의 길목에서

정두효

dh5256@hanmail.net

　11월 7일, 산성 정상에서 뇌경색을 극복한 친구와 만나기로 했다. 친구와는 자주 등산을 하는 사이다. 뇌출혈도 이겨낸 친구였다. 같은 산을 수십 번은 올랐을 것 같다. 그동안 나눈 우리의 이야기들은 아마 산골짜기를 채웠을 것이다. 우리는 솔밭에 앉아 간식을 먹고 하산 길을 걸어 산성로터리 정거장으로 향하곤 했는데 파전에 막걸리가 빠지지 않았다.

　평택에 있는 친구에게 전화가 왔다. 송파구에 있는 병원에 오는 길이라며 만나자고 한다. 이 친구는 뇌경색으로 고생하고 있다. 몇 해 전까지만 해도 자전거로 속초까지 다니던 친구였다. 큰 키에 깡마른, 운동을 좋아하는 친구가 환자가 되리라고는 생각 못했다. 친구와 산에서 만나고 싶었지만 갈 수가 없는 길이다. 평택으로 한 번 가야겠다.

산을 오를 때에는 가파르고 긴 계단이 힘에 부친다.

50년대에 태어난 사람들은 깔딱 고개를 오르는 것 같은 삶을 살았다. 모두는 아니지만 대부분 그렇다. 고단한 삶속에서 몸이 멍들어 버린 것일까, 어제 동창모임에서는 한 친구가 치매로 인지 기능을 잃었다고 한다. 등산을 같이 다니고 골프도 치던 친구였다. 몇 해 동안 고생한다는 말은 간간이 들었다. 상황이 악화되어 사람을 알아보지 못할 정도가 되었다고 한다. 모든 일들이 순식간에 다가오고 지나간다. 삶도 마찬가지다. 계절이 바뀌어 가듯 그렇게 변해간다.

11월 18일에는 오전 10시가 지나서 친구의 전화 한 통을 받았다. 고향 마을에서 어린 시절을 함께 보냈던 친구였다. 법원에서 이혼판결문을 받아 오는 길이라고 했다. 자신이 이혼을 신청한 것이지만 내막은 알 수가 없다. 부인의 종교문제가 도를 넘어 가족의 삶을 어렵게 해왔다는 것만 알고 있다.

숲속 길엔 마른 나뭇잎 향이 가득하다. 수북이 쌓인 낙엽을 밟으면 바스락~ 하고 맑은 소리를 낸다. 나무 위에는 청설모가 갈 길을 못 찾고 두리번거린다. 산 중턱 나무들은 옷을 벗었다. 나무는 어디에서 나온 힘으로 자신의 몸을 통제하는지 모르겠다. 기온이 내려가면 줄기로 가는 수분이 차단된다. 초록 잎은 갈색이 되어 떨어져 내린다. 미래를 준비하는 모습이 어찌 인간과 다를 수 있으랴. 가을의 길목에서 겨울이 서성이고 있다.

살아간다는 것은 힘든 일이다. 삶은 생로병사의 과정이라고 한다. 맞는 말이다. 하지만 인생은 생고병사가 아닌가 싶다.

나무에 매달린 마른 낙엽같이 인생이 황혼을 향해 가고 있다. 이틀 동안 안 좋은 소식만 들려왔다. 날이 갈수록 좋은 소식은 뜸해질 것이다. 그저께 시작된 것 같은 한 해가 막바지에 이르고 있다. 오늘은 비가 내리고 자동차 지붕엔 많은 낙엽이 쌓였다.

*슈뢰딩거의 고양이

백경희

ariybkh@daum.net

닭과 달걀의 얘기를 해보자.

일부 물리학자는 세상만사가 물리의 구조에 속해 있으며, 그들은 철학을 밟고 학문의 최정점에 서 있다고 생각한다. 세상은 물리의 구조 속에서 돌아가고 있을까, 아니면 그들이 우리의 삶으로부터 물리 구조를 끌어낸 것일까. 무슨 상관이란 말인가. 우리의 삶이 미분, 적분으로 표현되든, 슈뢰딩거의 고양이 아니면 아인슈타인의 주사위로 표현되든 오늘도 우리는 눈을 뜨고 또 하루를 살아간다.

여러 아우성이 겹친다. 오랫동안 젊음을 유지하기 위해 보톡스를 맞아야 할지 인공지방을 넣는 게 나은지. 여기 사는 것보다 강남에 사는 것이 좋은지, 어느 회사의 아파트가 더 나은지. 리포트를 쓰던 대학생이 콤팩트를 꺼내 펌프로 살짝 누르고 공부를 계속할 것인지 화장을 덧바를지 눈을 깜빡이고 있다. 유창한 영어, 논술을 가르치는 선생님, 아기의 외마디 소라…

내 안의 고통이 덧칠해져 근육을 만들고 이제 그 근육은 가슴통을 편안히 거쳐 좁은 목을 통과하려고 몸집을 줄인다. 크기가 준만큼 탄성은 비례하여 용수철처럼 튀어 오르려는 순간이다. 거센 압력에 얼굴의 세포와 근육이 들어 올려지고 찌그러져 뭉크로 변한다. 외마디 절규가 동네를 거쳐 지구 끝까지 터져 나갈 거 같아 얼른 카페를 나왔다. 절규한들 뭐가 달라질 수 있을까. 찬바람을 맞으며 고통을 안으로 다시 구겨 넣는다.

아파트 건물 밑에 있던 고양이가 길거리에 어깨를 내리고 서 있는 나를 쳐다본다. 어쩌라구. 네가 나 대신 슈뢰딩거의 상자 안에 들어가고 싶어. 짜증 섞인 시선으로 쳐다보는 나를 무시하듯 고양이는 시선을 돌린다. 그래, 네가 왼쪽 꽃밭으로 가서 캣맘이 놓고 간 먹이를 먹든, 오른쪽 뒷길로 돌아가 쥐를 쫓든, 슈뢰딩거가 사고실험에 쓰기 위해 너를 붙잡아 독이 든 상자에 집어넣든, 어차피 세상은 계속 돌아가거든.

오늘은 어떤 실험을 위해 내가 슈뢰딩거의 통 속에 집어넣어질까. 엄마는 관찰자가 되겠지. 가족을 위해 열심히 살아온 엄마는 노환으로 몸과 정신이 아프다. 나를 바라보며 끊임없이 고통을 호소한다. 말로 표현하면 아픔이 반감되나 의문을 갖지만 늙고 병들었다는 것밖에 엄마의 잘못은 없다.

도돌이표 사고실험으로 나는 지치고 병들었다. 더해서 늙어가기도 한다. 나는 이러지도 저러지도 못하는 이중의 위험에 처해 있다. 끈끈한 연민, 혈연의 가슴 아린 연민과 의무에서 벗어나 자유롭고 싶은 욕망과 싸우고 있다.

이제 노모를 위해 집으로 돌아가 다시 실험 대상자가 되어야 한다. 선택지가 없는 막다른 골목길에 나는 서 있다.

하이젠베르그의 불확정성을, 관찰자가 마음을 보내 방향을 정할 것인가. 아니면 슈뢰딩거의 고양이처럼 확률에 갇혀 우연에 따를 것인가.

엄마는 또 다른 상자에 갇혀 있다. 허리의 통증과 몸이 굳어가는 아픔이 점점 커지고 있다. 이번에는 절대자가 관찰자가 되어 엄마를 바라본다.

두 사람. 어느 쪽으로 마음을 보내지 못하고 각기 다른 상자 속에 갇혀버렸다.

* 슈뢰딩거의 고양이는 양자역학의 불완전함을 증명해 보이려고 슈뢰딩거가 제안한 사고실험이다. 고양이가 상자 속에 갇혀 있다. 이 상자에는 방사성 핵이 들어있는 기계와 독가스가 들어있는 통이 연결되어 있다. 실험을 시작할 때 한 시간 안에 핵이 붕괴할 확률을 50%가 되도록 조정한다. 만약 핵이 붕괴하면 독가스가 방출되어 고양이가 죽는다. 슈뢰딩거는 이 상황에서 파동함수의 표현이 고양이가 살아있는 상태와 죽은 상태의 결합으로 나타난다는 것을 비판한다.

죽었으며 동시에 살아있는 고양이는 실제로 존재하지 않는다는 사실에서 양자 역학이 불완전하며 현실적이지 않다고 생각한다. 고양이는 반드시 살아있거나 죽은 상태이어야 하므로 양성자 역시 붕괴되었거나 붕괴하지 않았거나 둘 중 하나라는 것이다.

떠날 때는 소풍 가듯이

임성일

unsan202@hanmail.net

'띠리리링 띠리리링.'

새벽 4시경 벨이 요란하게 울렸다. 삼라만상이 모두 잠든 시각이었다. 이 시간에 전화가 오는 것은 술 취한 취객이 전화를 잘못 걸었거나 아니면 어머니의 전화다. 집 전화번호는 가족들을 제외하고 아는 사람이 거의 없다. 이런 꼭두새벽의 전화이면 더 생각할 필요가 없다. 잠이 덜 깬 눈으로 발신 번호도 확인하지 않은 채 전화기를 들었다. "여보세요."

잠에 취한 낮게 흘러나가는 목소리에 짜증이 배어 나왔다.

"아범아, 나여. 내가 아무래도 너무 아파서 죽게 생겼다. 도저히 잠을 잘 수 없으니 일찍 병원에 가야 될 것 같아 전화했다. 내가 죽더라도 왜 죽는 것인지 알아야 눈을 감을 것 아니냐?"

갑작스럽고 날벼락 같은 어머니의 목소리에 잠이 확 달아났다.

깜짝 놀라 당황한 목소리로 "어머니, 왜요? 어디가 아파요?" 다급하게 물어보았다.

"몸이 아파 밤새 한숨도 못 잤다. 지금 병원에 데리고 갈 수 있냐?"

이렇게 이른 새벽에는 응급실 말고는 진료 의사가 출근하지 않는다. 가 봤자 도움이 되지 않는다.

"어머니, 지금 가도 전문의는 없으니 아침까지 기다리다 의사가 출근하는 시간에 맞추어 병원에 가시는 것이 어때요?" 넌지시 여쭤 보았다.

어머니는 80대 후반으로 시골에서 농사를 지어오셨다. 몇 년 전 전북 진안 용담댐 공사가 시작되어 고향마을이 수몰되었으며 농토를 보상받아 큰아들 곁에 거주하신다고 분당 가까운 곳으로 이사 오셨다. 오랫동안 농사일을 해온 관계로 온몸이 종합병원일 정도로 고혈압과 관절염으로 고생하시며 하루가 멀다고 병원에 다니셨다. 며칠 전부터 손목이 아파 움직일 수 없어 진찰해보았더니 '손목터널증후군'이라는 병명으로 진단되었다. 이 병은 통증이 아주 심하여 견디기가 어려워 수술하기 위해 수술도 예약했다. 특히 통증을 견디지 못하는 어머니는 겁을 내셨다. 통증이 너무 심하니까 단순히 손만 아픈 것이 아니라, 이제 죽을 때가 되어 손목을 비롯하여 몸뚱이가 전부 아픈 것으로 생각이 미쳤다. 생각이란 꼬리를 물기 마련이다. 고통으로 잠을 이루지 못하며 단순한 손목

통증이 침소봉대되어 '이번에는 정말 죽는구나' 하는 공포가 어머니께 엄습한 것 같았다.

어머니를 안심시키기 위해 즉시 일어나 옷을 입고 부랴부랴 어머니 집으로 갔다. 집에 들어서니 부모님은 병원에 가기 위해 옷 입고 소파에 앉아 계셨다. 거실로 들어서며 어머니를 보는 순간 등에서 전율이 흐르며 소름이 돋는 것을 느꼈다. 어머니의 얼굴은 사색이 되어있었다. 죽음에 대한 공포인지 통증이 너무 심한지 동공이 초점을 잃고 있었으며 혼이 반쯤 나간 얼굴이었다. 계속 몸을 떨면서 거실을 왔다 갔다 하며 안절부절 어찌할 줄을 몰랐다. 아들 내외가 집에 들어왔는데도 몰라보시고, 축 늘어진 어깨는 천근만근 무거워 보였다. 어머니의 공포에 잠긴 모습에 마음이 쓰라렸다.

연세가 80대 후반이면 이승을 떠난다 해도 호상이다. 천수를 누렸다고 할 수 있다. 죽음에 대하여 생각도 해 보고 이를 받아들일 것으로 생각했다. '저렇게 죽음이 공포스러울까?' 생각이 들었다. 평소 빨리 죽어야 한다는 넋두리를 많이 들었으므로 돌아가실 때 자연스럽게 맞이할 것으로 생각했다. 어머니의 얼굴이 새파랗게 질려있는 것을 보니 나도 막상 죽음에 직면하면 당당할 수 있을까 하는 생각을 해 보았다. 마음을 진정시키며 날 새기를 기다려 조금 이른 시각에 '분당차병원'으로 갔다. 수술 일정을 재조정하여 그날 오전에 수술을 결행했다.

세상은 생명체와 무생명체 등 많은 요소로 구성되어 있다. 무생명체도 마찬가지지만 특히 생명체는 수명이 정해져 있다. 모든 생명체와 마찬가지로 사람들은 태어나 자라고 시간이 흘러 늙고 병들고 결국은 죽게 된다는 것은 알고 있다. 선배들이 그렇게 살아왔고, 법칙은 예외 없이 적용되고 있는 것을 보고 알고 있음에도, 정작 자기는 아직은 죽지 아니할 것으로 막연히 생각하고 있다. 남들은 자연법칙대로 때가 되면 떠난다고 하면서도 이렇게 빨리 세상을 떠날 것을 모르니, 쓸데없는 욕심에만 눈이 어두워 얼마 남지 않은 여생을 엉뚱하게 낭비하며 보낸다. 어떤 선지자의 말, 죽음은 바로 문지방 밖에서 기다리고 있다고 하는데도 그 사실을 당사자만 모르고 있다고 한다.

단가 '사철가'에도 인생은 백 년을 산다고 해도 병든 날과 잠든 날, 걱정, 근심 다 제하면 단 사십도 못살 인생이라고 한다. 노래를 배우면서 정말 딱 맞는 말이라며 손뼉까지 쳤었는데….

사람들은 죽음 이후를 모르기에 막연한 두려움을 갖는다. 우리는 태어나면서 죽음을 향해 가는 마라토너라고 한다. 본인은 모르나 정해져 있는 끝점을 향해 쉬지 않고 달려간다. 누구나 뛰어가야 하는 운명으로 죽음을 마주할 때, 어떻게 하면 웃으며 맞을 수 있을지에 대하여 많은 학자나 종교인들이 연구하며 이를 제대로 실행하기 위하여 수행을 한다. 죽음을 초월하였다고 하나, 막상 죽음을 마주할 때 두려움에 떨며 평소 초월했다는 것이 소용이 없음을 보여주는 사람도 있다. 그만큼 우리는 미래와 같이 알 수 없는 죽음이 불확실해서 두렵다.

누구나 죽음은 마주해야 할 대상이라면 소풍 가듯이 대할 수 있으면 어떨까 생각한다. 실행할 수 있을지 미지수이지만 그 길이 어려워도 가다 보면 언젠가는 소풍 가듯이 즐거운 마음으로 떠날 수 있게 될 수 있지 아니할까?

'떠날 때는 말없이' 보다는, '떠날 때는 소풍 가듯이'로 바꾸면 어떨지.

비 내리는 고모령
〈시청 아저씨〉

조영숙

cho213311@naver.com

내가 어릴 때 우리 집은 아래층, 이층은 친척이 살고 있었다. 거주할 곳 없는 아버지의 형제나 사촌들까지도 그들이 형편이 좋아질 때까지 아버지가 데리고 살았다. 그 중에 한 명이 아버지 사촌동생 시청 아저씨다. 청파동에서 마포의 한옥으로 이사한 후에도 그 아저씨는 함께 살았다. 까마득한 옛날이야기다.

며칠 동안 봄비가 내린다. 비 오는 날이면 가끔 산책로를 걷는 습관이 있다. 산책로를 향해 골목길을 가는 순간, 어느 중년 신사가 술을 마셨는지 우산도 받지 않고 비틀거리며 노래를 부르며 스쳐 지나간다. "어머님의 손을 놓고 돌아설 때엔 부엉새도 울었다오 나도 울었소…" 그 순간 시청 아저씨의 얼굴이 떠올랐다. 그 노래는 아저씨 18번인데, 생각하며 눈물이 날 뻔했다.

엄마는 친척 중 시사촌 동생인 그 아저씨를 제일 좋아했다.

그 당시 나는 엄마에게 물었다.

"아저씨는 왜 언제나 저 노래만 불러?"

"아저씨가 태어나자마자 엄마가 세상을 떠나 젖동냥을 받으며 자랐단다. 그 할아버지는 손자인 그 아저씨를 엄하게 키워, 드디어 아저씨가 목표했던 서울 시청에 공무원이 되게 하였단다. 그때 서울에서 기거할 때가 없는 아저씨를 보고 네 아빠가 우리 집에서 잠시 살게 한 것이야. 아저씨가 결혼하기 전까지."

아저씨는 미남형에 인상도 좋고 마음씨도 착해 아버지도 친동생보다 더 사랑하셨다. 나도 아저씨를 좋아했다. 그런데 술을 즐겨 마시며 시도 때도 없이 잠들 때까지 '어머니의 손을 놓고…'를 부른다. 하루는 너무 시끄러워 "아저씨! 밤에 노래 부르지 마, 통행금지 사이렌 소리 후에도 계속 부르잖아."

아저씨는 "네가 엄마 없는 설움을 아니?" 그 말을 듣는 순간 나는 할 말을 잃었다.

나는 속으로 태어나자마자 엄마가 세상을 떠나, 엄마 얼굴도 모르면서 왜 저렇게까지 하나 라고 생각하며, 이제는 그 부분에 얽매이지 말았으면 했다.

날이 갈수록 버려진 아이들이 많다. 입양아, 고아원, 잃어버린 아이들, 다 피치 못한 사정으로 그렇겠지만, 아이들의 입장에선 너무도 서글픈 일이다.

며칠 전 방송에는 20대 아빠와 아기가 나란히 누워 숨겨 있는 기사와 그 모습을 방송했다. 현장 모습을 보고 너무 슬퍼 종일 그 모습이 떠올랐다.

아기는 바로 누워 있고 아빠는 아기 쪽을 보고 옆으로 누워 있었다. 아기 엄마는 그들과 헤어져 나갔지만 아빠는 그 아이를 키우다 빈곤에 시달려 병들고 아기는 영양실조로 사망한 모습에 뼈만 앙상했다고 한다.

그 모습을 보고 20대 아빠의 부성애가 위대해 보였다. 그리고 아쉬웠다. '왜 도움을 청하지 못했을까?' 혼자 말했다.

산책로는 대낮인데도 빗소리와 냇물 소리만이 들리고, 나도 오늘따라 이 황혼에도 엄마가 몹시 그리워진다. 엄마 아빠가 육 남매를 건강하게 키워주신 그 은혜가 얼마나 감사한지!

6·25전쟁 때도, 이리저리 피난 다니면서 우리들을 보호하느라 애쓰셨던 모습이 눈에 선하다. 나의 그런 삶에 비해, 부모의 사랑을 모르고 자란 시청 아저씨의 마음을 충분히 이해하게 되었다.

비록 엄마 얼굴은 모르고 자랐지만, 엄마 배 속에서 엄마를 알았을까. 분명히 사랑의 소통이 있었을 것이다. 알 수 없는 기억이 아저씨를, 엄마 그리움에 환자처럼 만들어 한평생 시도 때도 없이 그 노래를 부르고, 결혼 후에도 그 모습은 변하지 않고 살다가 중년에 세상을 떠났던 것이다.

친구 집에 설치해 놓은 반주기에 맞추어 '비 내리는 고모령'을 불러본다. 아저씨 얼굴도 사진을 보듯 생생하게 보인다. 요새 보이는 아저씨 얼굴은 생글생글 웃는 모습이다. 아저씨가 천국에서 엄마와 같이 살고 있는 것일까.

* 〈 비 내리는 고모령 〉
  광복 이듬해 1946년에 현인 노래
  경남 밀양의 가요 작곡가 박시춘

애정에서 우정까지

염희영
violet8967@gmail.com

사람은 혼자 살 수 없는 존재다.

어려서는 가족에 둘러싸여 살다가 자라서는 친구와 이웃들을 만나고 직장의 동료들을 만나 삶의 폭을 넓혀간다. 그 속에서 배우고 소통하며 함께 일하고 즐거움과 기쁨을 누린다. 삶이 언제나 기쁘고 즐겁기만 하다면 오죽이나 좋을까. 사람은 서로 부딪히며 상처를 주고받으며 성숙해진다.

교회에서 만난 보미 씨는 속이 답답할 때면 전화를 한다. 20여 년 친구 부부에게 받은 상처가 쉽게 아물지 않는다고 볼멘소리를 했다. 여러 해 동안 너무 허물없이 지내다 보니 친구 남편이 반말에 막말까지 하게 되었단다. 친구를 용서하기보다 적을 용서하기가 쉽다는 말이 있다. 친구를 기댈 어깨라 여기고 마음 놓고 기댄 순간 어깨를 빼버린 형국이 된 것이다.

사람을 어디까지 믿어야 할까. "튼튼한 울타리가 좋은 이웃을 만든다"고 하는 영국 속담은 모든 인간관계에 통용된다. 가까운 사이일수록 예의가 중요하다. 현재 우리나라의 이혼율이 급증한 것은 가정에 예의가 무너진 것과 무관하지 않다고 생각한다.

얼마 전 약속이 있어 나갔다가 중학생으로 보이는 남녀 아이들이 지나가며 얘기하는 소리를 들었다. 호칭부터 욕이었다. 이런 아이들이 친구들을 소중히 여길 수 있을까. 사람을 예의로 대한다는 것은 그 사람을 존중하고 소중히 여긴다는 것이다. 존중하고 소중히 여기는 관계라야 인격적인 만남이 이루어질 수 있다.

사람이 사람을 좋아하고 사랑하는 것은 근원적인 감정이다. 온전히 그 사람이 가지고 있는 모든 것을 있는 그대로 좋아하고 사랑할 수 있다는 것은 또 하나의 나를 만나는 감정이다. 성경에서 아담이 하와를 만나 '이는 내 뼈 중의 뼈요 살 중의 살이라' 하는 장면은 결혼의 고백과 같은 것이다. 인격과 인격이 만나고 애정과 애정이 만나 하나가 되는 것이 결혼이다. 결혼의 실패가 인간관계에서 가장 큰 상처가 되는 것은 깊은 마음에서 이루어지는 까닭일 것이다.

나와 남편은 전혀 다른 성격끼리 만났다. 남편은 다른 사람의 사정을 듣기도 전에 화부터 냈다. 중요한 일도 감정대로 처리하는 일이 많았다. 돌다리도 두드려보고 건너는 친정 분위기에서 자란 나는 감정으로 문제를 풀어서는 안 된다는 생각을 가지고 있었다.

쉽게 감정을 드러내지 않는 나를 시누이들은 간사하고 음흉하다 여겼고 남편은 성격이 없다고 말했다. 함께 사는 동안 수많은 세월만큼이나 마음을 조율할 일도 많았다. 마른하늘에 날벼락 같은 일들이 닥쳐오면 멍해지기도 했다. 세월이 약이라고 유연한 일상이 되었다. 화부터 내놓고 사과하는 남편에게 "사과할 일을 왜 해요?" 하고 농을 하게 되었다.

결혼은 애정관계에서 시작해 우정으로 곰삭아가는 관계가 아닐까. 애정과 우정이 뒤섞인 상태로 살아가며 결혼 기간이 길어지면 부부는 같은 색깔로 물들어 가는 친구가 된다.

말년 들어 남편은 당신 덕에 내가 순화되었다고 나에게 말하곤 했지만 언제부터인가 내가 남을 닦아세우며 말이 총알같이 나가는 것을 느끼게 되었다.

남편을 낙제점수에 해당할 사람이었다고 생각하면서도 나는 남편을 만난 것이 일생의 행운이라 여기게 되었다. 나에게 있는 모든 것을 있는 그대로 이해하고 좋아해 준 사람, 친구로는 다시 만나야 할 사람, 아니 꼭 다시 만나고 싶은 사람이다.

행복한 부부는 웃을 일이 많아서 웃는 게 아니라 웃을 자세가 되어야 웃게 된다. 애정이라는 것도 원래부터 있는 것이 아니라 만들어가는 것 아닐까. 다른 사람은 보지 못하는 것을 보아 주고 다른 사람은 해주지 못하는 것을 이해해줌으로써 오직 내게만 대단한 사람으로 만들어 가는 것이다.

아버지와 꽈리

박영의

pyelkh58@hanmail.net

무슨 일이 이렇게, 기가 극도로 차면 머릿속이 하얘진다고 하였던가.

엊그제만 해도 이승이었는데 대문 밖이 저승이었다. 몇 달 전부터 저승사자가 갈 걸음 재촉하였는지 잔소리가 사사건건이셨단다. 영혼은 미리 아셨던 것일까, 다시는 돌아오지 못할 곳으로 가는걸. 자식이 골백살 먹어도 어린아이로 보였을 터, 모든 게 미덥지 못하였다. 가시기 10분 전 "콩 마데이는 언제 할 거냐, 빨리해야 콩이 튀지 않는다" 하시며 콩밭을 가로질러 누가 부른 것 같이 급히 나가셨다. 애면글면 걱정하시던 소리가 쟁쟁한데 농로農路에서 난데없이 교통사고가 났다. 충격이 얼마나 컸으면 차체가 뒷머리 부딪친 곳이 움푹 들어갈 정도였으니 아버진 무사하지 않으셨다. 의식이 희미했다.

갑작스러운 비보에 다리가 휘청거렸다.

목 놓아 "내 왔노라" 하여도 대답이 없다. 여느 사람과 똑같이 손발도 따뜻하고 심장 소리도 게으르지 않다. 현대의학 의료기기의 힘이었다. 몇 날 며칠 고민 끝에 1%도 보이지 않아 죄송스럽게도 오빠와 난 사전의향서에 서명했다.

강한 척 무던한 척 얼굴을 바꿔가며 조문객을 맞는다. 때론 무심으로 무언으로 가슴을 쓸어내린다. 얼기설기 엉킨 실타래는 비망備忘의 한숨 소리가 되어 공명으로 퍼진다. 잘 보내드려야 하는데, 여러 생각이 앞을 다툰다. 어렸을 때, 편지글을 보시고 인정해 주셨고, 가시기 전까지 1호 팬이었고, 가슴에 훈장처럼 자랑스러워하셨다. 이승에서의 마지막 날, 아버지께 마지막으로 쓰는 편지 추모사, 할 이야길 한 장에 담기엔 터무니없이 부족하다. 목구멍으로 올라오는 감정을 꾹꾹 누르며 쓴다. 나라를 위해 바친 유공자라고 태극기와 휘장이 아버지 관을 감싸고 납신다. 쓴 글을 그 위에 올렸다.

상喪을 치르고.

평생 애지중지 인연 맺으셨던 물건을 정리하러 아버지 방에 들었다.

밖에는 초겨울비가 추적추적 내린다. 날이 궂으니 평소와 다르게 아버지 냄새가 방안에 가득하다. 코끝이 찡하고 목이 멘다. 울음을 참고 아무렇지도 않은 척 엄한 냄새를 탓하며 문을 열어젖힌다.

아버지의 외롭고 쓸쓸한 일상이 정지된 채 멈춰있다. 급히 나가느라 미처 닫지 못한 책에 도수 높은 돋보기가 얹혀있다. 구십 평생 버텨 온 세월만큼 소소한 물건마다 사연도 많겠지 싶다. 어느 것 하나 허투루 사셨을 물건이 있을까. 타인에게 아쉬운 소리 안 하려고 많이도 갖춰 놓으셨다. 하다못해 빨랫비누, 가루비누, 쌈장, 고추장까지 필요했던 물건에서 강직함과 외로움이 평행선을 긋는다.

곳곳에서 철저한 아버지의 성품을 본다. 자세히 빽빽하게 적어 놓은 달력의 기입란의 글이며, 감기 약봉지에 처방 날짜, 증상, 그것도 쉽게 찾을 수 있게 눈에 잘 띄는 곳에 매달아 놓았다.

들고나며 얼굴을 비춰보셨을 거울 위에 빨갛게 익은 꽈리 몇 모숨, 아버지의 감성이라 느끼기 전에 외로움의 몸부림이 아니었을까라고 생각하니 목구멍이 맵다. 아버지의 하루는 참 길었다. 여백의 시간을 달래려고 여러 곳을 다녔다. 아마 엄마 누워 있는 산엘 갔다가 내려오는 길, 풀숲에서 꺾었을 꽈리인 것 같다. 기골이 장대한 아버지가 쪼그려 앉아 꺾는 뒷모습을 상상하니 가슴이 먹먹하다. 아버지 내면에 따스하고 순수한 소녀 감성의 발로였을까 아니면 그 반대로 쓸쓸함과 외로움의 발로였을까. 이러나저러나 바람 부는 대나무밭에 서 있는 느낌이다.

시간을 메우려고 애쓰셨을 아버지를 떠올리니 꽈리를 그냥 하찮게 불구덩이에 넣을 수 없어 가져올 유품에 추가시켰다.

우리 집 곳곳에 주인 잃은 빛바랜 꽈리가 매달려 있다. 올 어느 봄날 아버지의 순수하고 고운 맘이 밴 꽈리를 땅에 묻을 것이다. 주렁주렁 매단 꽈리를 상상하며 아버지처럼 꺾으면서 아버지를 많이 그리워하고 가슴앓이도 하겠지.

아버지는 평생 강직함으로 사셨다. 기골이 장대하셨지만, 어울리지 않게 여린 내면도 있었다. 강한 눈빛 마주하기 싫어 닭 모가지 한번 비틀지 못하고 자연사하면 땅에 묻어줬다. 이렇듯 타인에 대한 배려뿐 아니라 미물에게까지도 정직하셨다. 강직하셨지만 주관적인 힘은 약하시어 세상의 틀에 자신을 가두고 사셨다. 애고효哀孤嘵.

명철明徹하셨던 아버지는 끝내 말없음표에 마침표를 찍으셨고, 어벙한 내 가슴엔 존재의 여부, 물음표가 찍혔다.

2 초크

초
크

제비꽃 소고小考

강명숙

mazuwang@hanmail.net

제비꽃. 하늘을 나는 제비를 닮았다고 해서 혹은 제비가 돌아오는 삼짇날에 꽃이 핀다고 해서 붙여진 이름이다. 한없이 여려 보이는 제비꽃은 자라기 어려운 환경에서도 잘 적응하며 꽃망울을 피우는 생명력이 강한 꽃이다. 정원이나 화분에 심어 눈으로 즐기는 관상용 화초가 아니라 시골의 돌담길이나 좁은 산책로와 같이 후미진 곳에서 온몸으로 찬바람을 맞으며 자라는 들꽃이다. 앉은뱅이 꽃이라는 별칭에서도 알 수 있듯이 제비꽃은 꽃대와 꽃망울이 매우 작다. 잔망스러운 보랏빛 꽃잎들이 봄을 알리며 설레게 한다.

제비꽃은 전 세계적으로 450여 종이 분포되어 있을 만큼 널리 퍼져 자생하는 꽃이다. 그래서인지 오래전부터 제비꽃에 관한 그림이나 이야기가 동서양을 가리지 않고 전해지고 있다. 조선의 화가 김홍도(1745~1806?)의 그림 《황묘농접도黃猫弄蝶圖》에 제비꽃이 등장한다. 그의 그림 속 제비꽃을 두고 작가에 따라 해석을 달리하기도 한다.

오주석은 「한국의 美 특강」에서 구부러진 꽃자루의 모양새가 마치 물음표 머리처럼 생겼다고 하여 여의如意에 비유하였다. 여의란 가려운 등을 긁을 때 사용하던 도구로, 어디든 긁을 수 있는 이른바 노인들이 쓰는 효자손과 닮았다 하여 '하는 대로 된다'는 의미의 여의화如意花라 불렀다고 한다. 이와 같은 이유로 그는 그림에 제비꽃이 들어간 것은 "뜻하는 바가 잘되기를 바라는 것"이라고 해석하였다.

반면, 장세현은 「친절한 우리 그림학교」에서 《황묘농접도》에 그려진 제비꽃을 장수꽃으로 보았는데, 그는 그림에 함께 등장하는 패랭이꽃, 바위 등과 함께 소재들의 상징성에 주목하여 "어르신이 오래도록 건강하게 살기를 기원"하는 의미를 담고 있다고 보았다.

그림의 소재로 제비꽃을 화폭에 담았던 외국의 화가로는 에두아르 마네(1832~1883)가 있다. 인상주의의 아버지라고 불리는 프랑스의 화가로, 《풀밭 위의 점심(1863)》이 대표작이다. 마네를 이야기할 때 빼놓지 않고 등장하는 인물이 베르트 모리조(1841~1895)다. 로댕의 연인이나 제자로 알려진 까미유 끌로델처럼 모리조는 인상파 여류화가로 활동하기도 하였다. 하지만 마네의 뮤즈이자 연인이고 제자로서 더 알려져 그녀가 가진 재능에도 불구하고 그의 그림자에 가려져 있었다.

마네의 작품인 《제비꽃 장식을 한 베르트 모리조(1872)》에는 그녀가 모델로 등장한다. 그림 속 모리조는 상복용 검은색 모자와 외투를 입고 있어서 어두운 톤의 색감이 주를 이루는데, 가슴에 달고 있는 보랏빛 제비꽃 장식이 눈에 띈다. 부친을 잃은 슬픔 속에서도 정면을 응시하는 커다란 눈빛과 제비꽃을 통해 희망을 엿볼 수 있는 작품이다. 그녀는 이 작품으로 대중들에게 제비꽃 여인으로 널리 알려지기도 했다. 이미 결혼한 마네의 곁에서 가슴앓이 하던 모리조는 동생인 외젠 마네와의 청혼 소식을 전하게 되는데, 그는 그녀에게 그림 《제비꽃 부케(1872)》를 선물한다. 사랑하는 여인을 동생에게 보내야만 하는 마네와 그렇게라도 그의 곁에 머물고 싶었던 모리조. 어쩌면 마네는 이루어질 수 없는 사랑의 안타까운 마음을 '진실한 사랑', '나를 생각해 주세요'라는 제비꽃의 꽃말에 담아 그림으로 전하려던 것은 아니었을까?

한편, 프랑스에서 제비꽃은 나폴레옹 보나파르트(1769~1821)를 상징하는 꽃으로 알려져 있다. 그는 꽃의 모양이 밤하늘의 별을 닮았다고 하여 '별의 눈물'이라는 별명을 가진 제비꽃을 무척 좋아했다고 한다. 그의 취향 때문인지 첫 부인인 조세핀 보아르네는 평소 제비꽃 향수를 자주 사용했다. 조세핀이 세상을 떠났을 때, 나폴레옹은 그녀의 무덤가에 제비꽃을 심어 오래도록 그녀를 그리워했다. 두 번째 부인인 이탈리아 왕족 마리아 루이지아 왕비는 파르마라는 제비꽃 품종을 프랑스로 가져와 재배했다. 제비꽃을 원료로 첫 번째로 생산된 제비꽃 향수는 왕비에게 바쳐 이탈리아 왕실의 향수로 인정받았다고 한다.

제비꽃은 이처럼 오래전부터 유럽 전역에서 향수의 재료로 널리 활용되어 사랑받아 왔다. 향수가 끊임없이 개발되고 사용되는 이유는 사람의 감각기관 중 후각이 기억과 감정에 가장 영향을 받기 때문이다. 그런데 기억과 감정에 영향을 주는 향은 인공적인 향보다 엄마 냄새, 아가의 살 냄새, 비누 냄새, 커피 냄새, 샴푸 냄새와 같이 일상에서 친근하게 접하는 냄새라고 한다. 이러한 냄새는 그리운 사람냄새라는 단어로 이해되기도 한다. 파트리크 쥐스킨트의 소설 「향수」의 주인공 그르누이가 향기로 세상을 지배하기 위해 그토록 완성하고 싶어 했던 최고의 향기도 다름 아닌 사람 냄새였다. 나는 어떤 향기로 기억되는 사람일까?

고요 속의 소요

김길영

k2y40@hanmail.net

한 사내가 강물에 낚싯대를 편다. 사내의 머릿속에는 이미 자짜리 붕어로 가득 차 있다. 낚싯대를 편다고 생각만큼 물고기가 잡히는 건 아니다. 집에서 채비하고 강에다 낚싯대를 펼 때까지는 낚시꾼의 가슴은 항상 부풀어 있다.

어느 곳이나 낚시터 풍경은 한 폭의 동양화다. 팔자걸음으로 걷는 노인처럼 느릿느릿 흐르는 강 언덕엔 고향을 알 수 없는 버드나무 몇 그루 숲을 이루고 산다. 수천 개의 귀를 가진 버드나무는 온종일 강물에 몸을 담구고 흐느적거리며 강안江岸의 자질구레한 이야기까지도 귀담아 듣는다.

낚싯대에서 멀찌감치 쇠오리와 왜가리, 물총새 떼가 새빨간 눈알을 굴리며 강바닥을 살핀다. 수면 아랫마을엔 수시로 민방위훈련 사이렌이 울리고 여러 권속들은 흙탕물 속에서 기민하게 움직인다. 경험 많은 놈들은 곧 상황을 파악하고 대처하지만 어린 것들은 숨바꼭질할 때처럼 몸은 밖에 드러내놓고 머리만 숨긴다.

잽싸게 순간을 포착한 쇠오리 떼의 동작 하나하나에는 실패란 거의 없다. 날렵한 쇠오리 부리에 어김없이 피라미가 물려 나온다. 운명을 다한 피라미는 포승에 묶인 수인처럼 꼼짝 못한다. 바야흐로 피라미 운명은 바람 앞에 등불이다. 성찬을 앞에 둔 쇠오리가 허기를 채우려고 긴 목 줄기를 쓰다듬자, 죽음의 그림자를 발견한 피라미는 꼬리에 힘을 실어 쇠오리 뺨을 후려쳐 보는데 이미 때를 놓쳤다.

잠시 후 자짜리 붕어도 별수 없이 지렁이 반 토막에 숨긴 낚시바늘을 물고 나온다. 둥근 눈알을 굴리며 바깥세상을 휭 둘러본 붕어는 저승사자를 발견한 듯 소스라쳐 놀란다. 붕어 역시 민첩한 낚시꾼 동작에 불가항력이다. 어느 곳이나 살아있는 것들 중에는 다른 생명체로 하여금 제압당하며 살아남는다.

낚시꾼의 끈질긴 노력은 결실을 얻기 위함이다. 그러나 세상일은 만만치가 않다. 욕심을 부린다고 물고기가 덥석 걸려들지 않기 때문이다. 물고기의 식성을 잘 파악한 낚시꾼은 월척의 꿈을 이룰 때도 있다. 한 마리 물고기를 낚으려 해도 고소한 떡밥으로 꼬드겨보고 지렁이 반 토막으로 홀리기도 해 보는 것이다.

세상에 살아 있는 것들은 언젠가는 죽음을 맞이한다. 어떤 생이 어떤 죽음을 맞이하느냐에 따라 그 생의 기록이 다를 뿐이다. 사람 역시 태어나 늙고 병들고 죽는다는 불문율을 벗어나기 힘들다. 생명체는 생사의 고리에 엮여 있기 때문이다.

어떤 미물도 태어나서 건강하게 살다가 자연으로 돌아가는 것이 순리다. 하물며 인류의 숙원은 생존과 종족보존에 있다. 죽음이란 세상에서 없어지는 것이다. 불의의 사고를 당하는 것도, 스스로 죽음의 구렁텅이에 빠지는 것 또한 불행한 죽음이다.

오늘도 강가에 일가를 이룬 쇠오리 떼의 눈빛이 번뜩인다. 자짜리 붕어에게도 낚시꾼의 욕망이 죽음의 그림자처럼 따라붙는다. 수면 아랫마을엔 예측된 긴장감이 흐르고 살아있는 것들이 강 안팎에서 살아남기 위해 필사의 노력을 경주한다. 오래 살아남는다는 것은 생명체의 축복 중 축복이기 때문이다.

삽질

이선옥

sunnyleeso@hanmail.net

첫 삽을 뜨는 순간 오른쪽 고관절이 탈이 났다. 남편의 부축을 받고 방안으로 들어왔다. 이를 두고 밤새 안녕이라 하는지 모르겠다. 오랫동안 별렀던 뒤란 정리가 틀어져 버렸다.

시골에서 살자고 했을 때 남편은 반대했다. 대개는 남자들이 원해서 전원생활을 한다는데 우리 집은 정반대였다. 둘은 모두 농촌 출신이지만 성향이 달라도 너무 다르다. 나는 먹고 살 만한 집 막내였지만 일을 많이 하면서 부모님 돕는 것을 즐거워했다. 시골 들녘은 즐거운 놀이터였고, 내 생에 가장 행복했던 때도 고향에서 보낸 스무 살 이전까지였다. 단지 모심기할 때 다리에 거머리가 붙는 것을 제외하고는 말이다.

남편은 농촌 생활을 지긋지긋하게 생각했다. 누나가 먼저 중학교에 들어가자 부모님의 학비조달 짐을 덜어드리고자 중학교 진학을 한 해 미뤘다. 큰집 소 풀을 먹여 주고 선비였던 큰아버지 밑에서 1년간 서당 글공부를 했다니 어찌 그 생활이 즐거웠을까. 아들이 중학교에 들어가자 공부에만 전념하도록 시부모님이 일을 시키지 않았다고 한다, 그러니 일을 할 줄 모를 뿐 아니라 싫어하기까지 했다. 그래도 마누라 소원을 받아들여 전원에 집을 짓는 것까지는 동의했다. 채소 가꾸기나 나무 전정 등은 내 몫이었지만 즐겁기만 했다. 바람 소리 새소리 들으며 일을 하다 보면 마음이 맑아지고 몸까지 편안해져서 절로 힐링이 되었다.

즐거운 전원생활도 15년쯤 지나자 나이 탓인지 매력이 반감하고 시들해졌다. 때맞추어 남편이 퇴직을 했다. 자유로워진 남편은 팔을 걷어붙이고 집 꾸미기에 나섰다. 그동안 방치한 집과 마누라에 대한 미안함에서였을까, 아니면 일에서 손 떼려는 나에게 다시 집 사랑의 불씨를 살리고 싶어서 그랬을까. 사람을 쓰자 해도 안 된다며 축담에 맷돌을 100장도 넘게 깔았다. 비만 오면 신발에 흙이 묻어 현관이나 방에 따라 오던 일이 멈춰졌고, 개미도 침입하지 않았다. 장독대와 쉼터에다 캠프파이어장까지 만들어 주다니 꿈만 같았다. 사람이 변한 것이다. 팔자 길들이기 나름이라던데 잘못 길들었던 남편이 스스로 팔자를 바꾸려 하다니 신기했다.

남편은 지칠 줄 모르고 일에 몰두했다. 잘 나가는 말에 채찍질하는 재미가 쏠쏠했다. 뒤 축담 밑을 따라 걷는 길에 블록을 깔고, 그 옆 땅에 밭을 만들어 산나물을 심기로 했다. 봄이면 볼 터지게 나물 쌈을 먹겠다는 원대한 꿈을 안고 일을 도우러 나간 것이다.

삽에 발을 올려놓고 힘을 주는 순간 고관절에서 탁하고 소리가 났다. 몇 삽이라도 떴더라면 그렇게 억울하지는 않았을 것이다. 삽질에는 이력이 났는데 어찌 이런 일이 일어날 수 있을까. 몸을 마음대로 움직일 수 없는 일이 어쭙잖게 일어날 수도 있다니 어이가 없었다. 나는 성격이 급하고 덜렁대며 몸을 아끼지 않는다. 최근에 서예 공모전이 있어서 몇 달간 붓글씨를 쓰느라 기가 다 빠졌고, 준비 운동도 없이 힘을 쓴 것이 원인이었나 보다. 방안에 드러누웠다. 자세를 눈곱만큼도 바꿀 수 없으니 영락없는 송장이다.

몇 해 전 친구 어머니가 계단에서 넘어져 고관절을 다쳤다. 친구가 친정집을 드나들며 수발하다 급기야는 집에 모시면서 고생하는 것을 보았다. 환자도 간병인도 힘들기는 마찬가지였다. 긴 병에 효자 없다고 형제간의 갈등도 여간 아니었다. 친구 어머니는 일어나 한 번 걷는 게 소원이라 했지만 끝내 이루지 못하고 몇 해를 고생하다 생을 마감했다. 혹시라도 내가 그렇게 되는 것이 아닐까 하는 망령스런 생각조차 들었다.

중국 속담에 기적은 하늘을 날거나 바다 위를 걷는 것이 아니라, 땅에서 걸어 다니는 것이라는 말이 있다는데 나도 일어나 걸을 수 있다면 더 이상 소원이 없을 것 같았다. 혼자서 일어나 보려고 애를 썼다. 관절을 아주 조금씩 변화시켜 한 20분 만에 겨우 일어섰지만 부축 없이는 걸을 수가 없었다. 남편이 병원에 가자고 했지만 산골에서 시내까지 거리가 멀고 일요일 응급실을 찾는 것이 미안해서다. 보통 때는 다치면 금방 회복되곤 해서 이번에도 좀 쉬면 낫겠지 하는 생각으로 참았지만 자고나도 차도가 없었다.

월요일, 병원 문을 열자마자 첫 환자로 의사 앞에 섰다. 칠칠치 못하게 여기저기 자주 다친다고 흉볼까 부끄러웠다. 다행히 뼈에 이상은 없다니 날아갈 것 같았다. 신경이 놀랐다는데 어찌 그리 옴짝달싹 못하는지 궁금하기 그지없다. 물리 치료를 50여 분받고 났더니 심리적인 작용인지 많이 좋아졌다. 사흘 정도 지나자 살살 걸을 수 있게 되었다. 나이 생각 않고 덤벙대다가 호된 벌을 받은 셈이다.

전원이 좋아서 들어왔으니 오래 즐기려 한다. 몸을 아껴 쓰겠다고 자신과 약속을 한다. 운동 삼아 잔디 마당을 돌고, 돌계단을 오르내릴 때도 한 발 한 발 조심하리라. 몸이 나으면 밭을 뒤져서 산나물 모종을 심어야겠다. 밭 가득 나물이 자라서 나물된장국에 쌈까지 싸 먹으면 세상에 부러울 게 없지 않을까. 생각만으로도 쏴아 한 향이 입 안 가득 퍼지고 행복한 미소가 절로 난다.

종달새

김순택

soontaekkim@hanmail.net

'동창이 밝았느냐 노고지리 우지진다.'
'버들가지 실개천엔 종달새 노래…'
'종달새 울어 울어 춘삼월이냐…'

나이가 좀 드신 분들은 노고지리와 종달새가 같은 새라는 것을 아실 것이다.

종달새는 우리 조상 때부터 주위에 참 흔하던 새였고, 산채로 잡기도 쉬웠고 기르기도 쉬웠다. 그저 과일 상자를 구해다 가는 철사로 망을 얽어 붙이고 먹이통과 손이 들어갈 수 있는 정도의 문만 달아 새장을 지으면 됐다. 좁쌀을 먹이로 주고 간장 종지에 물만 주면 잘 살고 노래도 잘 불렀다. 노래 가사 중에 종달새가 나타나는 가곡 '남촌', 가요 '산 너머 남촌에는', '낙화유수' 등은 자주 듣고 부르던 노래이다. 종달새, 수놈은 귀여운 관모冠毛를 쓰고 있었고, 암놈은 맵시 나는 몸매를 자랑했었다. 종달새는 해마다 오월의 푸른 하늘에 높이 떠서 유쾌하게 노래를 불렀었다. 그놈들이 산골짜기의 작은 나무 밑이나 밀밭과 보리밭에 오목하게 땅을 파고 아늑해 보이는 둥지를 틀었다. 알을 낳고 새끼를 길러 내던 모습들 하나하나가 다 내 마음속에 활동사진으로 남아 있다.

위의 노래들이 다 좋지만 '낙화유수'를 들을 때가 가장 절절하다.

나는 처음부터 내 부모 세대의 기분에서 이 노래를 듣고 불렀다. 아버지, 어머니, 외삼촌, 고모부들, 이모부들의 얼굴이 떠오르며 이 노래의 가사와 멜로디가 흘러간다. '이 강산 낙화유수 흐르는 봄에… 이 강산 흘러가는 흰 구름 속에 종달새 울어 울어 춘삼월이냐… 이 강산 봄소식을 편지로 쓰자.' 들으면 들을수록 내 아버지 세대의 봄의 모습과 청소년들의 마음을 잘 믹스하여 만든 노래 같다.

저세상에 계시는 내게 항상 친구 같았던 아버지. 낙화유수를 잘 흥얼거리시던 어머니 또 그 세대의 일가친척 분들에게 오월의 봄소식을 전하고 싶다. 나는 근 사십 년 이상 우리나라에서 종달새를 보지 못했다. 영영 이 강산에서 사라진 것으로 생각되는 종달새, 그놈이 흰 구름 흘러가는 푸른 하늘에 떠서 노래하던 그 모습이 아련히 떠오른다.

큰 그리움들이 일어난다.

네 이름이 뭐니

김선아

ksaaa57@hanmail.net

　연초록의 잎새들이 진초록으로 갈아입었다. 날씨도 화사하고 바람까지 살랑거리니 밖을 내다보고 있던 남편이 산에 가자고 한다. 항상 걷기운동을 해야 하지만 이런저런 핑계를 대며 미뤘었다. 어쩔 수 없이 따라나선 등산길에 오랜만에 가파른 길을 오르려니 땀도 나고 숨도 가빠졌다. 잠시 쉬려는데 들려오는 새소리에 몸과 마음이 시원해졌다.

　저 새의 이름은 뭘까. 예전에 들어 본 소리였다. 흉내를 내봤다. 그 소리를 들은 새는 잠깐 멈칫하더니 저와 다름을 느꼈는지 저를 따라 하라는 듯 다시 지저귄다. 몇 번을 반복하더니 제 동무가 아님을 알고 다른 곳으로 날아갔다. 까마귀도 간간 소리를 하고 지나갔고 멀리서 비둘기 소리도 들렸다.

　새소리를 들으면 길에서 넘어졌던 생각이 난다. 큰 수술을 하고

이 년쯤 지난 뒤 배우고 싶은 것이 있어서 일주일에 한 번 나갈 때였다. 몸이 완전히 회복되지 않아서 내가 하는 모든 일은 천천히, 느리게 하였다. 집안일도 한꺼번에 일을 끝내지 못하고 쉬엄쉬엄했으며, 시장에 다녀오는 시간도 아프기 전의 배는 걸렸다.

그날도 바쁘게 서둘렀지만 수업시간에 도착하려면 빠듯하였다. 느리게 걷는 내가 바삐 가다보니 보도블록이 어긋나 있는 것을 보지 못해서 걸려 넘어졌다. 재빨리 일어나 주위를 둘러봤으나 다행히 본 사람은 없었다. 바지를 털려고 보니 무릎 주변이 많이 상해있었다. 옷매무새를 가다듬고 가방으로 무릎을 가리고 엉거주춤 발을 떼려는 순간 '칠칠칠칠' 하는 새소리가 들렸다. 아무도 없는 걸 확인했는데 저런 소리를 듣다니 순간 머리가 멍했다. 멈칫 서서 어떤 새인지 확인하려 했으나 다복한 소나무 속에 있어서 보이지 않았다. 다시 발을 떼는 순간 날아가는 새를 보았다. 참새만 한 새였다. 내가 가는 중에도 날아가면서까지 '칠칠칠칠' 노래를 불렀다. 새는 사람이 아닌데 '칠칠칠칠'이라는 소리가 수업 중에도 나를 사정없이 때렸다.

그냥 지나쳐도 무방한 새소리에 창피한 마음이 든 것은 회복되지 않은 몸에 대한 자격지심이었다. 사실 아픈 뒤로는 칠칠하지 못한 생활을 한 건 사실이다. 겨우 밥이나 하고 빨래하고 남편 출근시키면 내 체력은 바닥을 헤맸다. 더군다나 겨드랑이의 림프절 수술로 무거운 것을 들면 안 돼서 무거운 것을 들거나 옮기는 일은 엄두를 못 냈다. 대충 자리를 잡고 있는 물건들이 아우성쳤지만 철저히 무시를 했다.

이 일이 있었던 때가 십 오륙 년 전인데도 '칠칠칠칠' 소리만 들으면 그때 일이 생각나고 아직도 몸이 완전히 회복되지 않아서 제대로 집을 치우지 못하고 있다고 변명만 늘어놓는다. 나 자신에게도 미안하여 조금씩 치우긴 하는데 생각만큼 진도를 낼 수 없어서 쉬엄쉬엄 하고 있다.

아침 일찍 서둘러서 집안을 정리하기 시작했다. 버릴 것과 둘 것을 구분하고 지저분했던 거실 바닥도 닦으니 깔끔했다. 속이 시원했다. 시원한 바람도 불어 더없이 상쾌했다. 그런데 그 새소리가 또 들려왔다. 조심조심 베란다로 나가서 소리 나는 곳을 보니 전깃줄에 앉아서 내가 왔노라고 일갈하고 있었다. 내가 무엇을 하는지 염탐하러 온 것은 아닌지 미심쩍었지만 휴대폰으로 새를 확대해서 찍었다. 조그맣고 귀여웠다. 머리는 검은색, 양쪽 뺨은 흰색, 날개와 꼬리는 회색이고 흰색 털이 있는 배의 가운데에 목에서 시작해서 배 가운데를 지나간 넥타이 모양의 검은색 무늬가 예뻤다. 앙증맞은 발도 회색이다. 비둘기, 까치, 까마귀는 한 가지 소리에 억양과 장단으로 의사소통을 하는데 이 새는 다른 새와 달리 내는 소리가 여러 가지이다. 나를 당혹하게 했던 '칠칠칠칠'도 있고 글로 표현하기 어려운 소리도 몇 가지 더 있어서 새를 직접 보기 전에는 그 새인지 알 수 없다.

예전에 TV에서 방영한 새에 대한 프로그램을 재미있게 봤다. 그 중에 눈에 띈 것이 회색 빛깔의 작은 새였다. 그때 들었던 새의 이름이 긴가민가 생각나서 인터넷에서 찾아봤더니 나에게 일침을 준 새였다. 우리나라 텃새로 번식기인 삼월에서 오월이 지나면 무리 지어 살고, 살 만하면 사람들이 많이 사는 아파트 단지에서도 산다. 눈에 잘 띄지 않아 소리만 듣고 네 이름이 뭐냐고 묻는데도 '칠칠칠칠' 거리던 새의 이름은 박새였다.

내 안의 울타리

우명식

shinewms@hanmail.net

아버지는 고향 땅에 유택을 짓고 어머니와 나란히 누워 있습니다. 싸리꽃이 필 때면 아버지가 그리워 저절로 그곳으로 발길이 향합니다. 여름 감기를 앓고 난 후 기운은 없었지만, 이상하게 정신은 맑았습니다. 작은 영토에 아버지는 싸리꽃을 피워놓고 그렇게 나를 기다리고 있었어요. 아버지가 좋아하던 참외 한 알과 커피믹스 한 잔을 놓고 당신을 추억하는데 가슴에 뜨거운 것이 밀려왔습니다. 있는 듯 없는 듯 가족의 배경으로만 살다 가신 아버지 곁에 자잘한 꽃망울 한껏 단 싸리꽃이 다정하게 지키고 있네요.

아버지는 싸리나무를 엮어 울바자를 둘러치고 높지도 낮지도 않게 사립문을 만들었습니다. 울타리 안과 밖은 꽃을 심어 늦가을까지 마당은 온갖 꽃으로 환했지요. 들락날락하면서 아기처럼 꽃을 보살피는 아버지를 보고 옆집 할머니는 늘 지청구를 하셨습니다.

"푸성귀라도 심어 먹지, 꽃이 돈이 되나 밥이 되나 쯧쯧."

돈이나 밥은 되지 않았지만, 객지로 떠돌던 아버지가 고향의 그
리움을 꽃을 보면서 달래지 않았을까요.

지금도 고향을 생각하면 싸리나무 울타리가 떠오릅니다. 싸리
울을 타고 오르던 나팔꽃 꽃망울이 열기도 전에 어머니는 시오
리 길을 걸어 장에 가셨지요. 사립문에 기대어 목이 빠지게 어머
니를 기다리다 지쳐 발끝으로 애먼 흙만 툭툭 찰 때면, 칠 남매의
찬거리를 함지박 가득하게 이고 종종걸음으로 오는 어머니가 보입
니다. 땅거미 질 무렵, 마당에서 놀던 나는 아버지의 짐바리 자전
거가 저만치 보이면 마을 어귀로 달려가 마중하곤 했지요.

아버지는 마당에서 내게 사랑을 가르쳐 주셨습니다. 꽃들이 저
마다 나름의 빛깔과 모양과 향기를 지니듯이 사람도 마찬가지라
고, 작은 사람, 큰 사람, 몸이 불편한 사람… 재능과 소질은 달라
도 모두 소중하고, 있는 모습 그대로를 사랑해야 한다고, 살아 있
는 생명은 풀꽃 하나도 귀하게 여겨야 한다고 했습니다. 나팔꽃이
안간힘을 다해 싸리울을 감고 올라가면 울타리는 나팔꽃을 가만
히 감싸준다고.

그때부터 약한 친구는 보살펴줘야 하는 대상으로 마음에 자리
했지요. 초등학교에 다닐 때 소아마비를 앓아 몸이 불편한 친구가
있었습니다. 작고 약했던 나는 친구의 가방을 종종 들어주었고 놀

리는 아이가 있으면 끝까지 쫓아가 응징했지요. 그건 대단한 용기가 필요했습니다. 내성적이고 싸움이라고는 몰랐던 나에게 악바리 근성이 어디에서 나왔는지 지금 생각해도 신기합니다. 아마 울타리를 감고 올라가던 여린 나팔꽃을 떠올렸기 때문이 아닐까요.

언제부터인지 친구의 가방을 들어주던 나의 손에는 어머니의 함지박이 들려있었고, 아버지의 짐바리 자전거에 실었던 삶의 무게까지 얹혔습니다. 더욱이 인내와 희생을 요구하는 결혼이라는 장거리 경주를 하면서 나는 늘 목이 말랐습니다. 육 남매의 맏며느리 자리와 두 아이의 육아로 눈만 뜨면 일에 치여 하루가 어떻게 가는지 몰랐습니다. 사람 좋아하는 남편은 사흘이 멀다 하고 친구들을 데리고 와서 집은 도떼기시장처럼 시끌벅적했습니다.

그때의 나는 일 년에 한 번 가는 미용실에서 손익을 따져가며 아줌마표 뽀글이 파마를 했습니다. 우연히 만난 후배가 너무 촌스럽다고 놀릴 때도 피식 웃었지요. 화장기 없는 얼굴을 하고, 눈가에 자리한 주름도 세월의 흔적이라고 우겼고 유행 지난 옷을 걸쳐도 당당했습니다. 몇 년 만에 찾아온 동창이 '너무 검소하게 산다'고 하던 말도 칭찬으로 여기고 살았지요. 나의 울안에 가족과 친척이라는 테두리를 정해놓고 보호하며 테두리 밖의 세상은 관심조차 주지 않았습니다.

친구나 이웃에게로 향했던 따스한 시선이 그즈음 삶이라는 울타리에 갇혀 허우적거리기 시작했습니다. 열심히 사는 것만이 답이라고 믿었는데 어느 순간, 목표가 없는 삶은 무의미해졌습니다. 보도블록 사이에 자리 잡고 꽃을 피운 민들레를 보면서도 눈물이 왈칵 쏟아지고 무심히 꽃을 피운 냉이꽃을 보다가 놓쳐버린 많은 봄이 서러워 울음 울었지요. 일상은 늘 분주했지만, 나는 지독히 외로웠습니다. 그러다 내 몸은 반란을 일으켰고 원인 모를 두드러기로 입원을 했습니다. 죽지 않을 만큼 앓으면서 나는 잠시 멈추어 호흡을 가다듬고 온전히 자신과 마주하는 시간을 가졌습니다.

그만 주저앉아버리고 싶은 곳에서 새로운 길이 보였지요. 삶에서 가장 가슴 뛰는 일을 하고 싶었습니다. 나로 인해 누군가가 행복할 수 있다면 가치 있는 일을 위해 내 안의 울타리를 버리기로 했습니다. 그날 이후 나는 문해文解교육사 수업을 받았고 글을 모르는 어르신들의 한을 풀어주기로 작정했습니다. 글을 배우고 싶어도 시내까지 나올 여건이 되지 않는 어르신들을 위해 골골샅샅 찾아다니며 한글을 배달하기 시작했습니다.

팔십 평생, 까막눈으로 살면서 사람대접도 못 받았다는 어르신이 내 손을 잡고 흐느꼈습니다. 관공서나 은행가는 일이 죽기보다 싫었는데 이제 용기가 생겼다고 합니다. 한글을 알고 나니 세상이 환해졌다고 주름진 얼굴에 웃음이 가득합니다. 삶을 다하는 날까지 글을 배우겠다고 당당하게 말하는 어르신 모습이 너무 아름답습니다. 아버지가 그랬던 것처럼 돈도 되지 않고 밥도 되지 않는 일을 하면서 지금 내 가슴은 뛰고 있습니다.

싸리꽃 피면 울컥 보고 싶은 아버지, 아버지는 산소 옆에 싸리꽃 피워놓고 가만히 나를 기다리고 있습니다. 그곳에 가면 싸리울 바자를 둘러치던 청년 같은 아버지가 푸르게 숨 쉬고 있습니다.

대숲에 달이 뜨니

정인호
tae7335@hanmail.net

집 뒤가 온통 대숲이다. 까마득하지는 않지만 내 키보다 조금 높고 손가락만 한 굵기랄까. 그저 그런 종류의 대숲이어서 누가 보면 볼품은 없다고 하겠지만 그렇지도 않다. 푸른 대밭이 감싸고 있다면 세상을 다 품고 사는 사람은 아닌지 가끔 착각도 하는데 내가 여기서 나고 자란 곳이다.

대숲이 있으니 서민의 가옥치곤 한층 더 운치 있고 그윽한 맛이 난다. 봄이면 울긋불긋 꽃 대궐을 이루고 여름이면 녹음이 에워싸고 새들의 지저귐이 있어서 마치 한 폭의 그림 같다. 그도 모자라 푸른 대밭이 내 마음을 풍성하게 해주니 신선이 따로 있던가. 해가 지는 줄도 모르고 시를 논하고 수필을 이야기한다면 여기가 바로 신선놀음 장소가 아닌가.

예로부터 세한고절歲寒孤節 또는 설중고죽雪中孤竹이라며 높이 쳐

주던 나무가 대나무다. 아무리 바람 불고 눈이 와도 꿋꿋하게 견뎌내는 그 기개를 우리 선비들은 사랑했지 않던가. 하기야 매란국죽梅蘭菊竹의 사군자가 모두 그런 고고한 품성을 지녔다고 하겠지만 맨 마지막 글자 대나무 죽竹자가 내 삶 속으로 깊은 의미를 더해준다.

대나무는 마디가 있고 속이 비었지만 무척 단단해서 부러지지 않겠지. 그 속에 굳센 의지가 있고 한 곳에 터 잡으면 함부로 옮겨 다니지 않는 고집스러움이 그것이다. 그래서 의기 있는 사람을 대쪽 같다고 했다. 애국지사 단재 신채호 선생은 세수할 때에 대야를 향해 고개를 숙이지 않고 꿋꿋이 앉아서 얼굴을 씻었기 때문에 물이 흘러 옷이 흥건히 젖기 일쑤였다. 사람들이 "선생님 고개를 숙이시지요…" 하면 단재 선생은 "일본 놈들 때문에 고개를 못 숙여…"라고 말했다고 하는데 그분의 기개를 대나무에 비유했다.

대나무도 그렇지만 심지가 굳은 사람은 한번 먹은 마음, 한번 한 약속을 잘 바꾸지 않고 끝내 의리를 지키는 충신의 절개에 비유한 것도 그렇다. 철새 정치인들처럼 오늘은 이 단체, 내일은 저쪽 정당 하는 식으로 변죽이 죽 끓듯 한다. 어제는 그 사람 내일은 저 사람 품속에 파고드는 화류계 여자처럼 사랑을 바꿔치기 하지도 않는 것도 대나무 올곧음에 비유했다.

대는 겨울의 이미지와 어울린다. 여름이라고 운치가 사라지는 건 아니다. 한 줄기 소낙비가 지나간 뒤 대숲에서 일렁이는 바람소리는 소쇄하고 서늘한 맛이 있다. 그리고 깊은 산사에서 듣는 구부러진 소나무에서 나는 송뢰松籟 소리는 속세에 찌든 마음을 씻어 내는 듯 청량감이 있어서 대나무와 함께 송죽이라 하면서 우리 선조들은 손꼽았다.

내 어릴 적에도 그랬다. 여름날 대청마루에서 북쪽의 창을 열어 놓으면 뒤뜰 대숲에서 불어오는 시원한 바람과 댓잎끼리 비벼대는 소리가 시어詩語처럼 들렸다. 그 정겨운 소리를 귓전으로 들으며 책 보따리를 밀쳐두고 스르르 신선 같은 잠 속으로 빠져 들던 생각이 난다. 그러면 어디선가 매미 소리가 잠결에 들리곤 했었으니 말이다.

사각거리는 댓잎 소리는 겨울에도 좋고 여름에는 더 정겹다. 대숲이 일렁이는 소리에 귀를 씻고 앞산의 푸른 산색山色에 눈 씻는다고 했다. 그러다가도 마음이 동하면 내 뜻과 통하는 친구와 짙은 대나무 밭을 향해 여행을 떠나기도 했다. 산자수명하고 인심 좋은 남도지방 새소리 바람소리 달뜨는 대밭으로 가서 허기진 마음을 비우며 옛 시인이 읊은 노래를 턱도 없이 읊조려보기도 했던 적도 있었다.

대숲에 달 뜨는 날, 북쪽 문으로 바람이 잘 통하는데 밤하늘을 바라보니 여름 달이 시원하다. 비스듬히 서 있는 대나무 줄기나 잎이 달빛에 어려 더욱 푸르다. 그 멋진 분위기나 글귀에 어울리는 집이 경상북도 안동에 있는 고향집일진데 대밭을 향해 떠나긴 어디로 떠난단 말인가. 보름달 뜨는 날 고향집 뒤뜰 풍경이 하도 좋아 내가 대나무를 사철 좋아하는 까닭은 그 때문이다.

해 질 녘의 고독

장기오
saseuk@hanmail.net

어느 날 TV에서, 세 살 때 고아원에 맡겨졌고, 다섯 살 때 구타가 무서워 도망쳐 혼자 떠돌며 살아온 한 청년이 〈넬라 판타지아 Nella Fantasia〉라는 노래를 부르는데 나는 그 노래를 듣다 그만 목놓아 울어버렸다. 공중화장실에서도 자고, 지하도 계단에서도 자고, 껌도 팔고 박카스 같은 음료수도 팔며 살았다는 그 청년. 부모에게 한껏 어리광을 부리며 한창 사랑받고 자라야 할 다섯 살의 어린아이가 굶기를 얼마나 했겠으며 한둔하며 눈비에 얼어 자고 젖어 잔 일이 얼마이겠는가? 고가도로 밑에서 바라보는 하늘에는 별들이 눈물처럼 쏟아져 내렸으리라. 유리걸식하며 떠도는 겨우 다섯 살의 어린아이의 모습을 생각하니 울음을 멈출 수가 없었다.

다섯 살, 그래 그 다섯 살이 섬광처럼 내 가슴에 다가와 꽂혔기 때문이기도 했을 것이다. 그때 나는 아버지를 잃었고 가세가 기울자 엄마가 생계를 책임져야 했다. 돈도 기술도 없던 한 가정주부가 할 수 있었던 일은 장사밖에 없었을 것이다. 엄마는 통근 해제사이렌이 울리면 집을 나서 당시 경상도의 오지奧地라는 청송까지가 고추를 떼다 시장에 내다 팔았다. 꼭두새벽에 일어나 한밤중에 들어왔다. 나는 자다가 엄마의 울음소리에 깬 적이 한두 번 아니었다. 퉁퉁 부은 발을 껴안고 꺼욱꺼욱 울음을 토하며 서럽게 울던 엄마의 모습을 나는 여러 번 봤다.

그 다섯 살 때, 나는 늘 혼자였다.

해 질 녘, 같이 놀던 친구들이 밥 먹으라는 엄마의 외침을 받고 뿔뿔이 흩어져 집으로 들어가고 혼자 골목에 남겨졌을 때, 노을이 비켜가는 골목 한쪽에 퍼질고 앉아 나는 엄마를 기다렸다. 해는 지고 어스름이 옅은 안개처럼 스멀스멀 퍼져올 때까지 오슬오슬한 추위에 몸을 한껏 움츠리며 고집스럽게 나는 엄마를 기다렸다. 목까지 올라오는 울음을 간신히 억누르며 그렇게 앉아 있곤 했다. 곡지통이 터지려고 울먹거리는 시간이 되면 할머니가 나타나 내 등을 토닥거리며 그랬다.

"엄마는 니가 밥 잘 먹고 있으면 곧 올끼다. 들어가 밥 먹자."

그러나 밥 잘 먹으면 온다는 엄마는 밥 먹고 한참이 지나도 오질 않는다. 내가 칭얼대다 지쳐 잠이 들면 엄마는 꿈결같이 내 곁에 다가와 머리를 쓰다듬고 안아주었다. 잠결에 엄마의 따뜻한 품을 느끼며 '엄마, 어디 가지 마' 잠에 취해 중얼거리면 엄마는 "니 두고 어딜 가노. 아무 데도 안 간다" 했다. 그러나 이튿날 아침에 눈을 뜨면 엄마는 없었다.

그 청년의 다섯 살의 불행과 고독이 내 안의 슬픔으로, 그때 홀로 견디었던 그 해 질 녘의 그 쓸쓸함이, 내 안의 아물지 않은 상처로 남아 만년의 나이에도 불구하고 나를 못 견디게 슬프게 했던 것이리라.

작년 연휴 때, 온 식구들이 다 내 시골 집필실로 모였다. 가족들이 활짝 웃으며 꽃 앞에서 사진을 찍었다. 손녀는 기어이 손가락으로 V자를 만들며 재롱을 피웠고 갓 돌이 지난 손자는 잔디밭을 뒤뚱거리며 걸어 다니느라 사진 찍을 짬을 주질 않았다. 미국에 있던 딸과 사위도 모처럼 찾아와 함께 어울렸다. 하루를 더 놀다 가라고 했지만 올라가는 차가 막혀 고생하기보다는 좀 일찍 떠나겠다며 서둘러 서울로 갔다. 거기다 아내까지 같이 가겠다며 따라나섰다.

산골짜기 사이로 저녁 이내가 자욱하게 피어올라 천천히 산자락을 훑으면서 하늘로 뻗고, 차는 먼 산모퉁이를 돌아나가고 있었다. 자식들이 보고 있는지 어쩐지는 알 수 없지만 나는 마당 입구 바위에 올라 손을 흔들어 주었다. 차는 이내 시야에서 사라지고 가을걷이가 끝난 빈 벌판만 눈에 들어왔다. 아무것도 움직이지 않고 아무것도 들리지 않는 정막만이 한동안 나를 감쌌다. 먼 산의 능선이 도드라지게 다가왔고 바람의 서슬은 날카로웠다. 곧 겨울이 오리라. 저녁마다 투명한 하늘 위로 아름답게 노을이 퍼져나갈 것이다. 그렇게 우두커니 혼자 서 있노라니 가슴에 찬바람이 일었다. 지금처럼 혼자가 되었을 때 나는 어릴 때의 기억 — 해는 설핏하게 지고 축축한 공기가 목덜미를 선뜻하게 할 때 까닭 모를 서러움에 울먹이던 그 기억들이 되살아나곤 한다. 식구들을 다 보내고 난 지금의 기분이 바로 그러하다.

쓸쓸함에서 오는 한기를 덜어내려고 서둘러 집안으로 들어왔지만 무얼 해야 할지 몰라 멍하니 넋을 놓고 그냥 앉아 있었다. 전화가 왔다. 아들이었다. 고속도로로 들어왔는데 차가 그렇게 막히지는 않는다며 서울 가면 전화 다시 하겠다고 했다. 전화를 닫으면서 문득 바탕화면이 눈에 들어왔다. 아들이 오늘 찍은 가족사진을 바탕화면으로 깔아 놓았다. 한참을 들여다보는데 눈시울이 뜨거워졌다. 고개를 숙이는데 뚝 하고 눈물방울이 바닥으로 떨어졌다. 더 이상 흘리지 않으려고 고개를 들어 천장을 보는데 걷잡을 수 없이 흘러내렸다. 아! 여기까지 왔구나. 단신으로 서울로 올라올 때가 엊그제 같은데 벌써 식구가 아홉이 되었구나. 나는 눈물을 닦으려고 얼굴을 손으로 문질렀다. 손가락에 닿는 뺨이며 얼굴에는 고단한 나의 생애가 굵은 주름살로 남아 잡혔다. 고개를 들어 천장을 보는데 걷잡을 수 없이 흘러내렸다.

어둠살이 지고 바람이 불었다. 마당에는 낙엽이 뒹굴고 국화는 어둠 속에 노란 빛을 발한다. 산에는 새소리조차 들리지 않고 길에는 사람의 자취조차 끊어진 저녁이다. 올 사람은 이미 왔다 갔는데 마음 한구석엔 누군가가 또 오지 않을까 하는 바람이 사라지지 않는다. 내년 구정 때나 올 것이 분명하지만 그건 기대일 뿐일 것이다. 기다려 본 사람들은 안다. 그 절심함을, 아니 그리움의 절절함을.

꽃이 지면 나날이 가고, 잎이 지면 세월이 간다. 낯익은 얼굴이 사라지면 그만큼 나이를 먹고, 아이가 자라는 만큼 우리는 늙어간다. 이룬바 없다 할 수는 없어도 흘러간 70여생이 갑자기 허망해지고, 남은 세월마저 속절없이 느껴진다. 왜 이리 쓸쓸한가. 삶이 왜 이리 허망한가. 나는 혼자서 술을 마신다.

봄을 기다리는 마음

조혜진

hjjo09@naver.com

지난겨울 신혼집에 반려 식물들을 하나 둘 늘려가는 재미에 푹 빠졌다. 하루하루는 변화가 없는 듯하지만 잎이 늘어가고 키가 커가는 식물의 모습은 여전히 신기하다. 며칠 보살펴주지 않으면 시들해졌다가 관심을 조금만 기울여주면 금방 푸릇해지는 식물과 교감하는 기쁨은 일상의 새로운 활력이 된다. 봄이 되자 씨앗을 직접 키워보고 싶어 방울토마토 재배 키트를 덜컥 주문했다. 요즘은 나 같은 초보 식물 집사들을 위해 친절한 상품들이 많이 나와 있어 시도하는 것이 어렵지 않다. 방울토마토 싹이 움트는 과정에 매료되어 하나씩 늘리다보니 어느새 해바라기와 봉선화 그리고 대파가 우리 집 베란다에 자리 잡았다.

몇 날 며칠을 내내 잠잠하더니 어느새 흙이 들썩였다. 등을 굽힌 채 올라와서 양팔 기지개를 켜는 방울토마토, 크고 단단한 씨앗 껍데기를 머리에 이고 올라오는 해바라기, 관찰할 새도 없이 쑥 자라버린 봉선화, 가느다란 한 줌의 허리를 접고 올라와 우뚝 서서 두 줄, 세 줄 몸을 늘려가는 대파가 봄맞이를 했다. 새싹이 건네는 인사는 특별하다. 너무나 사랑스럽고 앙증맞아 신바람이 난다. 그 특별함에 나도 모르게 또 다음 씨앗을 심고 설레는 마음으로 기다렸다.

씨앗이 다른 종류에 비해 크고 단단한 해바라기 싹이 올라오는 모습은 흥분의 연속이었다. 고요했던 흙의 표면이 조금씩 들썩이며 어디쯤에서 새싹이 올라올지 먼저 예고를 했다. 조금 기다리니 흙 속에 심었던 해바라기 씨앗이 흙 위로 올라오는 것이 보였다. 무겁게 머리에 인 씨앗의 갈라진 틈에서 떡잎 두 장이 매우 공손하게 손을 모은 것처럼 자라다가 속이 텅 빈 씨앗 껍데기를 벗어 던지며 활짝 펼쳐졌다. 결국 씨앗 껍데기가 떨어지는 순간을 포착하진 못했지만 아슬아슬하게 매달린 커다란 씨앗 껍데기를 떡잎이 언제 벗어던질까 하며 기다렸던 날들은 예상하지 못한 선물 같았다.

새싹이 올라오고 나니 시간이 더디게 흘러갔다. 전날보다 키가 조금은 더 큰 것 같지만 이미 싹이 움트는 짜릿함을 맛본 후라 영성에 차지 않았다. 잠시 관심을 멈추고 다른 일상에 집중하다 보니 본잎이 고개를 빼꼼 내밀었다. 새싹들은 제각각 방울토마토로, 해바라기로, 봉선화로, 대파로 성장을 하며 나와 밀당의 시간을 보냈다. 처음의 짜릿함은 없지만 차곡차곡 정이 들어갔다. 어딘지 시들한 것 같으면 마음이 쓰이고, 어느 순간 폭풍 성장한 것 같을 땐 기특하고 흐뭇했다. 같은 종이더라도 새싹들은 저마다 성장 속도가 다르고 모습도 다르게 커갔다. 유난히 튼실한 놈이 있는가 하면 비실한 놈도 있었다. 아침저녁으로 베란다에 나가 싹들을 관찰하고 이야기를 나누는 것이 우리 부부의 자연스러운 일상으로 자리 잡아갔다.

제법 키가 크고 튼실해지는 작물들이 볕을 골고루 잘 볼 수 있도록 화분을 돌려주기도 하고, 스프레이를 뿌려 더위를 식혀주기도 하며 일상을 함께 했다. 꽃이 피고 열매를 맺을 날을 상상하며 조급하지 않고 느긋하게 기다리던 어느 날 해바라기 꽃망울이 도드라졌다. 꽃망울이 하루하루 커가는 설렘도 잠시 갑자기 시들어 죽어버렸다. 봉선화 역시 줄기가 두꺼워지고 겉잎만 무성해질 뿐 꽃봉오리는 결국 맺지 못한 채 시들어버렸다. 초보 식물 집사로서는 햇볕이 모자랐거나, 화분이 작아 흙과 영양분이 모자랐거나, 물 주기를 잘 못 맞춰 준 것이 아닐까 하는 추측만을 하며 속상함과 함께 얻은 교훈들을 바탕으로 남은 작물들에 집중했다.

방울토마토는 열매가 조그맣게 하나 열리기 시작하더니 우리 부부에게 방울방울 수확의 기쁨을 안겨주었다. 한 번에 수확해서 먹을 수 있는 개수는 보통 두세 개 남짓이었다. 적지만 소중한 수확이었기에 모든 열매를 남편과 함께 반으로 나누어서 맛을 보며 다음 농사에 대한 이야기를 나눴다. 어떤 것을 기르며 애정을 가지고 관찰하고 정을 주는 과정이 우리 부부에게 따뜻함으로 다가왔다. 기르는 과정에서 얻는 교훈들로 점점 더 나은 식물 집사로 성장하는 기쁨도 더해질 것이다.

설레는 마음으로 또 다른 봄을 기다린다.

강아지풀

정화신
newdolphin00@hanmail.net

무심한 풍경, 심상한 기억을 불러와 논다. 거기 무엇이 있기는 하냐고, 그 아무것도 아닌 풍경의 어디가 좋으냐고 물으면 그냥, 이라고 말할 수밖에 없다. 갓길이나 밭두둑, 탄천이나 산길 어디든 흔하게 있는 강아지풀 이야기라면, 겨우 그것이냐고 할지 모르겠다.

그 풍경은 언제나 나였던 일곱 살의 아이로 시작한다. 학교가 파하고 집으로 오는 길, 고개 너머 아이들도 아랫동네 아이들도 손 흔들며 몰려가고 나는 혼자다. 참았던 울음이 삐죽 나온다. 아무 일도 일어나지 않았다. 열이 펄펄 끓어서 하루를 결석한 다음 날인데, 아이들은 아팠냐고 한 마디씩 묻고는 그렇구나, 하고 돌아섰다. 서운하고도 부끄러웠다. 내가 세상의 중심이 아니라는 건 '딸그만이'라는 이름 하나 더 있는 것만 봐도 알 일이었는데, 처음

생긴 친구들로 세상을 얻은 것처럼 의기양양하던 나는 그만 풀이 죽었다.

홀쩍이며 가는 길에 강아지풀이 살랑살랑 따라왔다. 내 마음도 모르는 것이 왜 따라와! 갓길의 풀을 툭툭 치다가 가지 하나를 뽑아 들었다. 꽃이삭이 복슬복슬하다. 손바닥에 올려놓고 "오요요요! 오요요요!" 부르면서 위아래로 옆으로 움직이며 간질인다. 잔털들이 일어나고 몸통은 꼬리처럼 흔들린다. 손길 따라 부드럽게도 빠르게도 움직인다. 어느새 집 앞이다. 재미나서 울음이 그친 것을 그제야 알았다.

그때는 몰랐지만 강아지풀이 내게 준 것은 함께 있어주는 데서 오는 힘, 위로였다. 나는 가끔 통역사라도 된 듯 풀이 들려주는 이야기를 하며 웃는다. "괜찮아. 아무도 내게 잘 있냐고 물어주지 않아도 난 괜찮아. 그래도 난 나인 걸. 햇빛과 바람이 찾아오고, 비도 내려와 말 걸고, 나비나 여치도 들르고, 아이들하고도 잘 놀아. 봐! 지금은 강아지 꼬리 흔들면서 너랑 놀잖아!"

내게 와 '괜찮아 풀'이 된 강아지풀을 뜻밖의 장소에서 예기치 않은 선물처럼 만난 때가 있다. 도산대로에서 관세청으로 우회전하기 70m 전, 큰길 안쪽이었다. 차가 밀려서 정한 데 없이 눈길을 돌리다가 마주친 풍경이었다. 웬 청보리밭인가 했다. 지면보다 높게 올린 긴 네모 땅이 무릎 높이의 초록으로 덮여 있었다. 놀라서 다시 보니 강아지풀이었다. 강남 금싸라기 땅이 잠시 비어있는 사이, 그 누가 강아지풀 씨앗을 뿌릴 생각을 한 것일까. 그 멋진 사람은 알 리 없지만, 그 길을 지날 때면 나는 그 풀밭을 더 보려고 운전하는 남편에게 "아다지오"를 외치면서 보는 시간을 늘리며 좋아했다. 아직도 있다고 기뻐한 두 해가 지나고 3년 되던 해 시작한 공사는 그곳에 고층아파트 한 동을 올려놓았다. 지금도 그곳을 떠올리면 초록에서 순하고 부드러운 노랑갈색으로 바뀐 강아지풀이 생각나고, 누군지 모르는 고마운 사람을 향해 꾸벅 고개를 숙이게 된다.

세 번째는 그 평화가 놀라워 질문을 던지게 되는 풍경이다. 섭씨 38도, 끔찍하게 더운 날이었다. 그때 나는 낯선 동네, '그 여자가 사는 하얀 집'을 향해 가고 있었다. 고급스러운 신흥 주택가, 햇빛만 가득한 길을 지나는데 공터가 나왔다. 집 지을 땅인가 보다며 지나치다가 무심코 허물어진 담장 안으로 시선이 갔다. 발길을 멈출 만한 별다른 것은 없었다. 사람 손이 가지 않아 제멋대로 자란 풀들 - 강아지풀과 우산풀, 개망초 - 이 허리 어깨를 훌쩍 넘게 자랐고 그 끝에 이울고 있는 접시꽃이 있었다. 그리고 공중에는 한가로이 날고 있는 잠자리들, 그것이 전부였다. 아, 그 순간 강아지풀 위로 꼬리를 살짝 치켜들고 내려앉은 고추잠자리 한 마리. 갑자기 그 풍경이 너무나 평화로워 보였다.

그 낯설고도 친숙한 평화가 어디로부터 온 것인지 물을 때가 있다. 햇빛이었는지 바람이었는지 그 공간에 가득 찬 고요였는지 잠자리였는지…. 어쩌면 그들은 잠시 머물다 가는 손님이거나 잊지 않고 들르는 친구이고, 주인은 그들을 환대하는 땅, 수난으로부터 잠시 벗어난 땅이 아니었을까. 그래, 그랬을 것이다. 문득 그 풍경 속에 사람이 없다는 것을 알아챌 때면, 사람에게 방해를 받지 않아서 더 고요하고 평화로웠을지 모른다는 생각에 등이 서늘해진다. 같은 '지구의 세입자'라는 제 분수를 알고, '돌봄'의 청지기의 사명을 회복한다면 달라질까.

지금도 강아지풀 이야기는 계속되고 있다. 늦가을 낙산성곽 길에서 만난 참새랑 잘 익은 벼처럼 순해진 풀 이야기는 건너뛰자. 사람들이 그것은 "장마가 아니라 기후변화"라고 이야기한 지난여름 어느 오후, 수변 산책로에서 만난 풀 이야기다. 개울의 물풀들은 다 누웠는데 둑길 따라 이어지는 강아지풀은 싱싱했다. 빗방울이 맺혀 영롱한 것이 꽃보다 아름다웠다. 오랜 지기인데도 그 푸른 기운이 최고일 때가 8월이라는 것을 처음 알았다. 나만 그렇게 느낀 것은 아니었는지 아빠 따라 산책 나온 아이 손에, 앞서가는 여인의 그물 가방 안에 강아지풀이 꽃다발처럼 담겨 있었다.

오늘은 풍경 마당의 문을 조금만 열어두기로 한다. 혹시 별것 아닌 풍경, 아무것도 아닌 이야기 속으로 들어올 사람 있을지 모르니까….

3 옵시디언

옵시
디언

수그리족

채홍 이영숙

lys51@hanmail.net

　우리 집 가까이에 사는 친구가 핸드폰이 말썽을 부려 하루 걸려서도 못하고 초기화했다니, 얼마나 답답했을까? 다행히 내 번호가 쉬운 편이라 알아냈다고 개선장군처럼 들뜬 음성이다. 나와 다르게 그 친구는 가정주부임에도 모든 업무를 잘해 나간다. 카페에 앉아서도 은행송금도 하고 병원 예약도 너끈히 해낸다. 좋은 글도 퍼 나른다.

　나는 폴더폰만 쓰다가 스마트폰을 늦게 소지하게 되었다. 겨우걸고 받는 수준이었다. 문자 보내기와 열어서 읽을 줄 안다. 나중에 안 일지만 계산기와 날씨, 시계, 가족번호도 바로 알 수 있었다.

　어느 날 처음으로 출판사에 입금할 일이 생겼다. 일백만 원을전화이체 하던 날이 생각난다. 십 원 입금되었습니다! 하는 여자

직원의 멘트가 들렸다. 그때 놀란 가슴이 지금도 뛴다.

그래서 큰 금액은 낯선 이에게는 은행 가서 하고 있다. 가족에게는 늘 연습하는 자세로 집에서 전화이체 하고 있다. 정보화시대를 따라 잡으려면 나이 탓보다는 배워야 산다. 은행도 자꾸 창구를 줄여 나가고 직원을 감원시킨다. 모두 인터넷을 하는 젊은이는 갈 일이 없다는 것이다. 귀 어둡고 눈 어둔 컴맹인 노인들만이 방문하고 있다.

이웃집 나이 든 아줌마가 들려주는 경험담 하나, 은행의 현금 입출 기기에서 오백만 원을 다른 이에게 송금했다가 몇 달 걸려 겨우 찾았다 한다. 이름이 오류가 나서…. 키보드 하나 잘못 누르면 그렇게 된다. 파출소까지 신고하고 문제가 커졌다 한다. 가족 모임 날은 자녀들이 으레히 우리 두 양주의 스마트폰을 손보아준다. 앱도 깔아주고 등록도 한다.

한참 된 얘기 하나! 처음 구입한 후 작동이 어려워 동네 핸드폰 대리점으로 찾아갔다. 대리점에서는 차분히 알려주지 않고 후다닥 처리해 주었다. 그것만이라도 얼마나 고마운 일인가. 정보화 시대에 웬 소리냐고 하겠지만 기계치라서 모르는 건 모른다. 지금은 연륜 있는 할머니들도 스마트폰을 예사롭지 않게 가지고 다닌다. 나는 편리한 기능이 많이 있어도 걸고 받는 걸로 족하다. 오히려 폴더폰은 박물관에나 있음직하다.

지하철을 타고 가는 승객들은 자리에 앉아 모두 머리를 수그리고 내려다보고 있다. 수그리고 있다 하여 생긴 신조어다. 시선처리가 어려워서일까? 게임을 하거나 TV를 보거나 카톡을 열심히 한다. 하루 종일 컴퓨터 앞에서 혹사당했을 터인데 집으로 돌아가는 길에도 목과 눈을 혹사하고 있다. 수그리족이 늘어나며 '자라목' 목 디스크에 시달리기도 있다. 목이 안쪽으로 굽어 들거나 기울어 드는 것이다. 바른 자세가 얼마나 절실한가.

  실보다 득이 우세하기에 이렇듯 사용하고 있는 것이다. 모두 정보화 시대에 살고 있음이다. 화상회의와 결혼식 초대장도 핸드폰이 대신해 준다. 지하철 노선도 얼마나 잘 되어 있는지 나 같은 길눈이 어두운 사람도 잘 찾아다닌다. 맛집도 검색만 하면 바로 퍼서 달려갈 수 있다. 내 폰 속에도 많은 정보가 있다. 400개에 이르는 전화번호가 있어, 하루 날 잡아 공책에 옮겨 적어 놓았다. 행여나 잃어버리거나 먹통이 되면 큰일이지 않은가. 동네 산책을 나가도 꼭 핸 폰을 모시고 다닌다. 암기력 없는 머리라 늘 조심한다. 한적한 공원 벤치에서도 책을 읽기보다는 핸드폰을 뒤진다. 내가 무슨 정보부 직원인 양 한시라도 놓고 다니면 마음이 조급해진다. 지금 대한민국은 거개가 정보부 직원들이다. 저녁이면 여러 개의 카톡방, 문자함 그리고 국어사전도 친절히 가름해준다. 그 덕에 나도 수그리족이 되어가고 있다.

희망을 노래하는 꽃 나피딩

정정숙

chungsonge@naver.com

'아이야, 뛰지 마라 배 꺼질라…주린 배 잡고 물 한 바가지 배 채우시던…' 모 방송국 가요경연대회에서 열세 살 소년(정동원)이 애절하게 불렀던 '보릿고개'란 노래 가사 일부다. 이제 세상의 문턱에 발을 내딛는 소년이 노래의 뜻을 알고 불렀다는 듯 소년의 표정이 진지했다. 가난을 벗어나지 못하고 생존을 위해 처절하게 살아야 했던, 그럼에도 굶주림이 일상이었던 5, 60년대 우리 삶에 대한 노래다.

우리나라의 가난보다 비참하고 혹독한 굶주림 속에서 살고 있는 가슴 저린 얘기가 아프리카의 진주라고 하는 아름다운 곳, 우간다에서 들려온다. 문명의 혜택을 한껏 누리는 우간다의 수도 캄팔라와는 대조적으로 그곳에서 육로로 700km 떨어진 난민촌 카라모자는 국가조차 외면한 것처럼 보이는 그늘 속 마을이다. 세계적인 구호활동 NGO 월드비전의 친선대사인 탤런트 정애리 씨가 방문하여 그곳 생활환경이 반영되었다. 거칠고 황량한 땅에서 처참하게 살고 있는 아이들의 모습에 보는 내내 가슴이 저렸다. 들판에 서 있는 나무들마저 굶주린 듯 앙상하고 초라하다.

정애리 씨가 강가에서 사금파리를 줍는 12살의 소녀 나피딩을 만난다. 하루 종일 허리 한 번 펼 수 없는 고된 노동이다. 개울만큼 작은 강에 수많은 아이들이 허리를 굽힌 채 사금파리를 줍는다. 나피딩은, 민들레 씨앗만큼 작은 사금파리 한 개를 찾았다. 1,000실링(한국 돈 300원)이다. 동생 둘과 하루 한 끼 때우기에도 태부족이지만 나피딩의 표정은 빈손이 아닌 것만도 감사하다는 듯하다. 그날은 그나마 운 좋은 날이라는 내레이터narrator의 설명이다.

정애리 씨가 다정한 목소리로 물어 본다.

"배고프면 어떻게 견디니?"

"물로 배 채워요."

사흘 동안 밥을 먹지 못했다는 소녀는 덤덤하게 대답을 하더니, 허기를 심히 느꼈는지 두 손 모아 물을 뜬다. 작은 손에 담긴 물이 몇 끼의 쌀알로 보일까, 쌀알을 구경이라도 했을까, 쌀을 생각하는 자체가 사치처럼 되어버린 삶은 아닐까, 배고플 땐 허리띠를 졸라맨다니, 수십 년 전 가난했던 우리 삶의 장면과 겹쳐진다.

부족 간의 소싸움으로 아버지를 잃고 엄마마저 병으로 세상을 떠났다. 응석을 부려야 할 12살 나이에 9살, 7살 동생을 책임지는 가장이 됐다. 예쁘게 생겼지만 참으로 가엾고 안쓰러운 흑장미다. 나피딩의 소원은 밥보다 학교에 가는 것, 하지만 나피딩이 뭐해서든 돈을 벌어 두 동생을 학교에 보내고 싶다는, 엄마 같은 마음을 고운 방석처럼 펼쳐 보이며 자신의 꿈 하나를 수줍게 내비친다.

나피딩은 의사가 되고 싶다는 자신의 꿈을 가슴에 묻어두고, 동생이 의사가 됐으면 한단다. 병으로 일찍 떠난 엄마의 빈자리를 '의사'라는 단어로 꽉 채워 둔 아이다. 로블리안이 병든 사람의 등불이 되는 의사가 되는 것을 자신의 꿈으로 간직하고 사는 나피딩. 나피딩이 남의 밭일을 하고 대가로 받는 품삯은 껍질 있는 수수 한 보시기다. 그조차도 매일 있는 일이 아니다. 절구로 사용하는 길쭉한 큰 돌에 수수를 붓고, 손안에 든 작은 돌로 빨래판에 빨랫감 치대듯 힘을 다해 가루를 낸다. 그 가루로 죽을 쒀서 학교에서 돌아온 두 동생을 먹이는 소녀 나피딩은 엄마 모습 그 자체다. 이제 12살, 어쩜 그렇게 의젓할까.

9살 동생 로블리안은 학교 급식으로 나온 옥수수죽을 먹을 때 언니가 생각났다며 미안하단다. 죽을 쒀주던 언니가 생각난 건지, 그늘진 얼굴이 애처롭다. 9살 어린아이지만 그런 생각을 하는 건 부모 없이 살아가는 핏줄의 소중함을 일찍 깨달은 덕일 터이다. 묻지도 않았는데 로블리안은 수줍은 얼굴로 언니를 챙긴다.

"언니는 떠오르는 해처럼 예뻐요."

"언니는 우유와 빵이에요."

언니 바라기 로블리안에게는 동생 바라기 나피딩의 존재가 가난과 허기와 그리움을 이기는 힘이다. 어린 나이임에도 로블리안은 속이 꽉 찬 아이다. 게다가 언어적 감성이 남다르다. 시인이 될 새싹으로 보인다. 아름다운 시를 쓰는 의사가 되면 좋겠다. 그렇게 되기를 기도하련다.

자연 그대로의 원시적 생활에 익숙하여 문명국이 만들어 놓은 물질적, 부유함이 어떤 것인지 화려한 도시가 어떤 모양인지 가늠조차 안 되는 세 자매들이다. 곧 허물어질 것만 같은 집에서 몸에 걸친 옷은 낡고 해졌다. 빨래하기 위해 갈아입을 옷은 없다. 더 시급한 건 곧 허물어질 것 같은 집이다. 허술한 집은 밤에 야생 동물들이 들이닥칠까 어린 소녀들은 무서움과 공포감을 안고 산다.

코로나19로 세계는 끝이 보이지 않은 어두운 터널 속에서 언제 벗어날 수 있을지 알지 못한 채 힘겨운 몸부림으로 버티고 있다. 상황이 이렇다 보니 나눔의 손길이 곳곳에서 줄어들고 있단다. 나피딩과 같은 소년 소녀들이 카라모자에 수없이 많다. 막막한 오늘을 살아가지만 내일을 꿈꿀 수 있도록 나피딩 세 자매에게 도움의 손길이 많아졌으면 좋겠다.

오늘도 카라모자의 강가에서 사금파리를 줍고 있는 많은 어린 아이들에게 신의 축복이 내리기를 기도한다.

그래도 그 시절이 그립다

정일주

ilju10000@naver.com

강인한 체력과 협동심이 승리의 원동력인 '강철부대' 프로가 인기라고 한다. 매 경기마다 최선을 다하는 젊은 용사들의 기백이 자랑스럽다. 최정예 특수부대 출신 예비역이 팀을 이뤄 각 부대의 명예를 걸고 싸우는 밀리터리 서바이벌 프로그램을 보면, 50년 전 진해 신병 훈련소 시절이 어제 일처럼 비춰준다.

입대하는 날 아침에 큰절로 할머니께 인사를 하고 대문을 나서는데, 내 손을 꼭 잡고 "아비 없는 불쌍한 내 새끼 몸조심하라"는 말끝에 바지 주머니에 손을 넣으셨다. 버스에서 바지 주머니를 뒤져보니 여러 겹 접혀있는 백 원짜리 지폐 세 장이었다. 할머니의 사랑이 담긴 돈을 펼치는데 눈물이 시야를 가린다. 서울역에서 친구들 환송을 받으며 군용 열차에 올랐다. 기적 소리에 친구의 모습이 차창에서 흐려지자 알 수 없는 서러움이 밀려왔다. 그리운 사람들을 영영 다시 보지 못할지도 모른다는 생각에 눈물은 폭포수가 되었다. 어둠 속을 뚫고 기차는 진해를 향해 달렸다.

입소식에서 훈련소장은 선배의 용맹을 이어받아 자랑스러운 해병이 되라고 훈시했다. "한번 해병은 영원한 해병" 선서가 끝나자 훈련이 시작되었다. 훈련 기간은 긴장의 연속이었다.

"우리들은 대한에 바다에 용사, 충무공 순국 정신 가슴에 안고, 태극기 휘날리며 국토 통일에, 삼군에 앞장서서 해병은 간다, 나가자 서북으로 푸른 바다로, 조국 건설 위하여 대한 해병대."

훈련받으러 교장에 갈 때도, 식사하러 식당으로 향할 때도 제일 많이 부른 군가다.

훈련을 마치고 식당으로 향할 때가 제일 행복했다. 식당에 도착하면 일제히 모자를 식탁 위에 얹어 놓고 정면을 주시한다. 배식이 끝나고 나면 교관의 우렁찬 구령이 들려온다.

"식사 개시!"

"항상 충실한 해병이 되자."

외치는 소리가 통일되지 않고 목소리가 작게 들린다며 '식사 개시'를 여러 번 반복한다. 일제히 외치고 바른 자세를 취하지 않으면 정신 통일이 문제라며 혹독한 단체 기합이 기다리고 있다. 동작이 민첩하지 못한 나는 훈련 기간 동안 늘 배가 고팠다.

4주 훈련이 끝나자 계급장도 없는 정복을 입고 전 중대원이 군가를 부르며 진해 영화관을 향해 행군한다. 시가지를 지날 때 교관은 큰소리로 외친다. "우로 봐, 좌로 봐." 미모의 아가씨들이 걸어간다. 고된 훈련으로 체내에 기름기가 빠진 탓인지 아가씨를 봐도 무감각이다. 나는 내시로 변해가고 있었다. 아가씨 모습보다 식당 간판이 더 크게 보였다.

완전 무장에 행군하는 강철부대 대원의 모습에서 천자봉 행군하던 내 모습이 오버랩 되어 떠오른다. 2개월 훈련이 끝나면 전 훈련병들은 40킬로 완전 무장에 M1 소총을 들고 천자봉 정복을 위한 행군을 한다. 약 502M 천자봉은 산기슭이 가파르고 바위와 자갈이 많은 돌산이다. 새벽에 출발하여 정상에 오르면 기진맥진 되었다. 정상에 서서 바다를 바라보면 한겨울의 세찬 바닷바람이 지친 가슴을 위로해 주었다. 정상에서 바라본 진해만은 아름다운 한 폭의 풍경화다.

달빛이 흐린 밤 야간 행군을 마치고 귀대 중 갈증이 너무 심해 길옆 논에 머리를 박고 물을 달게 마셨다. 다음 날 아침에 사격장으로 향하다 보니 어젯밤에 물을 마신 논에는 썩은 퇴비가 가득했다. 원효대사 이야기가 떠올랐다. 어두운 밤에 목이 말라 물을 마셨는데 다음 날 바라보니 해골에 담긴 물을 마셨다. 그 물맛도 달았다. 3개월의 고된 훈련을 마치고, 내일은 수료식이다. 교관으로부터 이병 계급장 작대기 하나를 받아 들고 정복에 계급장을 다는데, 소대는 눈물바다로 돌변했다. 혹독하고 힘겨운 훈련을 이겨낸 자신이 자랑스러워 흘리는 눈물이다. 실전을 방불케 하는 훈련을 받았기에 해병대는 전투에 참가하여 승전고를 울려 귀신 잡는 해병대라는 칭호를 받았다. 실전과 같은 훈련으로 강인한 정신력과 협동심을 배양시켰기 때문이다. 수료식을 마치고 헤어지는 날, 동기생들은 서로의 건강을 당부하며 눈물을 흘리고, 저승사자 같던 교관은 훈련 기간 너무 혹사시켜 미안하다며, 해병 정신으로 복무에 충실하라고 동기들을 일일이 보듬어 주어 눈물로 작별 인사를 했다.

'배식마저 실패한 軍' 기사에 신병시절이 떠오른다. 1966년 1월 30일 훈련소에서 김포 여단본부 공병 중대 행정병으로 배속되었다. 나와 동기들은 배식 부족으로 늘 배가 고팠다. 새로 부임한 중대장은 나에게 물었다. "정 수병! 우리 중대 개선 방안이 무엇인가?" 나는 스스럼없이 보고했다. "중대장님! 신병들이 배가 고프다고 합니다." 그날부터 배식이 끝나면 중대장의 확인 후에 식사를 했다. 취사병인 동기생의 말에 의하면 식량과 부식을 수령하면 중대장 선임하사에게 부식 배당을 해서 사병들 밥이 늘 부족하다는 말을 들었다. 주말이면 사병들에게 외출 외박을 독려했다. 식량 부족으로 사병에게 외출을 독려한 것이다. 3개월 후 용산 해병대사령부 전출 명령을 받아 행정감실에 근무하는데, 배고파하던 동기생의 얼굴이 떠나지 않았다.

최근 군부대의 부실 급식을 고발하는 글과 사진이 잇달아 올라와 온라인을 달구고 있다. 불고기 당면 볶음에 불고기는 없고, 돈가스 반찬은 손가락만 하고, 국 없이 밥만 나왔다고 장병들은 분개했다. 생일 케이크라고 받아보니 15,000원 케이크가 1,000원짜리 빵에 초 하나 꽂힌 사례도 있었다. 국방부 해명을 종합하면 한마디로 배식 실패다. 급식 담당자의 부주의 등으로 음식을 적게 받거나 빼먹었다는 것이다. 상사上司가 어떻게 사병의 밥그릇을 넘본단 말인가? 부끄러운 일이다.

　사업이 힘들 때면 두 눈을 감고 해병대 훈련 시절을 떠올리면 못할 일이 없었다. 힘들고 괴로웠던 훈련소 체험은 사업경영에 역경을 견뎌내는 버팀목이었다. 강철부대 프로를 시청하는 손자에게 강인한 정신력을 배양시킬 수 있는 해병대에 지원하라고 권하자 도리도리한다. 이유는 훈련이 힘들어 싫다고 한다. 세찬 비바람 맞으며 살아가려면 강인한 정신력은 필수인데, 귀하게 성장한 손자들이 심약한 것 같아 걱정이다. 혼족, 물질 만능, 편의주의, 이기주의에 향락을 추구하는 시대적 변화를 안타까워하는 내 마음은 기우杞憂일까?

즐거운 여행

최정안

mj0313@hanmail.net

반가운 문자가 왔다. 내가 운신초등학교에 재직 당시 2학년이었던 제자가 보낸 문자다.

'선생님 안녕하신지요? 오지 마라 해도 봄은 오네요. 올해도 고목이 된 개심사 벚나무에도 벚꽃이 피겠지요. 5월 4일 모시러 갈까 하는데 꼭 시간 내주세요.'

50년 전 제자들이 매년 스승의 날이 돌아오면 잊지 않고 나를 불러주니 기쁜 일이다. 아이들 교육 잘 시켜야 한다고 당부하신 어머니 말씀 잊지 않고 교육자로 살아온 보람을 느낀다. 제자는 동심으로 돌아가고 스승은 젊은 날로 돌아가는 시간, 만나면 반가워 얼싸안고 안부 묻기에 바쁘다.

"선생님! 이 의자에 앉으세요. 절 받으세요!"

한 줄로 엎드려 큰절을 정중히 한다. 결혼식 날 절 받는 것처럼 나도 두 손을 모으고 절을 받는다. 스승과 제자가 함께 늙어 가는 세월을 실감하며, 고마운 마음을 어떻게 표현해야 할지 모르겠다. 바쁜 가운데 여러 곳에서 모여주니 반갑고 자랑스럽다.

종수는 장미꽃을 한 바구니 들고 왔다. 꽃은 아름다운데 손은 나뭇등걸 같았다. 화훼농원을 오래하다 보니 손이 거칠어졌다며 빙긋이 웃는 얼굴이 장미꽃보다 아름다워 보였다.

"선생님, 손은 거칠어져도 제가 키운 꽃이 수출될 때 행복해요."

종수의 말에 큰 박수가 터져 나왔고 장미꽃 전문가라고 귀띔해 주는 제자도 있었다.

영만이가 가꾼 파란 잔디밭에서 제자들과 비름나물, 두릅순, 머위 나물, 꽃게 무침, 된장찌개에 오곡밥 한 그릇 뚝딱 맛있게 먹었다. 제자의 농장에서 가꾼 채소로 차린 밥상에 정성까지 곁들여져 최고였다.

뒷산에는 아름드리 소나무가 빙 둘러 있으며 졸졸 흐르는 물은 연못에 모여 수련 꽃을 피운다. 오솔길을 따라 걷다보니 사과 꽃이 하얀 눈꽃처럼 피었고 꽃향기 따라 벌들이 모여들고 나비들이 날아다닌다. 그 중 눈에 띄는 것은 사과 밭 언덕에 달아놓은 일곱 개의 바람개비가 쉴 새 없이 빙글빙글 돌고 있는 풍경이었다. 나에게 보여주려고 사흘 전에 달았다고 한다. 동심으로 돌아가 스승을 즐겁게 해주려고 애쓰는 제자가 고마웠다.

서산 상왕산 중턱에 있는 백제 고찰 개심사에 들렀다.

매화와 겹벚꽃이 한창인 개심사, 수덕사, 덕산 일대는 꽃 대궐이라 할 만큼 아름답다. 제자들과 손을 잡고 진달래와 벚꽃이 어우러진 길을 걸으며 '나의 살던 고향은 꽃피는 산골…' 노래가 저절로 흥얼거려졌다.

봄꽃과 신록이 어우러진 덕산 가야산 남연군 묘에 들렀다. 영만이의 해설에 다른 곳에서 온 관광객들도 모여들어 열심히 듣는 모습이 보기 좋았다.

풍수지리설을 믿는 대원군은 풍수가에게 부탁해서 남연군 묘를 썼다. 2대에 걸쳐 천자(임금)가 나오는 자리라고 해서 묘를 썼다고 한다. 동서남북에 위치한 풍경을 보기 위해 탑에 턱을 고이고 멀리 산을 바라보니 사방의 아름다운 풍경과 산 모양이 각각 다르게 보였다. 선조들이 지혜롭게 쌓아올린 탑 앞에서 바라본 풍경은 한 폭의 동양화였다.

신진도를 향해 달리다 보니 길가에 앙증맞은 꽃들이 줄을 이었다. 물안개 자욱한 천수만을 지나 신진도에 자리한 남수의 집 「청사관」 앞에 모였다.

집 두 채가 나란히 넘실거리는 바다를 바라보고 있는 이곳은 글을 쓰는 제자의 문학관이다. 전시되어 있는 시와 그림들이 눈길을 끌었다. 오늘은 수필가, 서양화가, 시인, 서예가 여러 명이 모였다.

잠시 후 공연이 시작되었다. 각자 악기를 들고 멋진 공연을 연출

했다. 시인은 시를 낭송하고 우리는 박수를 치고…. 이렇게 신나게 스승 잘 모시는 제자들이 어디 있을까?

사랑하는 제자들의 공연을 본 후에 파도가 철썩거리는 바다를 바라보며 먹는 우럭, 싱싱한 꽃게가 입안에서 사르르 녹는다. 환갑 넘은 제자들이 성급한 아이들처럼 바닷물에 발을 담그고 바다를 향해 와~와~와!~와 소리를 지른다. 밀려가고 밀려오는 파도 소리에 취해 하늘과 바다를 바라보며 제자들과 오늘처럼 함께할 수 있는 시간이 얼마나 될까 생각해 본다.

1박 2일 서산 와우리 농장과 개심사, 수덕사, 덕산 남연군묘, 신진도를 오가며 즐거운 시간을 가졌다. 교단에 처음 섰던 스물한 살 소녀의 모습은 어제 같은데, 벌써 칠십을 넘어 잊지 않고 찾아준 제자들과 즐거운 시간을 함께하니 가슴 뿌듯하다. 제자들이 해마다 잊지 않고 찾아주니 고맙다는 말로는 부족한, 기쁘기도 하지만 과분한 생각이 든다.

전 재산을 종교 단체에 기증하고 본인은 관리인이라고 하는 제자, 귀농해서 좋은 일 하고 싶다는 제자, 부모에게 효도를 다해 큰 상을 받은 효녀, 직장에서 칭송이 자자한 제자, 머슴살이로 시작해 부농이 되고 농촌 후계자 양성에 힘쓰는 제자…. 하나같이 소중한 제자들이 자랑스럽고 아름다워 보였다.

나 역시 스승으로서 보람을 느끼고 교사가 되었던 것이 자랑스럽다.

계관시인 탄신 100돌을 경축하며

임충빈

yimcb9@hanmail.net

이 좋은 계절, 아름다운 편운동산에 후학들이 단출하게 자리를 마련하여 편운 선생님께서 남기신 유훈을 기리며 탄신 100돌을 慶賀하는 〈편운 시 사랑 축제〉를 경건한 마음으로 뜻깊은 하루를 만들고자 함께하였습니다. 하느님께서는 더 좋은 세상을 만드시라고 선생님을 이 땅에 보내신 지 5월 2일이면, 딱 100돌, 36,500일이 되는 날입니다. 거듭거듭 경축의 말씀이 이어지고 있습니다.

선생님께서 남기신 수많은 업적 중에서도 대학에서 후학을 훈육하시어 문화예술 발전을 통한 국격을 크게 융성하시며 우리나라 시단詩壇을 한 단계 높이시며 문학을 통해 선진 민주사회를 이끄셔서 덩달아 국위國威도 높아졌습니다. 서른여덟 권의 저서를 통해 어머니와 꿈, 고향 안성과 자연 사랑을 노래하시면서 시를 통해 진정한 문학의 진수를 우리 가슴에 남겨 행복을 주셨습니다.

선생님! 감사드립니다.

片雲 선생님께서는 혼란스럽던 1950년대에는 광복의 기쁨과 전쟁 상처를 치유하고자 인간의 고독과 사랑의 정서를 가득 담은 시詩로써 고달픈 우리에게 힘과 용기를 듬뿍 주셔서 어려움을 견뎌내며 제자리를 찾을 수 있도록 시를 매개로 교수해 주셨습니다. 전란을 슬기롭게 극복하였으나 60~70년대 거듭되는 격동으로 모두가 힘들어 방황할 때 선생님께서는 정신적 고뇌와 감정의 충일 充溢로부터 삶에 생기를 북돋우며 희망과 용기를 활기차게 응원하시며 한강의 기적을 만들도록 정신적 에너지를 충전해 주셨습니다. 자나 깨나 문화 예술을 통한 조국 근대화에 앞장서서 국력을 높이고자 세계시인대회를 열어 세계가 감짝 놀랄 정도로 주목받는 큰 행사를 통해 KOREA를 세계만방에 알려 수출 한국의 튼튼한 토대를 마련하였고 한류의 씨앗을 일찍 뿌리신 선각자이셨습니다.

선생님께서는 주말이면, 문향의 고장 안성을 찾아 이곳 난실리 어머님 곁에서 자연과 꿈을 노래하시던 그때, 안성시민회관에서 안성시민의 정신적 깨침과 희망의 메시지를 안겨 주시고자 선생님의 인생과 문학에 대한 강의를 하실 때는 강당이 비좁아 계단과 로비까지 꽉 차게 시민들이 운집했으니 선생님의 인생, 어머님에 대한 사랑, 고향 안성에 대한 애정을 너무나도 잘 보여 주신 뜻깊은 자리였습니다. 강연이 끝나고 선생님의 시집에 서명을 받으려고 학생부터 어르신까지 시민회관 광장까지 장사진을 이루었으니 그 성황을 상상되실 것입니다. 스무 해 전에 이 행사를 주관한 사람으로서 지금도 감사와 고마움의 정을 결코 잊을 수가 없습니다.

저는 자칭 정신노동자라는 장석주 평론가 시인을 모시고 '편운 아래서 쓰다'라는 주제로 편운문학관에서 1년 과정의 시 창작 습작반에서 치열하게 공부하였고 그 작품집을 교본 삼아서 30여 동료 수료자들이 등단하여 우리 시단을 더 풍성하게 살찌우고 모두가 현출한 작품으로 활발하게 지상紙上에 발표할 수 있도록 배려와 따뜻한 관심을 주신 김용정 편운문학관장님, 조진형 교수님 내외분께 감사를 드립니다. 편운 시 정신을 이어가려는 우리 후학들은 오늘도 뜨거운 가슴으로 불태우며 창작에 힘써 정진하고 있습니다. 저에겐 편운 선생님과 인연은 이뿐만이 아닙니다.

"任君, 자네 호號를 지어줄게, 소나무가 있는 야트막한 고갯길을 이렇게 예쁘고 좋은 산책길을 아기자기하게 만들어 여러 사람에게 제공하니 솔뫼, 굳이 한자로는 솔 송松 자에 고개 현峴 자, 송현松峴이 어때?"

선생님, 저는 아직 배우는 문학 초년생인데요, 과분하게 호, 筆名을 가진다는 것이 너무 부끄럽습니다. 선생님께선 다정한 음성으로 "아니야, 임 군은 글도 감칠맛 나게 잘 쓰지만, 여러 사람에게 사랑받는 쉼터 서일농원을 우리 안성에 만들어 유명한 관광지가 되었고 또 지금은 서울에서도 돈 주고 먹을 수 없는 韓食, 그

옛날 어머님이 끓여주시던 감칠맛 나는 된장찌개와 구수한 청국장찌개며 우리 반찬이 일품이야, 그래서 내가 자주 오잖아? 안성의 관광명소를 만들어 이렇게 수많은 관광객이 보기만 해도 감탄사가 나오는 장독대, 소나무와 산책길, 연못과 쉼터를 마련하여 내 고향 안성을 빛내주니 내가 더 기쁘네 그려"라고 하시던 다정다감한 음성이 지금도 귀에 쟁쟁합니다.

저는 선생님의 그 말씀에 더 큰 용기를 얻어 서일농원을 열심히 일구며 승승장구하는 아름다운 일터에서 청국장을 만들어 홈쇼핑 등 방송에 나갈 때 선생님의 자연 사랑과 우리 음식에 대한 깊은 애정을 가끔 생각이 납니다. 선생님의 깊으신 뜻을 잊지 않고 소나무가 있는 야트막한 산책길에 사색하며 글 素材를 찾고 졸필을 벗어나려고 切磋琢磨에 힘쓰며 선생님을 애틋하게 그리워하고 있습니다.

아울러 존경하는 김재홍 기념사업회장님, 박이도 문학상심사위원장님을 위시한 선배님, 동료, 후배와 더불어 해마다 편운문학관에서 편운 시 정신을 기리고 계승하는 시 축제를 할 때마다 제가 할 수 있는 자리가 선생님께서 주신 따뜻한 사랑에 못 미쳐서 항상 송구한 마음 감출 수 없었습니다.

오늘 지난 세월을 되돌아보는 자리가 되어서 무한 영광이며 거듭 편운 선생님 영전에 고개 숙여 감사드립니다.

편운 선생님! 편운동산에 부디 영면하소서.

그녀의 집

배소희

hee9066@daum.net

후미진 곳에 그녀의 흔적이 기억되고 있었다. 그 집은 많이 낡았고 허물어졌지만 시간을 압축해 세월을 간직하고 있었으며, 멈추어진 공간과 시간이 그곳에 있었다. 언덕 위의 낡은 2층집인 그녀의 집으로 향해 한 걸음 디딜 때마다 그녀의 질곡스러운 삶이 생각나 마음 한쪽이 시려왔다.

그녀를 처음 만난 곳은 마산문학관을 개관했을 때 전시실에서였다. 시인 임화의 아내였던 소설가 지하련의 이야기를 잠시 듣고 잊고 있었다. 지하련 주택으로 불리는 그녀의 집 속살을 본 것은 한 달 전 늦가을이었다. 창원의 도시탐방대에 참여해서 마산 산호동 작은 언덕에 자리잡은 그녀의 집에 가게 되었다. 도시탐방대에서 ㅎ교수의 해설을 들으며 그녀의 낡은 집의 내력을 자세히 알게 되었다. 낮은 붉은 벽돌의 담장을 지나 녹슨 철문 안의 디딤돌과

키 큰 종려나무가 먼저 우리를 반겨주었다. 처음 온 곳인데도 왠지 한 번 와본 듯한 익숙함에 낡은 집의 세월을 잠시 잊게 해주었다.

집은 위안의 공간이며 내밀함을 지켜주는 공간이다. 그녀가 결핵에 걸려 이 집에서 얼마동안 머무르면서 병을 치료하고 집필을 한 공간이라고 생각하니 작은 공간마저 예사롭게 보이지 않았다. 비록 불이 나서 내부가 많이 소실되었지만 다행히 원형은 유지하고 있었다. 현관에는 포치를 두어 친근감이 들었다. 예쁜 방범창살과 단아한 목재 창호와 단단한 나무 계단, 수제로 만든 붙박이장과 장 속의 서랍장 등을 보니 그녀의 추억과 흔적이 차곡차곡 쌓여 있었다. 2층으로 가니 벽난로가 있었고 그녀의 방이 있었다. 마산 바다가 내려다보이는 그 방에서 그녀는 고독과 싸우며 사색도 하며 집필을 했던 것이다. 그녀의 방에서 잠시 머무르며 소설보다 더 소설 같은 삶을 살았던 그녀의 모습을 떠올려 보았다.

사실 이 주택은 지하련의 셋째 오빠인 이상조의 집으로 임화와 절친한 친구 사이였다고 한다. 그러나 그녀가 쓴 소설의 배경으로 중요한 장소적 의미를 가지기 때문에 '지하련 주택'으로 불리고 있다. 지하련 주택은 화려한 삶을 초라하게 마무리한 화재 후 방치돼 황폐한 모습의 집으로 변했다.

그녀의 문학의 산실이자 배경이 되었던 이 집에서 그녀는 4편의 글을 써서 발표했다. 〈체향초〉는 고향에 머물며 겪은 일을 간단하게 묘사한 글이라는 의미인데 그녀의 자전적 소설이며 이 집을 잘 묘사하고 있었다. 문학 무대가 된 집을 다녀오고 나서 읽은 소설들과 그녀의 수필인 〈일기〉는 심리적 묘사나 배경 묘사에 더 이해가 잘 되고 그녀를 가까이 느낄 수 있었다. 그녀의 집은 장소와 공간이 주는 문학사적 의미가 무척 큰 것 같다.

그런데 지하련 주택이 철거와 보존의 양극에 놓여 있다는 이야기를 듣고 무척 마음이 아팠다. 몇 년 전 산호동 재개발추진사업자 측에서는 이 집이 문화유산가치가 없기에 조경시설이 될 위치라고 말했다고 한다. 비록 낡았고 오래된 집이지만 도시재개발사업으로 많은 이야기들이 사라진다는 것은 안타까운 일이다. 세월이 발자국을 지우고 길을 흐려놓고 소리를 없애더라도 숨어 있는 발자국과 길과 소리들이 있어 역사를 지킬 것이다. 그녀의 집을 다녀오고 나서 집이 보존되길 마음속으로 간절히 기원했다.

며칠 전 도시계획위원으로 있는 ㅈ교수에게 이 주택의 보존여부를 물어보니 창원시가 보존 쪽으로 간다고 해서 무척 기뻤다. 낡은 것을 무조건 없애는 것은 시간의 힘과 공간의 힘을 거스르는 것이다. 오래된 도시가 아름다울 수 있다는 것은 시간의 흐름이 있었기 때문이라고 말한 사람의 말이 문득 기억난다.

이층 창가에 서서 바다를 바라보며 병마와 고독과 싸우던 지하련, 그녀의 웃는 모습이 보인다.

기록의 의미

임윤교

yunkyo55@naver.com

세모가 되면 먼저 가슴이 시려온다. 허투루 보낸 시간들이 합세해 나를 밀쳐대기 때문이다. 넘어지지 않으려면 조용히 가부좌를 틀고서 묵언수행이라도 해야 할 일이다. 시간을 허비한 것도 죄라면 죄이기에 체벌 받는 학생처럼 숨죽여 한 해를 되짚어 본다. 쌓여있던 시간의 은모래는 쉼 없이 떨어져 내리고 있다. 더 이상 허망해지지 않으려면 삶의 발자취라도 기록해야 할 것 같다.

출발이 중요하다. 하지만 초심이 흐트러져 한 달에 몇 번만 끄적일 때가 많다. 마음을 다잡고 뭐라도 적을 테다. 차곡히 쌓이다 보면 묵중한 뭐라도 남을 것이 아닌가. 일 년이라도 적은 뒤에라야 무슨 심적 꼬투리를 잡을 수 있으리라. 그 안에 지극히 평범한 일상들과 인연들과 바람의 노래까지 실려 있기에 말이다.

전에 글을 읽다가 기록해 놓았던 문장을 들여다본다. 지금은 그런 글귀들이 귀한 꽃으로 여겨진다. 그 글을 다시금 읽는 자신을 벌과 나비에 빗대어 본다. 꽃에 든 꿀을 채집하려던 참이라고 이유를 대고 싶다. 마음에 꽂힌 글귀는 지지 않는 꽃이라 어떤 이가 말했으니까. 이것조차 뇌리에 남아있지 않다면 아예 글을 뒤발한 채 몽니라도 부릴 일이다.

한 줄의 기록이 왜 중요한가는 우리 아버지의 경우를 봐도 알 수 있다. 기록에 얽힌 이야기는 아버지의 청년 시절에 일어났다. 한창 젊었을 그때, 아버지는 사상범으로 몰려 수난을 받으셨다. 공직 재직 시, 승진을 시기한 동료의 무고誣告로 사단이 일어났다. 그 시절은 좌익이라면 무조건 형벌을 가해 목숨 부지하기가 어려웠다.

동료는, 아버지가 하숙하는 집의 주인이 좌익이라는 걸 이유로 내세웠다. 객지에서 하숙을 구할 때 신원조회를 해가며 집을 구할 수는 없었다. 턱없는 억측은 진화되어 갔다. 그 집 딸과 아버지가 마치 사귀는 것처럼 엮어 뭉뚱그렸다. 한집에 살면 물들 수밖에 없다는 논리로 단숨에 사건을 몰아갔다. 아버지는 본인의 사상을 부득불 증명해야 했다.

일본에서 해방을 맞고 단신으로 귀국길에 올랐던 아버지. 강대국에 휘둘리고 있던 혼돈의 정국 속에서 아버지는 국가에 이바지하고자 했을 뿐이었다. 하지만 자신의 처지가 그 지경이 되다 보니 올무에서 빠져나올 수 있는 일이 아득하기만 하였다.

편지 한 통만 남기고 일본을 떠났던 아들 때문에, 할머니는 눈물로 할아버지께 호소한 끝에 식구가 다 고향으로 돌아올 수 있었다. 애국심이 그토록 투철한 청년이 쉽게 국가에 대해 변절할 리가 있겠는가. 하숙집을 잘못 구한 일밖에 없는데 사람을 그렇게 매도하다니 어쩌면 인생 최대의 위기를 만난 셈이었다.

아버지는 마지막 수단으로 묵은 일기장을 여러 권 증거로 제시하셨다. 일기에는 본인의 사상과 철학이 들어있어 재판에 도움이 되기를 바랐다. 아버지의 그 뜻이 용케 사법부에 전달되어 간신히 석방되었다. 그렇지만 내가 상당히 컸을 때까지 아버지는 그 재판의 담당 검사 이름을 기억하고 계셨다.

한 사람의 생명을 구한 일기장을 생각할 때마다 나도 일기만은 제대로 써야겠다고 다짐했다. 그러나 끈기 있게 쓰지 못하였으니 한심하기만 하다. 세밑만 되면 헛헛해지는 게 당연할 수밖에 없다. 사람이 마땅히 자신이 할 일을 하지 않으면, 반드시 세월이 빠르게 지나간다는 것을 실감하면서 산다. 여기 민간인으로서 전란을 꼼꼼히 기록한 조선의 한 백성을 만나 보자.

진주 박물관에서 열리는 '쇄미록' 특별전을 관람하러 갔다. 쇄미록이란 '오희문'이라는 사람이 1591년 11월 27일부터 1601년 2월 27일까지 9년 3개월 동안 쓴 일기이다.

한양 양반 오희문은 임진왜란이 일어나기 5개월 전 남쪽 지방으로 여행을 떠나 전라도 '장수'에서 왜란 소식을 듣게 된다. 그는 모친을 비롯하여 처자식과 헤어진 채 일 년을 보내다 가족과 다시 만나 충청도 임천과 홍주, 강원도 평강으로 유랑의 삶을 살아간다. 유랑의 기록인 쇄미록은 평강에서 한양으로 돌아가면서 끝맺음을 맺는다. '쇄미록'이란 '보잘것없이 떠도는 자의 기록'이란 의미이다. 그가 겪은 임진왜란 속의 삶의 여정이 쇄미록에 모두 담겨 있다.

여정은 이렇게 시작되었다. "나는 지난 신묘년 1591, 선조 24 동짓달 스무이렛날 새벽에 한양에서 출발하였다"라고 씌어 있었다.

1594년 2월 14일 기록을 본다.

길에서 거적에 덮인, 굶어 사망한 시체를 보았다. 그 곁에 두 아이가 앉아서 울고 있어 물었더니 제 어미라고 한다. 병들고 굶주리다 어제 죽었는데, 그 시신을 묻으려 해도 제힘으로 옮길 수 없을뿐더러 땅을 팔 연장을 구할 수 없다고 한다. 두 아이가 하는 말이 저 호미를 빌린다면 땅을 파서 묻을 수 있겠다고 한다. 그 말을 들으니 슬프고 안타깝기 그지없었다.

양반 신분은 그나마 이들보다 나았다. 자식이나 친척들이 현직 관료로 있어서 양식을 얻기도 하며 도움을 받은 기록이 몇 곳에 보였다. 그러나 난리를 만난 뒤로 그들조차 먹고 자는 것을 잊었다고 기록되어 있으니 일반 백성들의 생활상은 상상 그 이상이었으리라.

이 기록을 보면 그 시대의 생활을 직접 겪는 듯한 현실감이 느껴진다. 임진왜란에 관한 기록이 많이 남아있지만 평범한 민간인 신분으로서 기록한 글이 무엇보다 마음에 와 닿았다. 인간의 위대함은 생각하고 그것을 기록한다는 점이다. 글이 생기기 전부터도 인류는 벽화와 암각화를 그려서라도 자신들을 내비쳤으니까.

기록매체는 죽간과 양피지, 종이에 이르기까지 수많은 발전을 해왔다. 오늘날에는 전자기기의 혜택까지 받으니 앞으로의 기록 세계가 무궁무진할 뿐이다. 삶은 여전히 계속되고 기록이 그 뒤를 이어간다.

'개미와 베짱이' 시즌 2

조흥원

hwcho_1@naver.com

얼마 전 아들이 경영하는 젖소농장에서 일하는 외국인 근로자가 말없이 하룻밤 새에 나가버려, 아들이 홀로 150여 마리 젖소를 관리하느라 쩔쩔매는 모습을 안쓰럽게 지켜본 일이 있다.

낙농업은 낙농인들 스스로가 부모님이 돌아가셔도 울면서 젖을 짜야 하는 직업이라고 자조 섞인 푸념을 내뱉는 힘든 직업이다. 젖소관리를 손으로 하던 20~30년 전보다 지금은 기계화, 자동화되어 예전보다는 일이 수월하지만 150여 마리 젖소를 혼자 관리하려니 한시도 쉴 틈 없이 뺑뺑이를 돌고 있었다.

젖소목장은 대개 외따로 떨어져 있고 쇠똥 속에 묻혀 일하는 환경이다. 3D업종에서도 제일 열악한 직업으로 치부되어 목장에 일하려는 사람이 없다. 그러니 언어 소통의 장애와 이질 문화의 상충이라는 어려움을 감내하면서도 외국인 근로자를 고용할 수밖에 없는 현실이다. 그러나 외국인들은 자신들의 네트워크를 통해 다른 일자리가 있거나 더 많은 급여조건이면 예고 없이 뛰쳐나간다.

몇 년 전에 유명 산사를 순례할 요량으로 전국 100여 곳 사찰을 찾아다닌 일이 있다. 팔공산 자락의 은해사, 수도사를 찾아 가는 마을버스 차창 밖 경북 영천의 논과 밭은 온통 마늘밭이었다. 한적한 버스 안은 세월의 무게가 오롯이 어깨와 허리에 내려앉은 촌로 3~4명뿐, 이곳도 여느 농촌과 다를 바 없이 젊은이의 씨가 마른 그 풍경 그대로다. 젊은이의 노동력이 없는 이곳에 어떻게 품 많이 드는 마늘농사를 저리 지을 수 있을까 궁금증이 꼬리를 물었다.

마늘 심을 때쯤이면 베트남 여인들이 30~40명 몰려와 합숙하며 한 달쯤 마늘 심고 이듬해 봄 다시 와서 마늘 캐고 돌아간다니, 마늘농사를 지어도 품 걱정 않는다는 한 노인의 설명에 궁금증이 풀렸다.

정부의 공식 발표로는 고용 허가된 외국인 근로자 수는 이십 오만 명 정도나 불법 취업자 수를 합치면 외국인 근로자가 백만 명, 아니 이백만 명은 될 것이라는 등 여러 소리가 많다. 이제 우리는 외국 노동력이 아니고는 먹거리도 걱정이겠구나 하는 생각을 한다. 우리의 국부가 놀랍게 신장하여 허드렛일은 외국인에게 맡기고 그들이 지어주는 먹거리로 호의호식 할 수 있다니 자랑스럽고 꿈같기만 하다.

전설 같이 들리지만 구한말·왜정시대 하와이나 멕시코 사탕수수밭에 팔려 가 노예처럼 생활한 우리 조상들의 서글픈 이민사를 되돌아보면, 아! 이것이 상전벽해로구나 하는 느낌이 든다.

일전에 격의 없는 친구들 셋이 만나 스스럼없이 나눈 농지거리 한 토막이다.

"자네들! 개미와 베짱이 뒷이야기를 아나?"

"이 사람아, 그 이야기야 베짱이가 개미집에 구걸 가는 것으로 끝이지, 뒷이야기가 어디 있어."

"이런~ 무식하긴, 학교 다닐 때 지지리도 공부를 못하더니, 공부 좀 해라. 공부해서 남 주냐?"

"공부야, 반에서 바닥 기던 자네가 못 했지. 나야 중간은 갔지. 그나저나 그 뒷이야기가 뭐냐?"

"맘씨 좋은 개미영감 덕에 베짱이는 편안하고 따뜻한 겨울을 지냈지! 그런데, 이듬해 개미 자식들이 일을 안 하는 거야. 노래를 배운다고 허구헌날 나무에 기어올라 베짱이 곁에서, 베짱이 소리 흉내 낸다고 개미 소리도 아닌 기성과 괴성을 지르고 있는 거야. 그래서 개미 영감이 화가 북받쳐 한숨만 푹푹 내쉬다 허리가 잘룩 해졌다는 거야"

'개미와 베짱이'는 동서고금 수없는 사람들에 회자되는 근면과 저축의 중요성을 강조하는 이야기지만 이 너스레 좋은 친구가 작금의 우리 현실을 빗대어 윤색한 이야기를 듣고 보니 다시 한 번 곱씹어 볼 필요가 있겠구나 싶다.

요즘 실업문제와 청년층 미취업문제가 심각한 사회문제로 대두되고 있다. 한창 왕성하게 일해야 할 나이에 일터가 없어 방황하는 것은 절망적이고 심각한 문제다. 노동은 사회에 대한 의무이고 권리이다. 마땅히 정부가 더 많은 일자리를 만들어 이 문제를 해결해야 한다. 그러나 그 문제가 오롯이 정부 탓이라는 주장에는 의문이 남는다.

현재 우리나라에 들어와 있는 외국인 노동자가 100만이네 200만이네 하는 실정인데, 그들이 취업하고 있는 현장에서는 지금도 구인난에 허덕이고 있다니, 일자리가 아예 없는 것은 아닌 듯싶다. 원하는 이상적인 일자리가 없으면 차선의 일자리라도 찾아 열심히 일하면서 이상적 일자리를 구하는 노력을 해야지, 원하는 직장이 안 된다고 손 놓고 부모나 주변에 기대어 살면서 불평이나 해대는 것은 건전한 생활인의 자세가 아니다.

우리네 구세대들은 수입이 생긴다면 물불 안 가리고 땀 흘려 일했는데, 요즘세대 젊은이들은 조선시대 선비들이 '배를 곯을지언정 선비가 어찌 일을 하겠는가?'는 선비정신이 투철해서인지 땀 흘려 일 하는 것은 일이 아니라고 생각하는 것 같다.

'개미와 베짱이 뒷이야기'를 창작한 친구의 의견대로 신세대는

4차 산업혁명의 꿈에 취하고 TV에서 보던 대로 노동을 경시하고 트롯에 매혹되고 스포츠에 광분하고 예능프로에 몰두하는 세상이 되어가고 있다. 한창 사회적 화두가 되어 있는 4차 산업혁명이 이루어지면 과연 세상 모든 생산과 분배는 로봇이 다 해주고 인간은 여행이나 다니며 트롯이나 부르고 예능프로나 보면서 스포츠에 몰두하는 것으로 행복하게 살 수 있을까?

통화만 할 줄 아는 휴대폰맹에다 많은 외래어와 줄임말로 인해 점차 신문조차 제대로 읽을 수 없어지는 세대인 나의 지능으로는 도저히 예측할 수 없는 해답이 지난한 문제이다.

의상철학 衣裳哲學

김계옥

kok62@hanmail.net

의복은 몸의 언어다.

우리는 이성에 따라 사는 것이 아니라 유행에 따라 산다. 패션은 민주주의적인 영향을 띤다. 멋을 부리고 싶은 욕망을 표현함으로써 환상의 꿈을 펼친다. 옷을 입는 관습은 인간에게만 있다. 창세기 3장에서 여호와 하나님이 "네가 어디 있느냐?" 아담을 부르시니 그때 그들은 선악과를 먹고 눈이 밝아져 자기들이 벗은 줄을 알고 무화과 나뭇잎을 엮어 치마로 삼았다고 말한다.

B.C 50만 년 전까지 인류가 최초의 옷인 짐승의 옷을 입기 시작했다. 버팔로 가죽을 벨트처럼 끈으로 묶어 입었다. B.C 3만 년경 최초의 상아와 뼈바늘이 등장했다. B.C 3600년 경 이집트의 나일강 유역에서 아마포가 발견되어 린넨으로 옷을 지어 입었다. 그 후 중국에서 양잠술이 발견되어 실크 옷이 유행되었다. B.C

510년 경 그리스와 로마에서 우아한 드레이 퍼리, 흐르는 듯 떨어지는 재단하지 않고 몸에 길게 걸치거나 늘어뜨리는 옷을 귀족들이 입었다.

사람의 첫인상은 5초에 결정된다. 사람의 얼굴은 80개의 근육과 7,000개의 표정이 있다. 얼굴은 거울이고 풍경이며, 얼굴, 표정, 몸매, 옷맵시를 우리는 외모라고 한다. 외모는 중요하다. 얼굴도 실력이며 옷도 실력이다. 외모는 재능이다. 우리들의 시선이 처음 가는 곳이 얼굴과 옷차림이다. 옷차림이라는 복식은 또한 예절이다. 옷차림은 그 사람의 내적, 외적 수준을 말해주며 그 사람의 예술성, 철학까지 말해준다. 값비싼 고가의 명품을 입으라는 것이 아니라 자신을 개성 있고 매력적으로 표현하는 옷을 입으라는 것이다. 여자는 큰 인격의 차이가 없다. 여자는 꽃이기 때문이다. 여자는 아름답고 보석같이 빛나야 하는 특권이 있다. 여자는 화장(make up), 옷, 보석, 장신구 모두 필요하다. 여자는 몸매도 중요하다. 여자는 육체적이고 인공적이다. 남자는 우주의 주인, 역사를 창조하고 최고의 권위, 신의 경지까지 가는 전능이 있다. 얼굴, 몸매, 옷, 눈빛, 좋은 음성, 고운 말씨 이것이 인상이고 관상이다.

내가 가장 예뻤던 때, 내 마음에 드는 옷은 모두 명동에 있었다. 유행의 상징, 첨단의 거리, 명동에 나가면 마음에 드는 옷이 꼭 있었다. 그 옷은 고가였다. 나의 어머니는 대학생 때부터 명동에서 옷을 해 입으면 안 된다고 하셨다. 나는 불만과 결핍으로 가슴속이 부글부글 끓었다. 그 날개옷을 입고 태양까지 날아가려고 했던가. 아니면 신데렐라 공주라도 되려고 했던가.

여자는 무엇으로 사는가. 옷은 여자의 체면이고 자존심이며 품위 계수를 나타낸다. 여자의 나르시시즘이다. 여자는 좋은 옷을 입으면 여신이 된다. 신분상승이 된다. 의상은 육체를 휘감고 육체를 나타낸다. 그 아름다운 색상, 하늘하늘 거리는 실루엣, 그 아롱거리는 촉감은 여자의 운명인 성을 보상해준다. 육체를 가진 인형이 된다. 여자의 옷은 전투무기이고 비장무기이다. 남자는 여자를 사랑함이 보람이며 실존의 의미다. 남자가 실존하는 이유다. 나의 아버지와 어머니는 멋쟁이시다. 항상 "사람은 입고 다니는 대로 대접을 받는다"고 의衣를 중요시했다.

나는 옷을 좋아한다. 5살 때, 머리에 꽃핀을 꽂고 빨강색 담요 오버를 입고 어머니의 손목을 꼭 잡고 교회에 갔었다. 그때 신나고 좋았던 기억이 난다. 부산 피난지에서 초등학교 다닐 때 나의 어머니는 브라더 미싱으로 내 옷을 손수 만들어 주셨다. 하얀 나일론 감에 수를 놓고 레이스와 프릴을 달아 블라우스를 만들어서 자주색 점퍼스커트와 입혔다. 여름에는 포플린으로 360도의 치마를 만들었는데 한 바퀴 돌면 원이 되었다. 빙글빙글 내가 몸을 돌리면 아이들은 신기해서 박수를 치고 환호했다. 항상 일본제 간단후끄를 입혔고 전쟁통에 세계에서 구호물품으로 들어온 옷들을 국제시장에서 사서 내 몸에 맞게 고쳐서 공주처럼 입혔다. 겨울에는 앵두색 공작실로 손뜨개를 하여 허리부분에 꽈배기 짜임새를 넣어 반코트처럼 길게 입혔다.

인류 최초의 옷은 원시인들의 굶주림 후에는 보온이나 예의가 아닌 치장이었다. 야만인의 욕구와 소망은 장식이었다. 옷은 인간만이 누릴 수 있는 이상과 꿈의 표현이다. 옷은 움직이는 조각이며 인간에게 제2의 자아다. 나는 옷 잘 입는 사람을 좋아한다. 옷을 멋있게 입는 사람을 보면 기분이 좋아진다. 마음이 즐겁다. 눈에 번쩍 띄게 옷을 입는 사람을 보면 황홀하다. 스쳐 지나가도 머릿속에 남는다. 옷은 색상, 소재, 디자인이 삼위일체로 어우러져야 한다.

이화여대梨花女大 출신 백인百人 중에 한 명인 이병복李秉福 여사는 10남매 중 맏딸인데 팔방미인이다. 영문학을 전공하고 프랑스에 가서 조각과 패션을 공부했다. 한국에서 연극인이고 무대연출가이며 의상 디자이너다. 한때 배우 김지미의 옷을 전담했다. 서양화가 권옥연과 부부가 예술원 회원이다. 대학동창 병민이는 막냇동생인데 학교 다닐 때부터 소문난 멋쟁이다. 살결이 하얗고 팔등신의 미인인데 지금도 대학생처럼 젊고 멋있게 하고 다닌다. 내 큰시누이는 얼굴이 크고 시커멓고 좀 뚱뚱한데 옷을 차려입고 나가면 사방 주위가 훤하다. 눈에 뻔쩍 띄고 멋들어진다. 멋쟁이는 타고난 미적 감각, 예술적 심미안이 있고 그 심미안은 재능이다.

인간은 살기 위해서 옷을 입고 옷을 입기 위해서 산다. 옷은 사상이고 인격이다. 옷은 그 사람이다. "인간은 스스로 예술품이 되든지 아니면 예술품을 입어야 한다"고 오스카 와일드는 말했다. 옷을 입을 때 당신이 나타내려는 의지는 무엇인가. 철학은 있는가. 의상은 인간 내면의 거룩함이 신비한 숲에 싸인 성전과 같다.

세계는 의상이란 배를 타고 영원이라는 대양을 천천히 느리게 건너간다.

인간과 동물의 합동 올림픽

박장식

jangshig@naver.com

인간 올림픽에 동물 대표를 초청했다. 목표는 그대로 더 빨리! 더 높이! 더 힘차게! 이다. 지구상의 합동 챔피언을 뽑는 날이다.

먼저 100m 달리기에 우사인 볼트와 치타와 함께 사자와 가젤도 출전했다.

결과는 치타가 단연 금메달이고, 가젤이 은메달이며, 사자는 동메달인데, 인간 대표인 우사인 볼트는 보이질 않는다. 예선에서 탈락된 것이다. 치타가 결승점을 통과할 때, 볼트는 고작 38.7m이라, 토끼만도 못한 것이다.

그 다음, 멀리뛰기 경기다.

1991년 미국의 마이크 파월이 세운 기록이 8.95m이나, 이날 눈표범이 한 번에 15.25m, 임팔라가 12m, 체급이 다른 다람쥐가 6m를 뛰었다.

또 높이뛰기 경기장에도 가보자.

1993년에 쿠바 선수가 2.45m를 수립한 것이 여태 최고 기록이었는데, 이날 퓨마가 나타나 한 번에 6m를 가볍게 기록했다. 여기서도, 체급이 다른 벼룩이 33cm를 기록해 기염을 토한다.

수영장에서는 펠프스가 시속 7km를 기록했지만, 돛새치는 시속 100km를 기록한다. 펠프스가 접영으로 100m를 49.82초가 걸리지만, 돛새치는 3.29초를 기록한다. 시속 90km인 황새치가 준우승이고, 55~60km인 범고래와 25~28km인 돌고래가 그 다음 순서를 기록한다.

역도장에서는 아프리카 코끼리가 500kg을 코로 말아 올리고, 영장류인 고릴라가 500kg을 들어 올려 각각 결승전에 진출했다. 그러나 인간의 대표선수인 이란의 후세인 레자자데가 263kg을 들어 올려 인류 최강 역사의 위치를 지켜 장려상을 수상했다. 그러나 이들조차 체급별 경기에서는 개미를 당하지 못했다. 일반 개미는 자기 몸무게의 50배 이상을 들었고, 일부 종은 100배를 들기도 했다.

그렇다면 인간은 순수하게 신체능력을 겨루는 모든 종목에서 동물을 이길 수 없는 것일까. 유일하게 금메달이 유력시 되는 종목이 있다. 바로 장거리 달리기다. 동물 대부분의 움직임은 '생존'이 가장 우선이기 때문에 짧은 시간 안에 효율적으로 움직이는 데 초점이 맞춰져 있다.

치타는 최고 속도를 600m 이상 유지하지 못한다. 장거리 달리기의 제왕이란 말馬은 10~15분 이상 달리면 속도가 절반 가까이 줄어든다. 먹잇감을 끈질기게 쫓는 것으로 유명한 늑대나 하이에나는 몇 시간 이상 달리지만, 20~30km 정도가 한계다.

반면에 인간의 몸은 장거리 달리기에 최적화 돼 있다. 다리가 신체에 비해 길고, 발달한 엉덩이 근육이 상체를 곧게 펴고 유지할 수 있도록 도와준다. 42.195km를 달리는 마라톤에서 인간을 이길 동물은 거의 없다. 여기서 더 멀리, 더 오래 달릴수록 인간이 유리하다.

그리스의 울터라 마라톤 세계 챔피언 야니스 쿠로스는 11시간 46분 동안 160km를 달렸다. 24시간 동안 290.221km, 48시간 동안 433.095km가 울터라 마라톤 세계기록이다. 영국 웨일스에서 1980년부터 매년 열리는 말과 사람의 35km 마라톤 경주에서는 실제로 2004년과 2007년 사람이 말馬을 꺾기도 했다.

위 자료는 2016년 7월 조선일보 기사를 중심으로 필자가 정리한 것인바, 인간과 동물이 단순경쟁을 하면 대부분 인간이 동물을 이겨낼 수 없다는 자각의 글이다. 대부분의 신체능력은 동물이 단연 우수하지만, 결국은 인간의 두뇌능력으로 인하여 동물을 지배하고, 나아가 전 우주를 장악하고 있는 것이다. 따라서 인간이 동물의 역할을, 동물이 인간의 역할을 할 수도 없고 하려고 해서도 안 되는 일이다. 또 인간이든 동물이든 각자 주어진 생물학적 기능이 있고 삶의 역할이 다르다는 것이 우주의 법칙이긴 하다.

그러나 이 합동 올림픽을 기하여 만일 동물에게도 이 두뇌 능력의 가능성을 상상한다면 이 지구상의 생태계는 어떻게 뒤집어질 것이며 인류의 미래는 과연 어찌 될 것인가?

태양으로부터 9,300마일, 달로부터 24만 마일 떨어진 지구.

인간이 유일하게 존립할 수 있는 기반이자 우주의 일원인 이 지구의 주인이다. 인간은 동물을 비롯해 삼라만상에 겸손할 것이며, 이 지구상의 만물의 영장으로서 책임과 의무를 성실히 수행하여야 한다. 주어진 특혜를 누리기만 하면서 대자연의 섭리에 어긋나는 행위를 금해야 할 것이다. 지구를 온실가스로부터 구출하고 기후위기에도 대응하여 지구를 구하려는 인류를 총망라하는 연대가 필요하다.

세기를 거듭할수록 보다 나은 위대한 지구를 건설하면서 이 우주의 창조주에게 깊은 성찰로 보답하지 않으면 그 대가代價를 치를 수 있다.

짧은 글

김동식
markdskim@nate.com

윤재천 선생님이 새로 내신 수필집 『인생수필』을 보내 주셨다.

"수필은 새로워져야 한다. 급변하는 시대의 요구에 발맞추기 위해 젊은 시절부터 최근까지 썼던 수필 72편을 7매로 정리했다. 이제는 모으는 것보다 덜어내야 할 시간이다. 원고지 7매, 구구하고 절절했던 감정을 매수에 맞춰 줄이는 작업은 나름 의미 있는 일이었다." (머리말에서)

새로운 수필, 변화하는 수필이 선생님의 지론이다. 이 지론은 그분이 주도적으로 창안한 수필 명칭을 보면 쉽게 알 수 있다. '퓨전 수필, 메타 수필, 마당 수필, 아포리즘 수필, 실험 수필, 시사 수필' 등등.

수필을 위해 평생을 보내신 선생님께서 새로운 변화를 보여주셨다. 4세대, 5세대 통신 시스템 속에서 사는 젊은 세대에게 인쇄

매체는 한물간 소통 수단이다. 특히 긴 글은 아예 거들떠보지도 않으려 한다.

짧아진 글을 원문과 대조하며 읽어봤다. 내용 이해에 아무런 지장이 없었다. 긴 글은 겅중겅중 건너뛰기로 읽기 쉬운데 짧아지니 오히려 집중력이 더해짐을 느꼈다.

짧은 글을 시도한 다른 케이스를 한번 보자. 안도현 시인이 쓴 〈잡문〉이다.

시인이 어떤 연유로 '일정 기간 시를 쓰지 않겠다고 작정'한 시기가 있었다. 그 3년 동안 트위터에 1만여 개의 글을 올렸다. 그중 244꼭지를 골라 책으로 엮었다. 그 책 머리글 일부를 옮겨본다.

"내 이마 위를 스쳐 간 잡념들과 하릴없는 중얼거림이 여기 들어 있을 것이다. 어떻게든 말을 걸어보고 싶은 욕망이 문장에 스며있기도 할 것이다. 시도 아니고 제대로 된 산문도 아닌, 그러나 시와 산문의 마음 사이에서 방황하고 긴장한 흔적들을 모아 감히 〈잡문〉이라는 문패를 내다 건다. 이 풍진 세상에 그마저도 황공한 일 같아서다."

〈잡문〉에 실린 글 중 인상적인 짧은 글 두어 개를 예시한다.

" '웅덩이가 / 날개를 / 편다.'

기발함이 무엇인지 잘 보여주는 이 동시의 제목을 맞춰보시라. 유강희가 쓴 〈차가 지나갔다〉이다."

"가을밤이 쌀쌀하다고 말하기는 쉽다. 그러나 가을밤이 쌉쌀하다고 엉뚱하게 말하기 위해서는 약간의 용기가 필요하다. 엉뚱한 생각과 말이 세상의 혁명에 기여한다."

시도 아니고 제대로 된 산문도 아닌 짧은 글을 〈잡문〉이라는 명칭으로 장르화한 시인의 혜안이 놀랍다.

지하철 안, 신호대기를 기다리는 잠깐의 시간, 심지어 걸으면서도 두 엄지로 문자를 날려 소통하는 시대이다. 긴 글보다 짧은 글이 환영받는 시대적 요구에 부응하는 시인의 선견이 돋보이는 이유이다.

시와 달리 수필에서는 글의 길이에 관한 한 상당히 관대하다. 이런 수필계를 선도하던 대가가 자신이 쓴 글들이 길다고 생각해 스스로 압축하는 시도가 참신하다. 앞으로 수필계에 미치는 영향을 주시할 필요가 있을 것이다.

최근에 읽은 책 중 송미화 작가가 지은 〈인생 두 줄이더라〉가 있다. 책 제목이 과감하고 단호하다. 희로애락을 다 겪고 사는 인생을 단 두 줄 표현이면 된다니 말이다. 글의 압축 의도가 여기까지 이르렀구나 하는 생각이 든다.

글이란 소재, 주제라는 줄기에 가지를 치고 잎과 꽃, 열매까지 달아 나무라는 하나의 스토리를 형상화하는 것이다. 그러나 작가의 창의와 의도에 따라 꽃이나 열매, 때로는 숨어 있는 뿌리 한 가지만으로도 독립된 이야기를 끌어낼 수 있다. 길이도 마찬가지다. 창작 의도에 따라 길이에 구애받지 않는 글을 쓸 수 있어야 한다.

원고 청탁을 받을 때 '원고지 15매 내외'라 지정하는 경우를 본다. 15매를 넘지 말라는 의도일 것이나 자칫 짧은 글도 제한한다는 뜻으로도 읽힐 수 있다. 짧은 글 장려 차원에서 이런 가이드라인은 지양했으면 한다.

시에서도 더욱 짧아진 글을 향해 가고 있다. 디카 시가 그렇다. 영상과 결합해 글은 5행 내외로 제한을 하고 있다. 이 분야는 이미 하나의 장르를 이루고 있다.

요즈음 수필 잡지에서도 '포토 에세이'니 '디카 에세이니' 하는 제목을 단 페이지를 접한다. 영상이 스토리의 대부분을 말해 줌으로 글의 몫을 그만큼 줄여도 된다는 장점이 있다. 영상과 글의 결합은 시보다는 오히려 수필에서 더 장려할 만하다는 소견이다. 시란 원래 짧음이 본성이지만 길이가 있는 수필에서는 축약의 여지가 더 크기 때문이다.

세상의 변화는 갈수록 가팔라진다. 젊은이들과 얘기할 때 말이 좀 길어지면 '그래서 본론이 뭔데요?'라거나 '무슨 말씀인지 알아들었거든요' 하고 말을 끊는다, 이들이 현재와 미래의 수필 독자이다.

수필도 이 변화의 속도에 맞추려면 혁신적 전환을 해야 한다. 앞에서 거론한 여러 시도가 수필의 변화를 촉진하는 작은 동기가 되었으면 하는 바람이다.

사이
『향연』에 권정생이 답하다

이장춘
ginbom21@hanmail.net

오월, 빛나는 계절을 지나고 있다. 나뭇잎은 여린 초록에서 차차 짙어져 가고, 바람결은 목덜미를 감미롭게 휘감는다. 싱그럽다. 움직이거나 서 있는, 살아 있는 뭇 존재들은 계절을 만끽한다.

계절의 여왕, 오월이면 떠오르는 이가 있다. 아픈 아이들을 늘 가엾게 생각한 사람, 가난하고 고통받는 이들을 원고지에 그리다가 세상을 떠난 사람. 일흔 평생 병고를 달고 산 사람, 권정생. 그는 한평생을 이곳 안동에서 살다가 이 계절에 떠났다.

오월이면 생각나는 책도 있다.

"에로스는 필연적으로 지혜를 사랑하므로 지혜로운 것과 무지한 것 사이에 있을 수밖에 없습니다."

플라톤이 소크라테스의 말이라며 『향연』에서 쓴 글이다.

향연이 어느 계절에 열렸는지 알 수는 없다. 글 속에 나오지 않는 까닭은, 소크라테스와 플라톤의 철학이 자연보다 인간을 주 대상으로 했기 때문은 아닐까. 그런데 왜 하필 5월이면 이 책이 생각날까? 아마 오월은 청년의 계절이요, 곧 사랑의 계절이어서일 터이다. 게다가 권정생 선생의 삶이 바로 소크라테스가 『향연』에서 말한 그 사랑을 실천하며 살아서일 게다.

『향연』Symposion은 기원전 404년 소크라테스의 제자 아폴로도로스가 길을 가며 동료들에게 이야기하는 장면으로 막을 연다. 화자는 12년 전, 그러니까 기원전 416년에 열렸던 모임에 참석했던 소크라테스의 다른 제자 아리스토테모스로부터 들은 이야기를 전하고 있다. 향연은 당시 아테네 최고 지성인들의 모임으로 아가톤이 비극 경연대회에서 우승한 다음 날 그의 집에서 열렸는데, 의사인 에릭시마코스의 제안대로 에로스를 주제로 이야기를 펼쳐 간다. 참석한 일곱 사람은 앉은 순서대로 에로스를 찬양한다.

참석한 이들은 50대 중반의 소크라테스를 제외하면 모두 20대 말에서 30대 중반의 젊은이들이었다. 먼저 다섯 젊은이는 에로스 신의 덕을 흠모하면서 에로스야말로 젊고 아름다우며 유연하고 덕이 있을 뿐 아니라 정의롭고 절제하는 마음과 용기를 지닌다고 찬양한다. 마지막에 나선 소크라테스는 먼저 아가톤에게 '에로스는 자기에게 부족한 것을 욕망하며 사랑하니 아름다움이 결여된 상태가 아닌가'라고 질문하여 동의를 받아낸다. 그런 다음 이방異邦의 여인인 디오티마에게서 들은 이야기를 들려준다.

소크라테스는 에로스를 앞에서 말한 이들과는 다르게 좋지도 아름답지도 않을 뿐만 아니라 좋음과 나쁨, 아름다움과 추함 사이에 있으며 신도 아니고 가사자可死者와 불사자不死者의 중간자인 신령(다이몬)이라고 말한다. 그의 아버지는 방편方便의 신인 포로스이고 어머니는 결핍의 여신인 페니아여서 에로스는 양쪽의 본성을 다 가지고 있다. 그는 지혜와 무지 사이에 있어 늘 지혜를 사랑하는 자이며, 아름다움과 추함 사이에 있어서 늘 아름다움을 사랑하는 자다. 에로스는 좋은 것을 늘 소유하려고 하기에 아름다운 것을 자기 곁에 두려고 사랑하고, 마침내 사랑의 목표인 행복에 이르고자 한다.

사랑은 몸이든 영혼이든 아름다운 것 안에서 낳으려고 한다. 출산이야말로 가사적인 존재가 불사적인 존재로 되는 길이어서 사랑은 인간을 비롯한 모든 생명체가 바라는 일이며 그들을 존재하게 하는 힘이다. 인간의 몸은 임신을 통해 육체적 자식을 출산하고, 영혼도 임신으로 그 자식인 분별과 지혜 그리고 절제와 정의를 낳아 이를 함께 공유함으로써 불사의 존재가 된다.

소크라테스는 마지막으로 사랑의 단계 네 가지를 말하는데, 단계를 거듭할수록 수단에서 목적으로 바뀐다. 먼저 아름다운 몸을 사랑하고 영혼의 아름다움을 추구하다가 학문을 닦아 진리를 찾은 후 마침내 최고선인 아름다움 그 자체를 직관하기에 이른다.

이야기가 마무리되자 마침, 술기운을 띤 알키비아데스가 찾아와 소크라테스에게 에로스를 느끼고 다가갔던 자신의 실패담을 적나라하게 털어놓아 좌중에는 웃음꽃이 핀다. 소크라테스야말로 에로스의 속성을 지닌 진정한 사랑의 화신이라고 찬양하자 다들 공감한다. 평시나 전쟁터에서나, 일 년 남짓 짧았던 정치인으로서 그리고 오랜 길거리 교사로서 쉰 중반에 이르기까지 소크라테스는 한결같은 자세로 살아오지 않았던가. 성찰하며 행동하는 삶이 바로 사랑의 마지막 단계였음을 서른 무렵의 청년들은 알아차린 것이다.

고대 지성인들이 나눈 이야기는 바로 진리를 추구한 삶의 철학이고, 함께 나누면서 합의에 이르게 된다. 에로스의 사다리 중 어떤 단계의 사랑이라도 사랑은 생기를 주고 생명을 잇게 한다. 그리하여 사람들을 행복으로 이끈다. 육체적 사랑에서부터 사랑 그 자체 사이에서 살아가는 우리는 이상을 추구해 간다. 모든 단계의 삶에서 사랑하면서 기쁨과 슬픔을 겪고 행복을 얻는다. 이른바 인간들 사이에, 에로스의 여러 단계 사이에는 꽃이 피어난다. 그 꽃은 웃음꽃이기도 하고 울음꽃도 된다. 사이에서 피어나니 중용의 꽃도 되고 조화의 꽃도 된다. 그중에서 유난히 아름답고 향기로운 꽃을 피운 이를 우리는 성인이라 일컫는다.

권정생 선생의 다섯 평 오두막에 두 차례 방문한 일이 있다. 전신 결핵으로 평생을 병고와 함께 산 그에게 도움 드려오던 분을 따라간 것이다. 방문한 우리에게 권정생 선생은 무슨 말을 들려주지 않았고, 우리도 조르지 않았다. 우리 중 한 사람이 부엌에 나가 차를 끓여와 나누며 우리끼리 웃고 떠들면 그는 오랜 병고 끝에 얼굴에 밴 아프고 슬픈 표정을 잠시나마 펴고 조용히 듣기만 했다. 혼자 사는 살림은 무척 단출하여 가져간 호박죽을 나누어 먹었다. 두 시간여 오두막의 적막을 깨트리다 일어서면 마당까지 따라 나온 선생은 맑은 눈으로 작별하신다.

20년 전쯤 선생의 두 권짜리 소설 『한티재 하늘』의 배경지를 버스로 답사할 때, 편찮으신데도 잠시 인사차 나오신 일이 가까이에서 뵌 마지막이었다. 선생은 청년 시절 떠돌다가 굶어 죽을 뻔한 적도 있고, 평생을 함께한 지병으로 늘 죽음과 가까이하며 지냈다. 그러자니 그는 누구보다 삶에서 생과 사의 거리가 가까웠다. 고통 속에서도 가난했던 시절을 잊지 않고, 어렵게 사는 이들 특히 어린이들을 걱정하곤 했다. 그런 측은한 마음은 『강아지똥』 『몽실언니』 등 그의 수많은 작품 속에 녹아있다.

세상을 떠나기 직전 남긴 유언에 '인세는 어린이로 인해 생긴 것이니 그들에게 돌려줘야 한다. 굶주린 북녘 어린이들을 위해 쓰고 아시아와 아프리카의 굶주린 아이들을 위해서도 쓰면 좋겠다. 남북한이 서로 미워하거나 싸우지 말고 통일을 이뤄 잘 살았으면 한다.' 그는 생전에 억대의 인세를 받아도 자신을 위해서는 거의 쓰지 않고 강아지 뺑덕이와 최소한의 생활을 함께하며 지냈다.

2007년 5월 17일, 그가 세상을 떠나자 나라 안에서 수백 명이 모여들었다. 그리고 매년 그의 기일에는 백여 명이 모여 그를 기리고, 인세로 마련한 기금으로 뜻을 이어가는 후배 작가에게 '권정생 문학상'을 전달하고 있다.

권정생 선생을 생각하면 그저 아련해져 눈가가 촉촉해진다. 일흔 평생을 자신의 고통보다 남의 아픔을 먼저 생각한 바보 권정생. 그의 삶과 글 사이에는 틈이 없었다. 그만큼 그의 글은 곧 그의 삶이었다. 안동에 있는 〈권정생 동화 나라〉에 가면 세상을 떠나기 두 해 전에 쓴 유언장이 전시되어 있다. '죽은 후 건강한 남자로 태어나면 스물다섯 살쯤에 스물서너 살 아가씨와 벌벌 떨지 않고 연애를 잘할 거'라던 선생은 지금쯤 우리 주위 어디선가 열여섯 청소년으로 무럭무럭 자라고 있을지 모른다. 권정생 선생은 우리가 잘 모르는 사이에 조용히 성자의 삶을 살다가 우리 곁을 떠났다. 하지만 이제는 수백 수천의 권정생이 우리 사이에서 살아가고 있다.

소크라테스와 권정생, 두 분 모두 이 세상에 일흔을 살다 떠났지만, 이천사백 년 사이, 펠로폰네소스 반도와 한반도 사이에 있었던 그들의 말과 삶 사이에는 간극이라고는 없었다.

4 셀루리안

셀
루
리
안

고백

박인목

impark1@hanmail.net

　어제 중학 동창들이 랜선 모임을 가졌다. 코로나 팬데믹이 수그러들 기미가 없으니 이렇게라도 만날 수밖에 없다. 전국에 흐트러져 사는 친구들을 화상에서 본다. 칠순을 넘겼으니 백발은 이제 이상할 것도 없다. 모임이 파할 무렵, 부산 사는 친구가 잔을 들며 "K의 쾌유를 위해서!"라고 하는 게 아닌가. 까맣게 잊고 있었던 K라는 이름에 나는 화들짝 정신이 들었다. K는 초등에서 중학까지 같은 반이었고, 고등학교도 도청 소재지로 함께 유학한 친구다.

　고등학교에 입학하고 K와 나는 한방에서 자취를 했다. 매주 집에서 가져간 쌀과 반찬으로 일주일씩 번갈아 밥 당번을 정하였다. 우리는 툭하면 밥을 태우는 바람에 눌어붙은 밥을 물에 불려 먹기 일쑤였다. 주중에 반찬이 떨어지면 밥 한 숟갈에 간장 한 번 찍어서 넘겼다. 아침마다 밥을 안쳐놓고 아령이나 역기를 들며 서로 팔뚝의 알통을 뽐내기도 했다. 우리는 서로 의지하며 객지생활에 그럭저럭 적응해 갔다.

K는 성격이 조용하고 내성적인 것이 나와 비슷했다. 우리는 고향 생각에 잠을 설치는 감상파였던 것도 닮았다. 우리는 배지 달린 교복을 뽐내며 토요일마다 고향에 가는 것이 큰 즐거움이었고, 일요일은 아쉬워 하루를 더 지내다가 월요일 새벽버스로 오곤 했다. 그 즈음 나는 하루도 빠지지 않고 일기를 쓰는 버릇이 있었다. 일기장은 고향 생각을 달래주는 어머니의 품속이기도 했고, 포근한 고향 뒷산이기도 했다. K도 일기를 쓰는 것 같았으나, 서로 일기장을 보지 않는 것은 당연히 불문율로 삼았다.

한 주가 시작된 어느 월요일이었다. 학교에서 돌아와 보니 내 책꽂이에 꽂혀 있어야 할 일기장이 보이지 않았다. K에게 일기장 못 봤느냐고 물었지만 그는 모른다고 하는 것이었다. K는 하루 전 일요일 날에 자취방으로 왔었기에 나의 의심은 쉽게 사그라지지 않았다. 둘만이 생활하던 공간에서 물건이 없어졌으니 당연히 그가 범인일 터였다. 그런데도 시치미를 떼는 것 같은 친구가 괘씸한 생각이 들었다. 한편으로는 '아니야, 그럴 리가 없어'라며 나의 오해일지도 모른다는 생각에 머릿속은 자꾸 혼란스러웠다.

며칠 뒤 일찍 하교한 날 혹시나 하며 그의 책상을 살펴보다가 그의 일기장이 손에 잡혔다. 남의 일기장을 보면 안 된다는 것 때문에 망설이다가, 내 일기장에 대한 뭔가 단서가 있을지도 모른다는 야릇한 유혹에 빠져들었다. 그런데 거기에는 나에게 불만 가득한 표현들이 군데군데 있었고(내용이 뭔지 지금은 잊어버렸지만), 그 글자들은 살아 꿈틀거리며 내 눈을 콕콕 찔러왔다. 나는 머리가 하얘지면서 온몸에 소름이 돋음을 느꼈다. 순간 나는 그의 일기장을 꾸겨들고 대문을 나섰고, 엉겁결에 언덕배기에 있는 공중변소에 던져 버리고 말았다.

뒤늦게 학교에서 돌아온 그는 일기장을 찾기 시작했다. "내 일기장 혹시 못 봤어?"라는 그의 물음에 "아니"라며 나는 천연덕스럽게 거짓말을 했다. '내 일기장도 네가 없앴으니 나도 그럴 수밖에!'라고 스스로를 달래면서. 그는 며칠 간 일기장을 찾는 듯했지만 이미 언덕배기 심연深淵에서 썩고 있을 일기장을 무슨 재주로 찾을 수 있을 것인가. 나는 제대로 복수를 한 것을 두고 속으로 쾌재를 불렀다.

그 일이 있고 얼마 후, 나는 입주 가정교사 자리가 생겨 그와 헤어지게 되었다. 그럭저럭 고등학교를 졸업하고 서로 다른 대학으로 진학하면서 우리의 오랜 학연은 끊어졌다. 그는 대학 졸업 후 마도로스가 되었으므로 우리가 만날 기회는 더욱 쉽지 않았다. 그런데 지금 부산에 살고 있다니…. 그날의 실수를 털어놓을 기회가 드디어 온 것 같아 내 가슴은 콩닥거렸다.

그의 아내가 넘겨준 전화를 그가 받았다. 반색을 하는 그. 목소리는 변함없이 그대로였다. 우리는 오륙십 년 묵은 활동사진 필름을 함께 돌리기 시작했다. 참외 서리하다 책보를 뺏겼던 초등학교 시절부터 추석날 고향 길에 폭우로 다리가 끊어져 버스에서 내려 새벽까지 함께 걸었던 추억하며, 아직 아들 두 놈을 장가도 못 보내고 있다는 얘기까지….

"있잖아…."

내가 조심스레 운을 떼려 했으나 좀처럼 틈이 나지 않는다. 대인 기피증 환자(?)답지 않게 그의 얘기는 끝이 없다. 슬금슬금 기회를 엿보고 있는데 그가 말했다.

"코로나 끝나면 우리 꼭 한번 만나세."

나는 오늘 고백은 미룰 수밖에 없다고 생각했다. 막걸리 잔이라도 주고받으며 털어놓아야 할 일이었다. 내 일기장이 고향집에 있더라는 얘기까지 하려면 더욱 그랬다.

지금, 경주

김남순

nsk3518@hanmail.net

신라 천년 고도古都의 찬란한 역사를 가진 도시 경주.

밀레니얼 세대가 들으면 격세지감을 느낄 수학여행지로 유일했던 경주. 내 머릿속에는 초등학교 교과서에서 배운 불국사 다보탑과 석가탑에 대한 예찬이 저장되어 있고, 동해를 바라보는 토함산 부처님에 대한 경외감도 있다.

3월을 보내는 마지막 이틀간. 우리 가족 여행 목적지는 경주 라한셀렉트 호텔이다. 여동생 외동아들 '효도 프로젝트'에 이모인 나도 호사를 하게 된 것이다. 직장에서 이틀간의 휴가를 얻은 여동생과 제부의 장거리 운전은 바다를 보고 싶어 하는 처형을 위해 동해안 7번 국도를 따라 경주로 간다. 내비게이션의 가이드는 강릉과 동해를 지나 우리를 삼척 바다 곁에 내려준다.

남해안의 잔잔하고 따뜻한 바다를 보고 성장한 나는 햇수만으로 '인in 서울', 9년이 흐른 지금은 동해바다의 매력에 빠진다. 바다 색깔부터 짙푸른 잉크색에 높은 흰 파도는 남성적인 거대한 자연의 속내를 보여주며 대화를 해 오기 때문이다.

　이른 아침 출발에 시장했던 우리는 저만큼 삼척 솔비치가 보이는 해수욕장 앞 식당거리에서 점심을 먹는다. 식당 유리창을 통해 삼척바다가 눈앞에 펼쳐지니 식사가 더 근사하다. 그곳에서 커피까지 마시고, 다시 시작된 우리의 여정은 울진과 영덕, 포항을 지나 경주에 도착한다. 만개한 벚꽃이 햇볕에 눈이 부셔 오는 환한 오후의 경주는 우리를 무지 환영한단다. 호텔에 들어가 체크인을 하니 여동생과 제부의 룸은 앞으로 멀리 산이 보이는 전망이 괜찮다. 나는 보문호수가 보이는 트윈 룸이 배정되어 벚꽃에 둘러싸인 '레이크 뷰'는 함성이 나올 정도로 무척 아름답다. 사실은 고향 남동생들과 합류할 예정이었으나 몹쓸 코로나로 우리는 이산가족이 되었다. 대충 짐을 정리한 후 호텔에서 택시를 잠깐 타고 음식점이 모여 있는 동네로 내려가 저녁을 먹었다. 벌써 태양은 자취를 감추고 어둠이 내리는 낯선 동네를 걸어서 호텔로 향한다. 화사한 불빛 속의 벚꽃 길을 걷노라니, 처음 상경한 새내기 여대생시절 '창경원 밤 벚꽃놀이'의 아련한 추억이 떠오른다. 아, 이럴 때 '무릉도원'이란 말을 쓰나. 절정에 이른 이 벚꽃축제가 며칠이나 계속될까. 기가 막히게 타이밍이 들어맞았구나!

　벚꽃의 빛깔은 환상적이다. 너무 붉지도, 희지도 않은 것이 뭐라고 말하기 곤란하다. 나는 그것을 '그리움의 빛깔'이라고 정의해 본다. 여동생과 제부는 40년 전 신혼여행의 추억에 잠기리라.

　우리는 30년 전, 이번 여행 프로젝트를 주선한 주인공이 초딩일 때 이루어진 경주여행을 생각한다. 그때 제부는 기업체의 중견간부로 우리 가족 모두를 회사호텔로 불러 주었다. 물론 돌아가신 엄마도 그때는 지금의 나보다 젊고 건강하고 화사하셨다.

　다음 날 조식은 전망 좋은 호텔식당에서 뷔페식으로 즐긴다. '꼭 해외여행 온 것 같지' 하는 말이 절로 나오는 게 '코로나 블루'가 치유되는 순간이다. 조식 후 경주 불국사에 들러 새삼스레 다보탑과 석가탑을 음미하고, 토함산의 부처님이 너무 봉쇄되어 손도 대어보지 못하는 아쉬움을 안고 하산한다. 석굴암 앞 기념품가게에서는 조카와 그의 처에게 줄 수공매듭 팔찌를 산다. 가까운 감포 항에서 싱싱한 해물로 점심을 먹고 경부고속도로 진입한다. 그리고 귀경한 우리의 경주여행은 피날레가 된다.

　밤새도록 나와 함께 한 달문 연 달님의 얼굴.
　달빛이 룸 안까지 깊숙이 들어오며 내게 하고 싶어 한 속내 말.
　달빛에 비친 보문호수가 품고 있는 사연.

조명에 따라 알록달록 환상적으로 변색되는 만개한 벗꽃의 윤
무輪舞,

이들이 지금의 경주다.

읽기와 쓰기

추선희

simple-hee@daum.net

쓰고 싶은 욕구가 샘솟고 문장들이 연이어 솟구칠 때가 있다. 산책, 운전, 샤워, 그리고 독서다. 하찮은 책과 매혹적인 책을 읽는 시간 모두.

하찮고 설익은 책을 읽노라면 마음이 오락가락한다. 내 책도 이렇지 않은가, 자기만족에 급급한 책을 나까지 세상에 보탤 필요가 있나, 슲이나 없애는 일이지. 의심과 의기소침이 점령한다. 그런데 다행인지 아닌지 이런 심정이 계속되지 않고 반대편으로 슬그머니 넘어간다. 이보다는 잘 쓰겠는걸, 그렇다면 다시 책을 내볼까. 긍정적 착각 속에 빠지고 동기가 점화되고 희망이 부푼다.

매혹적이면서 훌륭한 책을 읽을 때의 마음 역시 변덕스럽다. 이런 책을 읽는 것만으로도 충분해, 읽을 시간도 부족한데 쓸 필요까지 있을까. 하지만 비현실적 낙관성이 기회를 노려 끼어든다. 이런 책과 작가를 알아보다니 내게도 잠재력이 있을지 몰라, 언젠가는 이런 책을 쓸 수 있지 않을까. 나의 오래된 문장 부스러기들이 기억나고 자화자찬 파티를 열다 보면 자신감이 충천한다.

이 중 '이보다는 잘…'과 '나도 언젠가는 이런 책을…'의 마음이 벅차오를 때 쓰기의 욕구가 살아난다. 뭐든 꼬적거리고 있다. 상향비교와 하향비교를 자신을 사랑하는 데에 적절히 사용한다. 해될 것은 없다. 이때 나오는 문장은 거칠되 힘이 넘치고 색깔이 분명하다. 이 마음이 사그라지면 인연이 어긋난 남녀처럼 마음을 일으키기가 힘이 든다. 하여, 쓰고 싶다면 골고루, 항시, 읽어야 한다. '나도 언젠가는…'의 경우가 더 바람직하기에 귀감이 되는 책 몇 권은 늘 눈앞에 둔다. 특히 열차 안에서 이런 책을 접하면 읽기와 쓰기가 자연스레 만나곤 하는데, 약간의 소음과 둔중한 리듬감이 정신을 이완시키면서 일으켜 세우는가 보다.

긍정적 자극을 준 작가 중 최근에 알게 된 이는 노르웨이의 작가, 욘 포세다. 『아침 그리고 저녁』, 『3부작』, 『보트 하우스』를 읽었다. 그의 책을 읽기 시작하면 시간이 멈춘다. 천지에 책과 나만 있다. 문장은 음표와 쉼표로 이루어진 악보처럼 노래로 물결친다. 물결 안에는 삶과 죽음 주변의 일들이 단 하나의 어려운 말없이 간명하고 투명하다. 나는 맑고 깊은 문장들과 하나 되어 흐르며 음표 따라 노래하고 쉼표 따라 생각에 잠긴다.

『보트 하우스』 번역 후기에서 작가의 말을 발견했을 때 돌덩이 하나 묵직하니 가슴에 내려앉았다. "저는 어떤 것에 대해서 글을 쓰지 않습니다. 내가 쓰는 것과 나는 관계가 없습니다. 다만 내가 가장 좋아하는 인용구는, '시란 무언가를 의미하는 것이 아니라 단지 존재하는 것이다'라는 말입니다. 그런 다음 시를 읽으면서 의미를 찾게 되고, 최고의 시에서는 어쩌면 단어의 정확한 의미는 모른다고 하더라도 알고 있었거나 경험했던 것을 알아보게 되는 것입니다."

노골적으로 주제를 표방하는 글에 노곤해진 걸까. 자유를 차단한 상세한 서사에 답답해서일까. 아니면 금세 들통나는 결론을 화려하게 치장하는 둔감함에 실망해서인가. 어떤 것에 대하여 쓰지 않는다는 그의 말에 정신이 번쩍 들고 같은 방향을 봐야겠다는 소원이 인다. 알고 있거나 경험했던 것을 알아보게 된다는 말에 독자에게 공간을 내주는 건 작가의 의무임을 확인한다.

개브리얼 제빈의 소설 『섬에 있는 서점』에서 서점 주인이 말한다. '우리는 혼자가 아니라는 걸 알기 위해 책을 읽는다. 우리는 혼자라서 책을 읽는다. 책을 읽으면 우리는 혼자가 아니다.' 코로나 사태로 안에 머무는 시간이 많지만 혼자가 아니다. 마음을 훔치는 작가들과 함께이고, 책 속의 등장인물들과 함께이고, 그 풍경으로 들어간다. 같이 길바닥을 떠돌고, 굶주리고, 기타를 친다.

누군가를 죽이고, 벌을 받고, 기다리고, 잊지 못한 채 죽는다. 읽었기에 생의 비밀에 한 걸음이라도 더 다가가고 싶어진다. 읽고 나니 쓰고 싶다. 그런데 어쩐다, 또 무엇에 대해 이리 적나라하게 쓰고 말았다.

행복의 조건

희목 문두리

duri4309@hanmail.net

연초록 이파리 꽃보다 아름다운 오월,

아침에 눈을 뜨면 베란다 창가에 햇살이 아련히 스며온다. 연둣빛 새싹들이 나날이 푸른색으로 짙어가는 한나절, 산 가까이에 살고 있어 코로나19로 인해 외출을 못하게 되자 자주 산으로 오른다. 이름을 알 수 없는 야생 꽃들이 무리 지어 피어 있는 산자락에 오르면 철없이 뛰놀던 고향 뒷산이 그리워 탄성을 지르며 소녀로 돌아간다. 멀어진 날의 꿈인 듯 그리움인 듯 수줍게 피어있는 꽃들과 수다를 떨며 하루를 시작하는 일이 행복하다.

행복의 조건을 묻는다면 대답은 제각기 다를 것이다. 행복이란 주관적인 판단이라 같은 내용이라도 시간과 장소에 따라 달라질 수 있다. 산에 올라 숲속에 있으면 기쁨이 차오르고 행복하다. 지난날 정신없이 내달리는 세상을 따라잡기 위해 안간힘을 쓰고 조급한 마음으로 살다보니 자연이 이렇게 아름다울 줄은 몰랐다.

비우고 내려놓고 가벼워지니 그때 보이지 않던 것들이 요즘 아름답게 보이는 것은 나이 탓일까.

어느덧 노을이 저물어 마음이 조급해질 때도 있다. 작은 화분에 탐스럽게 핀 꽃을 봐도 운동하는 길가에 외롭게 피어있는 들꽃을 봐도 예사롭지 않은 것은 내 삶의 노을이 깊었다는 것이다. 청춘은 저만치 달아났지만 내 영혼의 청춘은 아직도 푸르다. 청춘이란 인생의 어느 기간이 아니라 이상을 잃어버릴 때 늙는 것이라고 했다. 가볍게 살기 위해 하나하나 정리하면서 문학의 길 위에서 책 읽고 글 쓰고 새롭게 젊어지고 싶다.

지는 노을이 아름답듯이 지나간 내 삶 위로 드리워진 갖가지 사연들 그곳에 곱게 채색을 입히고 사노라면 황혼 길이 조금은 덜 외롭지 않을까. 열매를 보아야 비로소 알 수 있듯이 우리 인생의 가을에 무슨 수학을 하는가에 따라 삶의 이름이 지어 질 것으로 생각한다. 남은 삶의 빈 그릇에 무엇을 담아야 황혼길이 멋지고 행복할 수 있을지.

운동을 열심히 하여 건강을 지키는 것이 매우 중요한 일이다. 한가로운 길을 따라 걸어가는 사람들 사이에서 운동하는 시간이 행복하다. 돌이킬 수 없는 세월이기에 소중히 가꾸어야 할 하루하루 사람들과의 만남도 소중히 여기며 세상을 긍정적으로 수용하고 우아하면서 기품 있게 늙어 가고 싶다.

가슴 떨리는 문학의 이름으로 나의 작은 이야기를 띄우면서.

춤추는 고래

구향미
luna5424@hanmail.net

심해에서는 어둠이 곧 빛이다,

덩치 큰 고래, 어느 날 고요 속에서 떨리듯 들려오는 소리에 이
끌려 위로 향했다.

쏟아지는 빛 속에서 고래의 등도 반짝였다.

몸이 선명하게 기억하는 꿈틀거림, 간지러움, 스멀거림.

구겨져 있던 것들이 펴지려 하는 미세하고 예리한 움직임.

"툭" 터져 버릴 것 같아 꽁꽁 싸매고 있던 무엇.

심해에서 견딘 시간은 또 무엇이었나.

위를 향해 솟구쳐 올라 만난 빛.

있거나 혹은 없었거나 했던 그 시간은 홀연 흩어졌다.

고래는 이내 알았다. 그저 알게 되었다.

춤추고 싶은 것이다. 반들거리는 온몸에 쏟아지는 빛과 함께.
춤추고 싶었던 것이다.
박수갈채를 기다리며.

이야기의 힘

김호은

jinsuk6884@daum.net

    팬데믹 시대를 살아내면서 내가 집 밖을 자주 나가지 않고도 그럭저럭 일상을 이어갈 수 있는 건 책과 TV, 넷플릭스 덕이 크다. 아니 더 정확히는 그 안에 내장된 수많은 이야기 덕분이다. 영화와 드라마, 다큐멘터리 등 언제나 만날 수 있는 '이야기'가 있어 큰 위안이 된다.

    어렸을 때, 꼬리 아홉 달린 여우가 예쁜 여자로 변신해 지나가는 남자들을 호리는 구미호 이야기를 흑백텔레비전으로 보고 느꼈던 달달한 공포와 격한 호기심은 아직도 내 마음 한켠에서 나와 함께 살아간다. 어여쁜 여자가 잔인한 여우의 이빨을 드러낼 때까지 그 서스펜스는 어린 나를 상상의 세계로 들게 했다. 그때부터였을까, 나의 내면을 채우고 있는 '이야기'는 내 삶을 추동하는 힘이 되고 있다. 누군가의 이야기에 몰입하는 시간은 항상 행복하다. 그 이야기가 사실이든 허구든 상관은 없다. 나에게 설득력이 있으면 된다.

아라비아 왕에게 천일하고도 하루 동안 재치 있게 이야기를 들려주고 목숨을 보존한 〈천일야화〉에 나오는 셰에라자드가 있다. 부정한 왕비에게 배신당한 억울함과 괴로움을 날마다 새로운 신부를 맞아 해소하고는 다음 날 가차 없는 살인으로 막을 내리기를 반복하는 왕을 구원한 것도 그녀가 풀어내는 '이야기'의 힘이었다. 이야기의 힘은 강력하다.

요즘 나는 밖에서 맘껏 충족할 수 없는 문화생활의 빈곤을 저녁 시간에 하는 텔레비전 드라마를 보며 해소한다.

드라마 〈나빌레라〉에서 70의 나이에 어릴 때부터 간직한 발레리노의 꿈을 이뤄가는 할아버지 '덕출'을 연기한 박인환 배우가 특히 인상적이었다. 극 중 인물을 연기하기 위해 실제 나이 칠십 중반에 발레복을 입고 기초 동작을 배웠을 배우의 정성이 전해져 뭉클했다. 극 중에서 알츠하이머를 앓기 시작하면서부터 배우는 그의 발레 몸짓은 전염병으로 우울해진 시청자들에게 희망을 선물하기에 충분했다. 그의 동작은 노련하진 않지만 눈빛과 손짓 몸짓에서 진정성이 느껴졌다. 병이 진행되면서 기억이 조금씩 자신을 빠져나갈 때 흘리는 그의 눈물을 보면서 나도 함께 눈물을 훔쳤다. '덕출'은 드라마가 끝날 때까지, 지금도 늦지 않았으니 네가 꼭 하고 싶은 일이 있으면 너 자신을 믿고 한번 날아올라 보라고 끊임없이 다독여주었다. 그에게 발레를 가르쳐 준 젊은 선생이자 동료인 '채록'도 '덕출'의 따뜻한 격려와 관심으로 훌쩍 성장한다. 그들과 함께 이야기에 빠져들다 보면 답답한 내 마음에 한 가닥 갈바람 같은 시원한 바람길이 난다. 이야기에 몰입하는 순간은 나를 만나는 시간이기도 하다.

영화 〈미나리〉의 순자 역으로 제93회 아카데미 시상식에서 한국 배우 최초로 여우조연상을 수상한 윤여정 배우도 칠십 대이다.

그들이 온몸으로 표현하는 연기를 보며 나는 새끼 돼지와 거미의 우정을 그린 이야기 한 편이 떠올랐다. 미국 어린이들에게 스테디셀러이고 영화로도 만들어진 엘윈 브룩스 화이트가 쓴 〈우정의 거미줄〉의 주인공, 거미 샬롯이 생각났기 때문이다.

형편없이 작고 볼품없이 태어난 새끼 돼지 윌버가 팔려 간 농장에서 거미 샬롯을 만나 우정을 쌓아가는 이야기다. 농장에서 효용 가치가 없게 된 새끼 돼지가 다가오는 크리스마스에 햄과 베이컨이 될 운명에 처하자 샬롯은 온몸으로 윌버를 돕는다. 자신의 거미줄에 한 땀 한 땀 최선을 다해 '대단한' '훌륭한' '눈부신' '겸손한' 돼지라고 새겨 윌버를 끊임없이 독려한다. 무녀리 같던 새끼 돼지 윌버는 거미의 몸짓대로 대단하고, 훌륭하고, 눈부시고, 겸손한 돼지가 되고 그런 윌버를 보기 위해 관광객이 끊이지 않게 된다.

두 배우뿐만 아니라 나에게 이야기로 다가오는 모든 인물들이 샬롯이다. 그들이 그려내는 빛나는 몸짓에서 희망과 용기를 배우기 때문이다.

나에게는, 아니 우리 모두에게는 '이야기'가 있고 그 '이야기' 속에 존재하는 수많은 샬롯들이 있어, 하루하루가 일 년이라는 목걸이를 만드는 황금구슬처럼 미끄러져 지나갈 것이다.(「빨강머리 앤」 중에서)

눈眼

서강홍

4409122@hanmail.net

"내가 만약 사흘간 볼 수 있다면 첫째 날엔 나를 가르쳐 준 설리반 선생님을 찾아가 그분의 얼굴을 바라보겠습니다. 그리고 산으로 가서 아름다운 꽃과 빛나는 노을을 보고 싶습니다. 둘째 날엔 새벽에 일찍 일어나 먼동이 터오는 모습을 보고 싶습니다. 저녁에는 영롱하게 빛나는 하늘의 별을 보겠습니다. 셋째 날엔 아침 일찍 큰길로 나가 부지런히 출근하는 사람들의 활기찬 표정을 보고 싶습니다. 점심때는 아름다운 영화를 보고 저녁에는 화려한 네온사인과 쇼윈도의 상품들을 구경하고 집에 돌아와 사흘간 눈을 뜨게 해 주신 하느님께 감사의 기도를 드리고 싶습니다." 20세기 대 기적의 주인공 헬렌 켈러가 「3일 동안만 볼 수 있다면」이라는 책에서 쓴 글이다.

'눈이 보배'라고 한다. '우리 몸이 천 냥이면 눈이 칠백 냥이다'

는 말도 있다. 눈의 소중함을 일컫는 말이다. 남녀가 서로 눈이 맞아 짝을 이루었다면 이는 어떤 눈을 이야기하는 것일까?

'보다(See)'는 의미를 지닌 한자로 볼 시視, 볼 견見, 볼 관觀자 등이 있다. 볼 시視는 시각視覺, 시력視力 등으로 쓰이는 글자로 사물을 볼 수 있는 능력을 뜻함으로 감각을 나타내는 일차적 의미를 지닌다. 볼 견見자는 견학見學, 견해見解, 견문見聞 등으로 쓰이는 글자로 사물을 보고 느끼고 생각하는 능력. 즉 시각에서 지각으로 발전하는 이차적 의미를 지닌다. 볼 관觀자는 인생관人生觀, 종교관宗敎觀, 가치관價値觀 등의 어휘로 쓰인다. 단순히 보고 느끼는 차원을 넘어서는 글자이다. 시각과 지각을 동원하여 사물을 꿰뚫어보고 판단하여 나름대로의 체계를 정립하는 삼차적 단계의 의미를 지닌다. 곧 개체가 지니는 안목이라고도 할 수 있다. 이에 따라그 개체의 인격과 정체성이 결정지어진다고 할 수 있다.

대개의 사람들은 시각만으로 사람을 본다. 드러난 용모 이상을 감지하지 않으려 한다. 그 속에 간직된 보다 큰 무게를 헤아리기에 주저한다. 눈이 머리에 달린 사람도 있고 가슴에 달린 사람도있다. 머리에 달린 눈은 시속에 밝고 가슴에 달린 눈은 감성에 밝다. 진정한 소통은 감성을 통하여 이루어진다. 지적, 정서적으로조화된 혜안慧眼이 아쉬운 오늘이다.

동물학자들의 눈이 단순한 시각에 머문다면 동물들과의 대화가 이루어질까. 동물농장에 나오는 사람들을 보면 남다른 감성을 통해 동물과의 교감을 이룬다. 감자 싹을 내려고 땅속에 묻으면 눈의 수만큼 싹이 올라온다. 보이지도 않는 감자의 눈이 어두운 땅속에서 싹을 틔운 것이다. 사람도 마찬가지다. 보이지 않는 마음의 눈이 생명의 싹을 틔운다.

'사순 시기를 맞아 마음의 눈을 틔우자'던 신부님의 말씀이다. 십자가, 시각적으로 보면 열십자의 형상에 지나지 않으나 가슴으로 꿰뚫어 보면 그 속에 흥건히 피가 고였음을 알게 된다. 어디 십자가뿐이겠는가. 꿰뚫어 보는 모든 사물엔 의미가 부여되어 있다던 김수환 추기경님의 말씀도 따라 생각난다.

안동에서 들은 이야기 한 도막이 있다. 지역에서 이름값을 하는 부호 한 분이 계셨다. 어느 젊은 부부가 그 어른의 건물에 전세를 한 칸 얻어 개업하였다. 언약을 받고 개업한 지 한 달이 지나도 계약서를 써 주지 않아 하루 저녁에 계약서를 받으러 갔다가 호통만 당하고 돌아왔다는 이야기다. '집세를 놓으면서 한 번도 문서를 써준 적 없으니 나를 그렇게 못 믿겠거든 당장 나가라'고 호통 치더라는 것이었다. 보이는 글자보다 보이지 않는 마음이 더 귀함을 웅변으로 증명하는 순간이었다.

'보지 않고도 믿는 사람은 행복하다'는 성경 말씀이 새삼스럽다. 보이는 것만을 믿는 눈은 그지없이 얇은 눈이다. 빙산도 보이지 않은 부분이 훨씬 더 크다. 가시적인 것만 보려는 이에게는 빙산의 일각이 곧 빙산이다. 삶의 모습도, 성스러운 자연도, 인간의 아름다운 내면도, 소망, 원리 등 모든 흐름을 보이게 하는 것이 마음의 눈이다.

믿음은 모든 것을 보이게 한다. 존경하는 선생님 얼굴도, 경의의 대상이던 자연도, 동경하던 사람들의 활기찬 모습도, 아름다운 영화도, 상상력을 동반한 지상의 온갖 피조물도 마음의 눈만으로 보았던 헬렌 켈러. 광명을 체험치 못한 생애를 하느님께 감사드리며 단 사흘간의 기적을 갈망하던 헬렌 켈러의 마음의 눈을 생각해보자. '세상에서 가장 아름답고 소중한 것은 보이거나 만져지지 않는다. 오직 가슴으로만 느낄 수 있다' 하시던 법정스님의 말씀이 다시금 떠오른다.

평생지기

정재윤

lg0019@hanmail.net

맏이인 나는 오빠, 언니가 있는 친구들이 참 부러웠다.

세상을 살며 인연을 맺어 지금은 몇몇 언니, 오빠들을 갖게 되었다.

나의 오랜 직장 MPC!

지금은 회사명도 바뀌었지만, 많은 열정을 가지고 참 열심히 오랫동안 일하고 사랑했던 직장에서 만난 우리 세 사람!

상사분들이지만 나의 영원한 멘토이자 평생지기다.

입에 늘 붙어있는 '양 부장님'과 '백 이사님'이지만, 지금은 모두 O/B멤버가 되었고 이젠 나의 큰언니, 작은언니가 된다.

2000년 4월 LG를 그만두고 6월에 이곳으로 와서 처음 만났다.

어느 사이 20년이 넘어가는 인연이 된다. 회사에서는 직급이 다

다른 직원이었지만, 그 울타리 밖으로 나오면 그런 상하관계를 훌훌 털고 따뜻한 사람의 관계로 되는 분들이다.

늘 서로를 위로하고 응원하고 격려하며 지내왔고 지금도 그렇다.

나중에 노후에도 공동체 생활을 꿈 꿀 정도로 말이다.

큰언니는 요즘 보기 힘들어 생긴 말로 천연기념물인 '정년퇴직'을 하셨다. 맘씨, 솜씨, 글씨 예쁜 얼굴까지 뭐하나 버릴 게 없는 분이며, 두 딸을 잘 키워내셨고 작은딸은 이화여대 재학 중 딸아이의 과외 선생님이 되기도 했었다.

맡고 있던 프로젝트를 열심히 수행한 것은 물론이고, 직원을 가족처럼 잘 챙기고 아끼신 분이다.

연륜이 있으신 만큼 어떤 문제를 상의하면 명쾌한 답과 조언을 아끼지 않으신다.

배우자님이 5년여 기간을 병석에 누워 계시다 영면하셔 마음고생도 많았지만, 늘 환한 미소를 잃지 않고 열심히 직장생활을 잘 마무리하셨다. 재직시절 표본의 길을 걸으셨고 나 역시 그분처럼 되려고 노력했다. 내 모든 희로애락의 속내를 다 보일 수 있는 분이 지금의 큰언니다.

작은언니는 참 능력 있는 여성으로 늘 노력하며 끊임 없는 자기개발과 몇 개 국어를 능가하는 외국어 실력 등은 늘 부러움의 대상이다.

돌연 미련 없이 함께 했던 직장을 제일 먼저 접고, 캐나다로 이민을 떠나 11년 만에 돌아와서도 여지없이 그 능력을 보이고 있다.

사람을 아낄 줄 아는 사람이며, 순수한 미소와 마음이 따뜻한 사람이다.

늦게 둔 딸도 달란트가 많고 여러 분야에 두각을 보이고 있다. 떨어져 있지만 여러 통신장비의 발달로 자주 보는 듯하다고 한다. 지금도 현역 부사장으로 재직하며 능력을 어김없이 발휘하고 있다.

막내인 나는 당시 엄마의 치매로 너무나 힘든 시간이었고, 그냥 엄마와 삶을 포기해야겠다는 생각에 사로잡혀 이것저것 생각할 여지도 없었다.

, 이 우울감을 보이기 싫어서 서둘러 정리하고, 정말 재미있게 일한 그곳을 미련 없이 떠나왔다.

그런 나를 늘 걱정해주며 격려해줬던 두 분, 덕분에 힘겨웠던 시간들이 아프지만은 않았다.

이젠 가족 같은 두 언니다. 그곳에서 만난 우리는 늘 'MPC의 추억'을 이야기한다.

당시 우리 때 계셨던 조 사장님은 그 이후 회장님이 되셨고, 지금은 퇴직하셔 조만간 자리 한번 마련하여 일반인으로 만나기로 했다.

그때 우리는 또 이야기하겠지? 우리가 열심히 일했던 그곳에서의 추억을 말이다.

나의 귀한 사람들!

지금부터는 가슴이 따뜻한 사람들과 또 다른 여유로운 행복한 인생여행의 시작이다.

작은 것에도 감사하며 소박하지만 우아한 세 사람,

좋은 사람들과 함께라서 남은 인생은 더 값진 시간이 되리라.

두 분이 있어 더 훈훈하고 앞으로도 더 그럴 것이다.

젊은 시절은 열심히 일하면서 앞만 보며 달려왔지만, 인생의 후반전은 또 다른 제2의 인생 황금기가 되도록 노력하고 있다.

어쩌면 머리가 시키는 일이 아니라, 가슴이 시키는 일을 해서 그런가보다.

그동안 미뤄두었던 각자의 관심분야에 시간을 더 할애하며, 다음에는 우리 평생지기들의 콘서트를 가져 볼까 한다.

각자 달란트에서 나온 미술 작품이나 공예작품이든, 어떤 유형물이든 무형물이든 생각만 해도 벌써부터 가슴이 설렌다.

늘 든든한 지원군인 평생지기님들이 있어 나의 중년의 삶이 더 견고해진다.

유언

김숙희

gmyis@hanmail.net

"오늘 남편, 아들과 며느리, 딸하고 사위까지 모두 교회에 나왔더라고요."

"어머, 정말이요?"

"머리를 이상하게 묶은 그 아드님도 왔나요?"

지난해 결혼식장에서 본 새 신랑 머리는 마치 몽골식 변발이어서 매우 특이하고 이채로웠다.

"오늘 사위 머리도 똑같이 그렇게 묶었던데요."

"세상에! 아무튼 온 가족이 교회에 나온 거로군요."

"권사님 유언이었대요."

전화를 주신 윤 권사님과 통화가 끝나기도 전, 다시 또 눈물이 왈칵 솟구친다.

지난주 5월 15일에 소천하신 최 권사님. 다시 생각하는 것만으로 마음은 쑥대풀 밭이다. 소천하신 다음 날 주일 예배 때, 권사님은 전 성도들에게 영상편지를 띄우셨다.

'사랑하는 성도님 여러분, 그동안 참으로 감사했습니다. 성도님들의 기도에 힘입어, 또 제 간절한 기도를 들어주셔서 주님이 고쳐주실 줄 알았는데 하나님은 저를 향한 또 다른 계획이 있으셨나 봅니다. 이제 주님 곁으로 먼저 떠납니다. 그동안 저를 위해 기도해 주신 여러분께 진심으로 감사드립니다.'

어느새 영상편지는 초점 안 맞은 사진이 되고 만다.

삐뚤삐뚤, 커졌다 작아졌다, 오르락내리락… 권사님 친필에선 마지막 문 앞에서 넘어지지 않으려는 가쁜 숨소리가 고스란히 느껴졌다.

향년 66세, 참으로 아까운 나이라는 말보다는 진실로 아까운 사람.

권사님은 아름다운 분이셨다. 봄바람처럼 부드럽고 아카시아 꽃처럼 겸손하셨다. 몇 년 동안 암 투병을 하면서도 늘 채송화처럼 웃었고, 희망의 풋대를 잠시도 놓지 않았다. 권사님에겐 나와 똑같은 기도 제목이 있었다. 남편과 자녀들이 다 함께 교회에 나와 한마음으로 정성껏 예배드리는 것. 그 간절함이 무엇인지 너무 잘 알고 있기에 더 눈물이 났는지도 모르겠다. 이제 권사님은 그 소망을 이루셨다. 진심 어린 사랑, 그 '유언'으로 온 가족을 예배의 자리로 이끄셨으니 성공한 셈이다. 가장 기뻐할 그 한 사람의 자리를 동그마니 비워둔 채로.

유언 앞에선 모범생이든 엇나가는 사람이든, 또 자유분방한 사람이든 그 누구라도 겸손히 순종하게 마련이라는 생각에 불현듯 겸허함과 씁쓸함이 동시에 밀려온다.

게으른 두 아들의 나태함을 고치려고 땅속에 금덩이를 묻어 놓았다고 거짓말을 남긴 지혜로운 아버지의 유언. 금덩이를 찾으려는 욕심으로 삽과 괭이로 온 밭을 파헤치며, 노동 아닌 욕심으로 결국 많은 소출을 얻은 후에야 비로소 아버지 유지를 깊이 깨달은 형제는 부지런한 삶을 살게 되었다는 동화가 생각난다.

재산 싸움으로 원수가 된 육 남매가 어머니의 간곡한 유언 때문에 손잡고 통곡했다는 친구 이야기를 들으며, 유언이 주는 무게를 다시 헤아려 보게 된다. 유언의 힘은 가히 절대적이다. 오죽하면 청개구리조차 어머니 유언대로 냇가에 무덤을 만들었을까? 분명 말도 안 되는 줄 알면서.

불현듯 나는 어떤 유언을 남길 것인지 새삼 생각해 본다.

'좀 더 참을 걸! 좀 더 베풀 걸! 좀 더 즐길 걸!'

사람은 죽을 때 대부분 '껄, 껄, 껄' 하며 죽는다는 우스갯소리를 전해 듣는 순간, 그때 생각해 두었다. 피카소Picasso처럼 '나를 위해 축배를 드시오'라는 말은 못하더라도 '돌아오라는 부름을 받고 나는 돌아갑니다.' 이 말을 남긴 디킨슨Dickinson의 말쯤은 남기고 싶다. '나의 임무를 다 할 수 있게 해 주신 신께 감사한다'는 넬슨Nelson 해군 제독의 그 유언도 좋겠다.

트로트에 빠지다

장영숙

jinmae0617@hanmail.net

트로트 바람이 휘몰아친다.

지금 대한민국은 트로트에 흠뻑 빠져 있다. 모 방송국에서 시작된 남여가수 트로트 오디션프로그램이 예능프로그램 사상 28.7%라는 역대급 높은 시청률을 기록하며 초대박 인기몰이를 하고 있다. 가히 그 기세가 회오리바람이다.

각 방송국마다 경쟁하듯 트로트 오디션 관련 프로그램을 편성하고 입상한 가수들을 각종 예능프로에 출연시키기에 열을 올린다. 그들은 오디션 출신답게 수준 높은 노래실력과 재기 발랄한 입담을 과시하며 똘똘 뭉친 끼로 예능프로의 격을 높인다. 그들의 맹활약에 힘입은 프로그램은 연일 시청률이 고공행진을 기록함은 두말할 나위도 없다.

트로트는 우리나라 전통가요임에도 한동안 침체기였다. 흘러간 옛날 노래, 뽕짝 취급을 당하며 구세대들이나 즐기는 노래로 인식되어 젊은이들에게 소외되어 왔다. K-pop이나 발라드, 힙합, 댄스음악 등 변화무쌍한 서양풍의 트랜드 음악에 밀려 〈가요무대〉 같은 소수의 음악프로그램에서나 겨우 명맥을 이어왔다고 해도 과언이 아니다. 그러다 언제부턴가 서서히 트로트 붐이 다시 일기 시작했다.

트로트의 부활! 젊은이들에게 외면당하던 트로트가 2·30대 가수들이 많이 등장하면서 2030 세대의 젊은 층들로부터 각광을 받기 시작했다. 모 방송국의 〈내일은 미스터 트롯〉이라는 트로트 오디션 프로그램이 가까스로 불씨를 피우고 있던 트로트의 부활에 기름을 부었다. 이 때문에 트로트 붐은 산불 번지듯 활활 타오르기 시작했다. 전·현직가수, 예비가수 지망생들이 대거 참여하여 치열한 경합 끝에 우열을 가려 실력파 가수를 배출하는 이 프로는 태풍급 인기몰이를 하며 우리나라 전역을 트로트 열풍에 빠뜨렸다. 참가자들의 연령대도 다양하여 전 세대를 아우르며 바야흐로 트로트 전성시대로 이끄는 견인차 역할을 하고 있다.

트로트는 1960·70년대 쌍벽을 이루며 한 시대를 풍미했던 대표 트로트 가수인 남진, 나훈아 이후 수십 년 만에 화려하게 부활했다. 한층 젊어지고 다양해진 모습으로 다시금 전성기를 맞고 있다. 트로트의 역사에 대해선 문외한이라 자세히 알지 못한다. 그저 일제 강점기와 6·25전쟁 등 여러 역사적인 우여곡절을 겪으면서 우리 국민들의 한恨의 정서를 가장 잘 담아낸 토착화된 우리 전통음악의 한 장르라는 정도로만 알고 있을 뿐이다. 아무렴 어떠랴. 중요한 건 지금 우리나라는 남녀노소 할 것 없이 트로트에 열광하고 있다는 사실이다.

한때 나도 트로트가 아버지 어머니들이나 부르는 마치 부모님 세대의 전유물처럼 여기던 때가 있었다. 그러던 내가 그다지 좋아하지 않던 음악장르임에도 어느 순간부터 갈수록 트로트가 좋아지는 것은 나이 탓으로 돌려야 할까. 요즘은 나도 모르게 종일 흥얼거리는 곡도 트로트요, 노래방 애창곡 역시 트로트이다. 이쯤되면 내가 언제 발라드 마니아였고, 팝송을 즐겨 불렀는지조차 아리송하다.

우리 부부는 서로 음악취향이 다르다. 트로트 마니아인 남편과 달리 나는 발라드와 팝송을 좋아했다. 그래서 신혼 초에는 각자 선호하는 음악프로를 시청하기 위한 TV 채널을 사수하려 꽤나 신경전을 벌이곤 했다. 외출하거나 여행 시에는 출발부터 목적지에 도착할 때까지 자동차 안은 트로트 음악으로 채워졌다. 운전대를 잡은 남편의 커다란 특권이다. 그것이 늘 불만이었으면서도 단 한 번도 다른 장르의 음악으로 바꿔줄 것을 요구한 적은 없었던 것 같다. 자꾸 듣다보니 익숙해져서인지 그다지 싫지만은 않았던 모양이다. 아슴푸레한 기억 사이로 젊은 날 추억이 새록새록 떠올라 피식 속절없는 웃음이 새어나온다.

내가 트로트에 심취하게 된 것은 나훈아의 〈청춘을 돌려다오〉란 노래를 듣고부터이다. 갱년기를 겪으면서 마음도 몸도 지쳐 우울감에 빠져 있을 때 무심코 접한 이 노래가 심금을 울렸다. 읊조리듯 애절하게 부르는 가사 하나하나, 때때로 가슴을 훑어 내리는 듯한 가수의 처절한 목소리가 잠들어 있던 감성을 자극하면서 눈물샘을 건드렸다.

머리 희끗한 중년의 가수가 청춘을 돌려달라고 절규하듯 부르짖으며 불러대는 이 노래가 가슴에 비수처럼 와 꽂혔다. 한참 동안 가슴에 화인처럼 남아 먹먹하게 했다. 그때는 차라리 노래라기보다 해가 갈수록 약해져만 가는 몸과 마음, 나이 듦에 대한 나의 쓸쓸한 심정을 대변하는 애처로운 외침이었다. 마음은 아직도 청춘인데 몸이 마음을 따라주지 않음을 인정하고 싶지 않은 것은 인지상정 아니던가. 그때부터였나 보다. 트로트가 좋아지기 시작한 것이.

착잡해진 심경을 달래려 TV를 켠다. 마침 화면에 요즘 가장 핫한 가수 임영웅이 출연하여 노사연의 〈바램〉을 열창하고 있다. 그는 〈내일은 미스터 트롯〉 우승자로서 지금 우리나라의 트로트 붐을 일으키고 있는 주역이다. 그의 속삭이듯 불러주는 노래에 반해 팬이 되었다. 감미로운 그의 목소리가 마치 위로의 말을 건네듯 귀에 들어와 콕콕 박힌다.

'우리는 늙어가는 것이 아니라 조금씩 익어가는 겁니다.'

생동감 넘치는 천직

최옥영
justicebell@hanmail.net

나는 누구이며 어디서 와서 어디로 가고 있는가.

'여자는 약하나 어머니는 강하다'고 했다. 세상 모르는 나를 누가 '엄마' 이름으로 불러 주었는가. 철부지 내게 '엄마' 이름은 새롭게 태어나는 가슴 벅찬 환희이며 과분함 뿐이다. 나도 모르는 자식에 대한 사랑이 어디서 그토록 샘솟았을까. 신생아 내 아이는 삶의 힘을 북돋우어 주고 의욕을 배가한다. 잘 키워야 한다는 절대 명제와 굳센 다짐까지 '엄마' 이름 얼마나 위대하고 고결한가.

사랑 받을 줄만 알았으나, 남편과 시댁 식구 모두에게 필요한 사람으로 살고 싶었다. 끼니를 굶고 쌀 단지를 긁으면서도 순종하며 희생하는 것이 사랑이고 여자의 길인 줄 알았다. 물 한 번 내 손으로 가져와 먹은 적이 없으니 연하의 시누이는 일할 줄 모르는 '얼굴뿐인 가오리 며느리'라고 조롱하고 유치원 선생, 막내 시누이만은 껑충껑충 뛰어와 물을 길러주고 불이 들지 않는 아궁이에 아카시아 나무로 밥을 지어 상차림을 했다. 설거지만 했으나, 거추장스런 한복에 긴 앞치마까지 두르고, 100년 된 고가의 높은 문지방을 넘나들며, 어떻게 시아버님 진짓상을 들고 갔을까. 생각만 해도 아슬아슬하고 진땀나는 일이었다.

병고 중인 시아버님 의료비와 시어머님 농비, 시동생 학비까지, 남편의 박봉은 한계가 있고, 잠 못 이루는 수많은 밤을 지새워야 했다. 자비하신 아버지 하느님께서는 그때마다 평소 양가 부모님의 간절한 기도를 들으시고 불가능을 가능케 하셨다.

만물의 영장지 인간을 겁 없이 건드리는 코로나19가 마지막 발악을 멈추지 않는다. 많은 사람이 생업을 중단한 채, 실의에 젖어 있는 요즘, 마스크도 벗지 않고, 단 한 번의 면접 절차도 없이 복직한다. 살기 어려운 세상, 먹고 사는 일 하며, 아쉽기만 했던 나누는 마음도 전할 수 있으니 얼마나 좋은가. 아침이면 기도하고 부엌으로 나간다. 먼저 전기밥솥을 열어 보고, 냉장고 문을 여닫으며 국이나 찌개를 끓이고 솜씨 내어 반찬을 만든다. 불시에 손님을 맞아도 당황하는 일 없도록 평소에 마음 모아 넉넉히 준비한다. 철 따라 잘 익은 배추김치, 파김치, 오이김치, 총각김치가 있고 금방 구운 생선이나 불고기까지 내 손이 내 딸이다. 천천히 후식까지 하고 설거지를 마치면 어느새 2시간이 지나지만, 내 손으로 먹고 싶은 것 만들어 먹는 자유와 건강 무엇을 더 바랄까. 재래시장이 가까워 없는 것이 없으니 충동구매를 했으나, 과소비를 해도 이 자식 저 자식이 있고, 멀리 사는 손녀 손자에게도 나눌 생각을 하니 진종일 부엌에서 땀 흘려도 지칠 줄 모른다.

해외 체류 중인 맏이 내외 전화가 마음을 활짝 열어준다. 지난 날, 선각자의 명강의를 들으려고 동분서주할 때마다 나를 깨어나게 하는 강의에 심취하며 누가 저토록 훌륭한 자식을 낳았을까 하며 부러웠는데, 체크무늬 남방을 입고 책상에 앉은 아들의 구수한 목소리를 듣고 보고 있으니 마음 든든하다. 예쁜 헤어스타일과 새하얀 블라우스의 며느리가 생글생글 웃으며 인사한다. 맑은 목소리가 빨려들게 하고, 겉치레이나 그 나라의 문화수준을 엿볼 수 있어 마음이 놓인다. 너무나 반가워 나도 모르는 준비되지 않은 말을 마구 쏟아 놓는다. "너는 백 년 묵은 여우 같아서 눈치도 빠르고, 비위도 잘 맞추고, 음식 솜씨도 좋고, 병간호도 잘 하지만, 행여 내 아들에게 조금이라도 소홀하거나 등한시하면 그때는 용서 못한다"고 엄포를 놓는다.

아들에게도 "며느리도 내 자식이다. 많이 사랑하고 행복하게 해 주어야 한다. 조금이라도 기대에 어긋하면 너도 용서하지 못한다"고 큰소리친다. 두 내외가 "예, 예, 알았어요." 대답했으나 지금까지 한 번도 본 적이 없는 느닷없는 노모의 폭언에 내심 얼마나 당황했을까. 미소 띤 얼굴이나 내향성이고 의타적이고 조심성 많은 늙은이의 너무나 당당함에 온갖 생각이 교차했을 것이다. 생각조차 한 적이 없는 자신의 횡설수설에 나도 의아스럽기만 하지 않은 가.

세상을 살아본 어른들의 이야기가 생각난다. 여우 같은 며느리는 함께 살아도 곰 같은 며느리는 절대로 같이 살 수 없다고 했으나, 여우 같은 젊은이가 급변하는 세상을 알게 하고, 융통성 없어 상식 밖이고 불통이며 실망케 하던 미련한 곰 같은 젊은이가 솔직해서 이불 속에서만 부르짖던 독립만세를 오늘날 과감하게 누리며 살지 않는가. 내겐 곰이 지닌 웅담이 양약이었다. 늦잠을 자면 누가 나무랄까. 노래를 부르면 어느 누가 시끄럽다 상을 찡그릴까, 밥하는 일이 귀찮으면 전화 한 통이면 먹고 싶은 것 먹고, 궁금하거나 심심하면 통화하는 가운데 폭소를 터뜨리니 운동효과와 기분전환까지 오늘의 늦복, 누가 내게 선물한 것인가.

늦게나마 내 자리를 알고 자활하니 세상이 아름답고 평화롭다. 아무리 나이를 먹어도 자식 사랑하는 한마음, 엄마일 뿐이나, 이제야 한 생각 달리하니 흐르는 물이 제 길을 간다. 마음 무거워 날아가려던 철새가 저마다의 둥지를 지키고, 노구인 내가 마음속 날개를 펼치니 푸른 하늘은 더 높고 맑으며 더 넓은 것을….

아까워서 버리지 못하고 죄 받을까 두려워 먹기 싫은 것까지 먹어야 했으나, 한 푼이라도 아끼며, 쓰지 못해도 저축만은 하려고 했으며, 언제나 만약의 경우를 염두에 두어야 했으나 이제야 얼마를 더 살려고 아웅다웅 궁상을 떨며 살까.

코로나19 2차 백신 접종을 한다. 언제나 외출 시엔 아들 형제가 왕비 모시듯 부축해 차에 태우고, 걸음마를 배우는 어린아이를 보살피듯 잠시도 방심하지 않는다. 모자지간의 정을 더 한층 뜨겁게 달구고 있으니 자식 없는 노인은 어떻게 살겠는가. 주민자치센터에서 건강 상태 문의 전화를 아끼지 않는다. 1차 접종 후에도 연이틀 전화를 받고 고마워했는데 이토록 관심을 쏟는 일 흔치 않을 것이다.

부모님이 살아계시면 오늘의 나를 보고 얼마나 좋아하실까. 시숙모님께서도 엎혀사는 나를 보시고 눈을 못 감겠다고 하셨는데, 만면에 미소를 머금고 "진작에 그렇게 살 것이지" 하며 흡족해 할 것이다.

자식 사랑이 유난하시던 아버님 생각이 난다. 매사에 조심조심할 것과 겸손하게 살 것을 당부하시고 어떤 경우에도 인내하며 정직하고 착하게 살면 물은 제 길을 간다고 하셨다. 스무 살쯤 되어서는 천재와 바보는 초지장 한 장 차이라고 하셨는데, 우물 안 개구리가 나이를 먹은 후에야 과연, 과연 하며 자신을 돌아보지 않는가.

어머니께서는 부모의 말은 한데 앉지 않는다 하시며, 어떤 할머니가 자식을 악담하는 것을 몹시 못마땅해 하시며, 효자는 결코 태어날 때 선별되어 있지 않고 부모가 만들어 갈 뿐이라고 거듭거듭 명심하게 하셨다.

세 살적 버릇 여든까지 가는 걸까. 낙천주의자, 나태한 내가 세월 가는 줄 모르다가 원고 마감일이 가까움을 알고 번갯불에 콩을 굽는다. 느닷없는 폭우와 우박까지 산만한 가운데 이 글을 쓰다가 잠이 들었다. 어느새 '굿데이 굿데이 오늘 하루도 좋은 날 되세요.' 자명종이 하느님 주신 달란트에 충실할 것을 알린다.

창밖의 태양이 더한층 눈부시다.

헤엄

임지윤
jin5156@daum.net

산촌에서 자란 나는 얕은 계곡물에 발을 담가본 적은 있어도 물에 들어가서 헤엄을 쳐본 적은 기억에 없다. 딸 많은 집 어머니의 딸 단속이 엄해서 아무리 더워도 웅덩이에서 헤엄치지 못하게 하신 까닭이다.

스물셋 즈음인가 같이 근무하는 언니랑 부곡하와이란 곳에 시외버스 타고 놀러 간 적이 있다. 관광할 곳이 별로 없었던 시절이라 하와이의 화려함은 내 마음을 설레게 했고, 수영장의 규모나 놀이시설은 눈을 사로잡았다. 물의 무서움도, 물의 이치도 잘 몰랐던 촌뜨기는 언니의 수영하잔 말에 신이 나서 물에 들어갔다. 순간 내 다리가 물에 뜨면서 균형을 잃었다. 물에서 허우적거리며 물을 잔뜩 먹고 죽을 뻔했다. 다행히 같이 간 언니가 발견해서 살아나긴 했지만, 그 이후로 트라우마가 생겨서 물을 싫어하게 되었다.

그 사건 이후에 언제까지 물을 멀리할 수는 없다는 생각에서 버스 거리로 50분이 넘는 수영장에 새벽마다 레슨을 받으러 다녔지만 실력은 좀처럼 늘지 않았다. 기본적으로 물을 무서워했기 때문이다.

내 삶에 있어서 『도덕경』의 '상선약수上善若水', 즉 '최고의 선은 물과 같다'라는 구절 정도가 물의 이치를 꿰는데 도움이 되었다. 물은 위에서 아래로 흐르고, 만물의 근원이 된다는 내용이다. 내 몸을 포용하는 깊이의 물은 감당이 안 될뿐더러, 헤엄쳐서 나오는 건 좌절감만 느낄 뿐이었다. 그래서 물을 자유자재로 쓸 줄 아는 사람을 보면 경외심을 느낀다.

우리 집 막내 녀석이 하필이면 물과 관련된 곳에 취직했다. 본인이 맡은 강江으로 잦은 출장을 간다. 출장 갈 때마다 마음을 졸이고, 귀가해야 안도의 숨을 내쉰다.

물과 헤엄.

이 불가분의 관계에 대한 이치를 잘 꿰고 있고 잘 이용할 수 있는 사람만이 생존경쟁에서 살아남을 수 있다. 수영장처럼 장소가 일정하고 평온한 물도 있지만, 계곡에 있는 소沼처럼 빠져나오기 힘든 곳도 파도치는 바다처럼 위험한 곳이 있다. 갑작스러운 폭우로 인해 휘몰아치는 계곡물을 건너야 하는 아찔한 상황에서 위기를 모면해야 할 때도 있다.

살다 보면 뜻하지 않는 곳에서 헤엄쳐야 할 순간도 오곤 한다.

사람 관계도 그렇다. 사람과 부대껴야 하는 곳은 물속과 같다. 늘 물속에서 헤엄쳐서 안전지대로 나와야 한다. 서로의 이해관계가 맞물려 있거나 한 방향을 함께 바라보아야 할 때 얼굴 방향을 같이 하지 않으면 부딪힌다. 함께 왼쪽으로 방향을 돌리자고 했을 때, 오른쪽 방향으로 돌리고 싶어서 "왜? 왼쪽으로 돌려야 하나요?" 이런 질문을 받으면 당혹스럽다. 그 질문이 잘못된 것만은 아니지만, 우리 사회는 이미 얼굴을 왼쪽으로 돌리자는 암묵적 약속을 했기 때문에 그 질문을 잘못되었다고 여기거나 불편해 한다.

황희 정승의 말처럼 "네 말이 옳다!"라고 인정해주는 성숙한 시민의식을 가진 사회라면 좋겠지만, 아직은 사회통념이란 잣대를 들이대 소수의 의견을 묵살하거나 자기편이 아닌 걸로 간주하여 불편해 한다. 서로 양보하고 이해하며 부딪히지 않고 한 방향으로 바라볼 수 있어야 하는데 서로가 다른 문화 속에서 살아온 남남이 만나면 쉽지 않다.

"그래. 이번엔 왼쪽으로 방향을 돌리다. 왜? 그동안 그래왔으니까! 다음번에 오른쪽으로 돌리자구!"

이렇게 해야만 인간관계란 물에서 잘 헤엄쳐 나올 수 있다. 물의 이치를 잘 꿰어야 헤엄을 잘 칠 수 있다. 본인의 근기가 낮다거나 상대방의 근기가 높을 때는 안전지대로 나오는데 시간이 걸리거나 불협화음이 생긴다. 이럴 때 헤엄치는 테크닉이 좋은 사람은 하근기의 사람을 이해하지 못한다. 헤엄치면 되는데 왜 못하냐고!

그렇지만 근본적으로 헤엄을 못 치는 사람이 있다. 나의 근기를 알고, 함께하는 이의 근기를 잘 알아서 같은 방향으로 고개를 돌리는 것은, 위험한 곳에서 헤엄을 잘 쳐서 안전지대로 돌아오는 것과 같다. 헤엄을 잘 치는 일은 얽혀있는 감정이란 물에서 잘 헤쳐 나와서 화합하는 것과 같다. 적군과 적군이 될 뻔한 아군을 내 편으로 만들어 내 삶과 더불어 함께 외롭지 않게 살아가는 방편이기도 하다.

시간 속으로 지다

조재은

cj7752@hanmail.net

사계절은 잔인하게 시작된다.

자연은 대지의 거대한 무게를 이기고 생명을 기어이 드러낸다. 새롭게 태어나는 생명들은 연약함 속에 엄청난 에너지를 품고 독한 인내로 수천만 년을 버티어 왔다. 한순간도 시간은 소멸되지 않고 오직 퇴적되어 순환될 뿐이다.

〈봄 여름 가을 겨울 그리고 봄〉은 말없이 보고 영상 그대로를 각인 시켜야 하는 영화다. 영화의 촬영지인 호수 위에 떠 있는 암자는 주왕산국립공원 주산지注山池에 바지선을 만들고 그 위에 세웠다. 수많은 표정과 의미를 준 암자는 촬영이 끝난 후 자연보호 차원에서 철거했지만, 나는 부유하는 인간의 상징인 암자가 시간에 풍화되어 연못 속에 가라앉았다고 믿고 싶다.

이 영화에서 인간의 삶은 사계절로 나뉘어 은유와 환유로 표현
되고 있다.

유년의 봄은 잉태된 죄에서부터 시작한다. 동자승이 개울에서
물고기와 개구리, 뱀을 잡아 돌에 묶어 놓고 동물이 괴로워하는
것을 보고 재미있어 한다. 이를 지켜보던 노승은 동자승이 잠든
사이 허리에 커다란 돌을 묶어 놓는다. 풀어 달라는 동자승에게
노승은 괴롭힌 동물을 찾아서 풀어 주라고 하면서, 만약 한 마리
라도 죽었다면 평생 업이 될 거라고 말한다. 죽어 있는 물고기를
찾은 동자승은 울음을 터트린다.

소년의 여름은 본능을 따라 간다. 동자승은 17세의 소년이 되고
육체적 본능에 사로잡혀 암자에 휴양 온 소녀의 육체에 집착한다.
소녀가 절을 떠난 후 속세로 나간다.

업은 운명이 되어 청년의 가을을 물들인다. 청년의 가방에는 배
반한 아내를 죽인 피 묻은 칼이 들어있다. 분노와 고통을 안고 암
자를 다시 찾은 청년은 자살을 시도하다 노승에게 심한 매를 맞
고 마음을 달래는 반야심경을 나무 바닥에 새긴다.

중년의 가을, 모든 삶의 의미를 품고 녹여 하나의 원을 만든다.
형기를 마치고 폐허가 된 산사로 돌아온 남자는 얼음 밑에 가라앉
은 조각배에서 죽은 노승의 사리를 수습한다. 깨달음을 얻은 그
는 마음과 육체를 수련하며 자연과 융화시킨다. 어미가 버린 아기
를 거두어 키우며 다시 찾아올 봄을 준비한다.

노년의 봄이 다시 오는 봄에게 아픈 인사를 건넨다. 버려진 아기는 동자승이 되고 그 봄의 아이처럼 개울가에서 동물을 괴롭히는 놀이를 하며 즐거운 웃음을 터뜨린다. 윤회의 고리….

사계를 통해 보여진 인간은 어떤 모습인가.

동자승의 장난과 청년의 살인을 불교의 업으로 연관시켜 인과응보의 틀에 가두기보다 좀 더 넓은 인간에 대한 근본적 물음이 필요하다. 감독이 불교적 장치로 표현하기는 했지만, 어린시절 이와 비슷한 장난을 한다. 우리의 탄생과 함께 태어난 죄, 생명 있는 모든 것들은 생명을 죽이지 않고는 자신의 생명을 존속시킬 수가 없다. 소년기의 욕정은 본능이 부른 순명이다. 본능에 거역하는 이성의 모습이 참담하다. 청년기의 살인은 유년과 소년기에 쌓인 감정의 분출 앞에 허약하게 무너지는 처참한 인간의 모습이다. 흉악범들만 있는 교도소를 다녀온 성직자가 "그들은 나와 같은 생각을 가지고 있었는데 다만 짧은 한순간을 참지 못했을 뿐"이라고 한 말이 떠오른다. 동자승에서 청년까지의 영상은 가슴 깊숙이 내재된 오욕칠정의 모습이다. 이미 마음은 부처가 된 중년의 남자가 돌부처를 지고, 넘어지고 미끄러지며 산 정상에 오르는 모습을 보며 마음이 부서진다. 그가 옮기는 돌의 무게는 세상 남자들이 내려놓고 싶어도 지고 가야 하는 삶의 무게일 게다.

영화에서 보여지는 삶의 비유들은 곳곳에 보이는 조형적 장치와 미술로 표현되어 주왕산의 풍광과 어우러진 아름다움이 아리다. 노승은 청년에게 분노를 다스리게 하려고 안고 있는 고양이 꼬리로 반야심경을 쓰고 청년에게 분노가 배어있는 칼로 밤을 새워 글씨를 파게 한다. 청년을 잡으러 온 형사가 파놓은 글자에 색칠하는 장면은 선과 색의 장엄한 퍼포먼스다. 물안개와 함께 피는 참회와 화합, 용서의 향연이다.

얼굴을 가린 여인이 아기를 절에 버리고 가는 장면은 처절하다. 자식을 버리는 여인은 얼굴도 드러내지 못하고 한마디 말도 없다. 다만 그 마음은 얼굴을 가린 보라색 스카프로 대신한다. 죄, 참회, 신의 색이라는 보랏빛 스카프가 눈물에 진하게 젖는 이미지는 화가 르네 마그리트의 얼굴을 가린 여인과 닮았다. 김기덕 감독은 '섬'에서도 비슷한 이미지를 보여주는데, 어려서 어머니가 자살한 르네 마그리트의 상처가 감독의 숨어있는 깊은 상흔과 맞닿는 부분이다. 사람의 숨어있는 상처는 시공을 넘어 은신처에서 서로 조우한다.

시간이 다시 오는 계절에게 묻는다. 아득히 이어지는 시간의 선 어디쯤에 인간은 점 하나도 못 되는 모습으로 서 있는가.